annabrevet

SUJETS & CORRIGÉS 2022

Histoire-Géo 3e

Enseignement moral et civique

- **Christophe Clavel**
Professeur d'histoire-géographie-géopolitique
à l'IES Normandie
- **Jean-François Lecaillon**
Professeur certifié d'histoire-géographie

 ISSN 1168-3791 ISBN 978-2-401-07808-6

Achevé d'imprimer par IPS en France
Dépôt légal 07808-6/01 - Août 2021

Hatier

SOMMAIRE GÉNÉRAL

Avec ton Annabrevet, prépare-toi à l'épreuve

1 S'échauffer,
s'approprier les méthodes

2 S'entraîner
sur chaque thème du programme

3 Préparer l'épreuve du brevet : le sprint final

d'histoire-géographie EMC **en 3 étapes !**

Les sujets et les fiches classés par thème

Pour chaque thème, voici les ressources de ton Annabrevet.

Indique sur cette liste l'avancement de tes révisions.
☐ À retravailler encore ☒ Désormais ok !

HISTOIRE

L'Europe, un théâtre majeur des guerres totales (1914-1945)

Civils et militaires dans la Première Guerre mondiale

Démocraties fragilisées et expériences totalitaires (entre-deux-guerres)

La Deuxième Guerre mondiale, une guerre d'anéantissement

La France défaite et occupée. Collaboration et Résistance

Le monde depuis 1945

Indépendances et construction de nouveaux États

Un monde bipolaire au temps de la guerre froide

Affirmation et mise en œuvre du projet européen

Enjeux et conflits dans le monde après 1989

Françaises et Français dans une République repensée

1944-1947 : refonder la République, redéfinir la démocratie

La Ve République (1958-1995)

Femmes et hommes dans la société française (années 1950-1980)

GÉOGRAPHIE

Dynamiques territoriales de la France contemporaine

Les aires urbaines, une nouvelle géographie d'une France mondialisée

Les espaces productifs et leurs évolutions

Les espaces de faible densité et leurs atouts

Pourquoi et comment aménager le territoire ?

Aménager pour répondre aux inégalités entre territoires français

Acquérir et partager les valeurs de la République

Construire une culture civique

- Coordination éditoriale : Anaïs Goin
  assistée de Pauline Huet et d'Hélène Wachtel
- Édition : Aude Marot
- Graphisme : Dany Mourain et le studio Favre & Lhaïk
- Prépresse : Hatier et Nadine Aymard
- Infographie : Vincent Landrin
- Illustration : Juliette Baily
- Cartographie et schémas : STDI
- Mise en page : STDI

S'échauffer, s'approprier les méthodes

INFOS et CONSEILS sur l'épreuve

Trois sujets ÉTAPE par ÉTAPE

1 Comment s'organise l'épreuve ?

L'épreuve comporte trois exercices : une analyse de document(s), un développement construit et un exercice d'enseignement moral et civique.

A Quelles sont les modalités de l'épreuve ?

1. La durée

● L'épreuve dure **2 heures.** Les trois exercices étant distribués dès le début de l'épreuve, tu peux répartir ton temps comme suit :
– **45 minutes** pour l'analyse de document(s) ;
– **45 minutes** pour le développement construit et la tâche graphique ;
– **25 minutes** pour l'EMC.

● Il te restera ensuite **5 minutes** pour te relire.

2. Le barème

L'ensemble de l'épreuve est noté sur **50 points**. Les deux premiers exercices sont notés sur **20 points** chacun, tandis que l'EMC est noté sur **10 points**.

> REMARQUE **La répartition des points est équilibrée : tu ne dois négliger aucun exercice !**

B Comment se déroule l'épreuve ?

1. Analyser et comprendre des documents

● L'exercice 1 porte sur un document, parfois deux, se rapportant soit au programme d'**histoire**, soit au programme de **géographie**.

● Il a pour objectif de vérifier que tu sais **analyser et interpréter** un document en t'appuyant sur tes connaissances.

2. Maîtriser différents langages pour raisonner

● L'exercice 2 comprend une ou deux questions se rapportant soit au programme d'**histoire** (si la géographie a été traitée dans l'exercice précédent), soit à celui de **géographie** (si l'histoire a été traitée précédemment).

- La première question appelle une réponse rédigée sous la forme d'un **développement construit**, dont la longueur est précisée dans la consigne (généralement une vingtaine de lignes).
- Généralement, une seconde question met en jeu un autre langage, à travers un **support graphique**.

3. Enseignement moral et civique

- L'exercice 3 se rapporte à un thème de ton programme d'EMC. Il comprend un ou deux documents, associé(s) à trois ou quatre questions.
- Il vise à évaluer ta connaissance des **valeurs**, **principes**, **notions et acteurs** nécessaires à la vie commune au sein d'une société démocratique.

C En résumé

Épreuve d'HISTOIRE-GÉO. EMC

DESCRIPTIF

- 2 heures
- 50 points
- 3 exercices
  - d'histoire
  - de géographie
  - d'EMC

MÉTHODE

1. Répondez de manière claire et concise aux premières questions portant sur le(s) document(s).
2. Organisez votre développement construit en 2 ou 3 paragraphes.
3. En EMC, essayez de vous projeter dans la situation pratique décrite.

CONSEIL

Pendant l'année, apprenez régulièrement les repères temporels et spatiaux pour pouvoir réaliser la tâche graphique (frise chronologique, schéma, carte).

2 Comment réussir l'analyse de document(s) ?

L'analyse d'un ou de deux documents, en histoire ou en géographie, est guidée par des questions.

A Comment t'y préparer ?

● Tout au long de l'année, tu étudies des documents avec ton professeur. Suivre attentivement ces exercices réalisés en classe est essentiel dans l'optique de l'examen.

● **Le piège à éviter** : considérer que le document te dispense d'apprendre tes leçons, et croire qu'avec un document sous les yeux, tu auras toujours quelque chose à dire. Bien au contraire : un document d'histoire ou de géographie ne peut prendre tout son sens que si **tu y reconnais des éléments de ton cours**.

B Comment faire le jour de l'épreuve ?

● Les questions, au nombre de 4 ou 5, appellent des réponses de longueur inégale. Lis-les toutes avant de commencer à y répondre.

● On te pose généralement, en premier lieu, quelques questions simples pour **identifier et présenter le document** (auteur, date, type, contexte).

> ATTENTION ! **Lis bien les questions : « relever » ou « citer » n'est pas la même chose que « expliquer » ou « montrer ».**

● Ensuite, on te demande de **relever des informations** dans le document, parfois d'**expliquer un extrait** ou un point précis (une phrase d'un texte, un point d'une courbe, un chiffre d'un tableau), puis d'en **dégager le sens** historique ou géographique.

● Enfin, souvent, la dernière question t'invite à mettre en relation différents aspects du document ou de tes réponses pour construire une **réponse plus approfondie**. Là, ta connaissance du cours est essentielle.

C Comment décrocher la mention ?

● Ne te contente pas de paraphraser le document. Efforce-toi d'y retrouver des éléments de ton cours et de les expliciter.

● Utilise le **vocabulaire spécifique**, les mots-clés du chapitre sur lequel porte le document.

● Fais **plusieurs petits paragraphes** pour développer tes idées dans la question de synthèse, qui rapporte souvent de nombreux points.

3 Comment réussir le développement construit et la tâche graphique ?

Le deuxième exercice évalue ta maîtrise de l'écrit (développement construit) et du langage visuel (tâche graphique).

A Comment t'y préparer ?

● Rédiger un développement construit exige deux choses : une bonne **connaissance du sujet** et une certaine **habitude de rédiger**. Les deux viennent en s'entraînant.

● Le sujet porte sur une partie du cours : il n'y a donc guère de surprise à attendre. Apprends tes leçons, **rédige des fiches** et relis-les pour en **mémoriser le plan**.

● Les tâches graphiques doivent elles aussi faire l'objet d'un apprentissage régulier. En **histoire**, il s'agira de placer des dates sur une frise, de nommer une période ou un personnage ; en **géographie**, on te demandera de placer des noms sur une carte, de compléter une légende ou un schéma.

B Comment faire le jour de l'épreuve ?

● Commence par la **tâche graphique**. N'y consacre pas plus de dix minutes.

> CONSEIL **N'oublie pas d'apporter une règle et des crayons de couleur !**

● Consacre-toi ensuite au **développement construit**. Là, le piège à éviter est le hors sujet ! Surligne les termes clés du sujet et définis-les, note au brouillon quelques dates ou personnages en histoire, quelques chiffres ou localisations en géographie. Appuie-toi sur le plan de ton cours pour organiser ton propos, en **deux ou trois parties**.

C Comment décrocher la mention ?

● **Soigne** la tâche graphique : écris lisiblement, colorie proprement. Cela t'évitera de perdre bêtement des points !

● Pour le développement construit, veille à employer le **vocabulaire spécifique** de chaque leçon, que le correcteur s'attend à trouver.

● Une phrase d'**introduction** et une de **conclusion** te permettront à coup sûr de gagner des points. En géographie, un petit **schéma** (propre et dans le sujet) sera très vivement apprécié.

> REMARQUE **Les correcteurs ont toute liberté pour ajouter des points hors barème afin de valoriser une copie particulièrement brillante.**

4 Comment réussir l'exercice d'EMC ?

L'évaluation des compétences d'EMC repose sur un ou plusieurs documents et sur une mise en situation.

A Comment t'y préparer ?

- Le programme d'EMC n'est pas très long, mais il faut surtout en comprendre la dimension civique et morale. On attend donc de toi de la **réflexion personnelle** et de l'**engagement**.
- L'épreuve d'EMC comporte **un ou deux documents**, que tu devras étudier en répondant à quelques questions, de façon tout à fait comparable à l'histoire ou à la géographie.
- La dernière question comporte une **mise en situation pratique**. Tu dois te projeter dans la situation proposée et rédiger ta réponse en intégrant des éléments de connaissances. La longueur demandée est précisée dans la consigne.

B Comment faire le jour de l'épreuve ?

- La plupart des éléments permettant de répondre aux questions se trouvent dans le ou les documents. Mais il peut aussi y avoir des questions de définition.
- La dernière question est celle qui rapporte le plus de points. Commence par noter au brouillon les **connaissances essentielles** qui se rapportent au sujet. Puis, toujours au brouillon, bâtis le **plan** de ta réponse, afin de développer des arguments construits tout en respectant la forme demandée (lettre, discours devant les autres élèves, etc.).

> ATTENTION ! **Évite les jugements rapides. Reste toujours nuancé et réfère-toi aux principes démocratiques vus en cours.**

C Comment décrocher la mention ?

- Les **méthodes rédactionnelles** vues en cours de français te seront certainement très utiles pour la question finale : procédés d'argumentation, caractéristiques des différents types de texte, etc.
- Si tu as quelque connaissance de l'**actualité**, il est recommandé de t'en servir si elle s'applique au sujet.
- N'oublie pas que l'épreuve d'EMC permet de montrer ton **engagement**. Il est toujours très valorisé de montrer en quoi le sujet te concerne personnellement, en tant que jeune et futur citoyen.

1 Histoire : analyser des documents *étape* par *étape*

S'ÉCHAUFFER

La France défaite et occupée

45 min
20 points

Histoire : L'Europe un théâtre majeur des guerres totales (1914-1945).
La France défaite et occupée.

CONSEIL
Lis bien les premières lignes du sujet qui font le lien avec ton programme.

DOCUMENT 1 **Entrevue de Montoire-sur-le-Loir entre le [maréchal Pétain] et Hitler en zone occupée, le [24 octobre 1940]**

[Quelle est la fonction du maréchal Pétain ?]
[Quel est le contexte ?]

ph© Ullstein Bild/Akg-Images

CONSEIL
Lors de ta première lecture du sujet, sois particulièrement attentif au titre des documents. Pose-toi toutes les questions nécessaires.

DOCUMENT 1

▶ **1.** Dans quel contexte politique et militaire se trouve la France au moment où est prise la photographie ? *(4 points)*

▶ **2.** Qui sont les deux personnages qui se serrent la main au premier plan ? Quelles sont leurs fonctions ? *(4 points)*

▶ **3.** Quelle est la conséquence de cette rencontre pour la France ? *(2 points)*

CONSEIL
Lis attentivement les questions et surligne, dans chacune d'elle, le(s) mot(s) sur le(s)-quel(s) elles portent.

DOCUMENT 2 **Affiche relayant l'appel du [18 juin 1940] du [général de Gaulle] radiodiffusé à [Londres]**

[Confronte cette date à celle du document 1.]
[Quelle est sa situation ?]
[Quel est le sens de ce lieu ?]

DOCUMENT 2

▶ **4.** D'où le général de Gaulle lance-t-il l'appel du 18 juin 1940 et pourquoi ? *(3 points)*

▶ **5.** Que demande le général de Gaulle aux Français ? *(3 points)*
(Trois réponses sont attendues.)

▶ **6.** Expliquez la phrase soulignée sur l'affiche. *(4 points)*

ÉTAPE 1 au brouillon

Identifier le chapitre concerné et mobiliser ses connaissances

8 min

Le temps pour chaque étape est indicatif, adapte-le à ton propre rythme.

Prends le temps de lire **l'énoncé et les titres** des documents pour identifier la partie du programme à traiter (voir les annotations de l'énoncé). Parcours rapidement **les questions**.

ÉTAPE 2 au brouillon

Comprendre les documents

8 min

Identifie la **nature**, l'**auteur**, la **date** et le **thème** de chaque document.

Note en marge ce que ces informations te suggèrent et demande-toi si elles confirment ton hypothèse sur le thème du sujet (étape 1) ; complète en notant les idées qui te viennent à l'esprit.

Document 1

- **Nature** : photographie d'actualité
- **Auteur** : source allemande
- **Date** : 24 octobre 1940 (4 mois après l'armistice)
- **Thème** : poignée de main entre Pétain et Hitler. La rencontre inaugure la politique de collaboration de Vichy avec l'Allemagne nazie.

Document 2

- **Nature** : affiche politique
- **Auteur** : discours à l'adresse des Français, par le général de Gaulle
- **Date** : 18 juin 1940
- **Thème** : alors que Pétain négocie l'**armistice**, de Gaulle invite les Français à poursuivre la lutte, à **résister**.

ÉTAPE 3 au propre

Répondre à la question 1

5 min

Le contexte demandé est **double** : politique et militaire. Ta réponse devra donc évoquer **deux situations distinctes**.

▶ 1. Au moment où est prise la photographie, la France est un pays militairement vaincu. Par l'armistice du 22 juin 1940, elle a accepté sa défaite et cédé l'Alsace-Lorraine à son vainqueur. Depuis le 11 juillet 1940, elle est dirigée par le maréchal Pétain, désigné « chef de l'État ». Celui-ci contrôle l'ensemble des pouvoirs politiques (exécutif, législatif et judiciaire). Il dirige la zone libre depuis Vichy. Occupées, la zone nord et la côte atlantique sont sous le contrôle des Allemands.

LÉGENDE
contexte militaire
contexte politique

CONSEIL
La question vaut 4 points, cela suggère que chacune des deux réponses doit contenir au moins deux précisions.

ÉTAPE 4 au propre

Répondre à la question 2

5 min

Ne te contente pas d'identifier les deux personnages et de leur attribuer un titre. Sois d'autant plus **précis** que la réponse est en partie donnée dans le titre du document. Au-delà du titre (« chef de l'État » pour l'un, « Führer » pour l'autre), précise le **pouvoir** que chacun détient.

▶ 2. Les deux personnages qui se serrent la main sont : Adolf Hitler à droite, le Führer de l'Allemagne nazie, celui qui a tous les pouvoirs pour la diriger ; le maréchal Pétain à gauche, chef de « l'État français » ou régime de Vichy, responsable de la zone libre.

CONSEIL
Indique la position de chacun sur la photographie, pour montrer que tu les reconnais.

ÉTAPE 5 au propre

Répondre à la question 3

6 min

- La réponse n'est pas dans le document : celui-ci est prétexte à exposer ce que tu sais sur le sujet qu'il illustre.
- Tu as déjà repéré le thème de la photographie (étape 2) : la collaboration. Appuie-toi sur ton cours pour en proposer une **définition concrète**.

▶ 3. La conséquence de cette rencontre est la mise en place d'une politique de collaboration de la France avec l'Allemagne. La première aide la seconde sur le plan économique (fournitures agricoles et industrielles, envoi de volontaires en Allemagne), militaire (ouvertures de bases navales, lutte contre la Résistance) et idéologique (adoption de lois antisémites et aide à la déportation des Juifs).

CONSEIL
Pour valoriser ta réponse, donne des exemples concrets (des faits ou des événements) qui l'illustreront, comme ceux donnés ici entre parenthèses.

ÉTAPE 6 au propre

Répondre à la question 4

5 min

- La réponse à cette question est dans le titre du document, mais il ne suffit pas de la recopier. Pars de ce titre pour **rappeler le contexte militaire** de juin 1940.
- En confrontant l'appel du 18 juin au document 1, décris la situation de la France après l'armistice.

▶ 4. Le général de Gaulle lance son appel du 18 juin 1940 depuis Londres. L'occupation du nord de la France par les Allemands, le contrôle du Sud par le régime de Vichy ne lui permettent pas d'exprimer son opinion depuis son propre pays. Allié de la France au début de la guerre, le Royaume-Uni continue de lutter contre l'Allemagne.

CONSEIL
Quand tu récites ton cours, fais des phrases courtes : sujet, verbe, complément.

ÉTAPE 7 au propre

Répondre à la question 5

5 min

La question porte sur le **contenu** de l'appel. **Surligne** dans le texte tout ce qui relève d'une demande ou d'un vœu.

Trois réponses sont attendues. Si tu en as le temps, n'hésite pas à compléter avec d'autres éléments.

▶ 5. De Gaulle convie les Français « à s'unir » à lui (3e paragraphe), soit en le rejoignant à Londres, soit en entrant en résistance.
Il les invite à laisser de côté leurs divergences d'opinions.
Il les convie ensuite à « lutter » pour sauver la France. Cette « action » doit combattre les Allemands pour libérer le pays ; elle doit aussi renverser le régime de Vichy pour rétablir la « liberté » et la « grandeur » (ou réputation) du pays (2e paragraphe).

CONSEIL
Quand tu tires une information d'un texte, cite le passage ou le mot qui te donne raison. Montre au correcteur où elle se trouve et prouve-lui que tu n'inventes rien.

ÉTAPE 8 au propre

Répondre à la question 6

5 min

Relis attentivement le passage et cherche le(s) mot(s) qui mérite(nt) éclaircissement : « Rien n'est perdu parce que cette guerre est une guerre mondiale ».

Appuie-toi sur tes **connaissances** pour expliquer ce que ces termes signifient. Cherche aussi **dans le texte** ce qui peut les justifier.

▶ 6. « Rien n'est perdu, parce que cette guerre est une guerre mondiale. » Par ces mots, de Gaulle rappelle que l'Allemagne n'a pas gagné la guerre. De Gaulle pense aux « forces immenses qui n'ont pas encore donné ». Ces forces peuvent être celles que détient la France dans ses colonies ; ce sont aussi celles des États-Unis qui aident les Britanniques. La guerre peut aussi s'étendre à l'Est et à l'URSS.

Dynamiques des espaces touristiques français

45 min
20 points

▶ **1.** Rédigez un texte structuré d'une vingtaine de lignes montrant que la mondialisation transforme les espaces productifs touristiques français. Vous pouvez vous appuyer sur un exemple étudié en classe. *(15 points)*

CONSEIL
Quand tu lis l'énoncé, commence par repérer les termes qui te permettent d'identifier le chapitre du programme concerné.

▶ **2.** Sur le fond de carte *(5 points)* :
• Localisez et nommez trois mers ou océans.
• Pour les éléments suivants, choisissez un figuré adapté dans la légende, puis localisez et nommez :
– le principal pôle touristique français et mondial ;
– deux régions de tourisme balnéaire ;
– une région de tourisme montagnard et une région de tourisme vert ;
– un grand aménagement touristique (ex. : Futuroscope, Parc Astérix, Disneyland Paris).

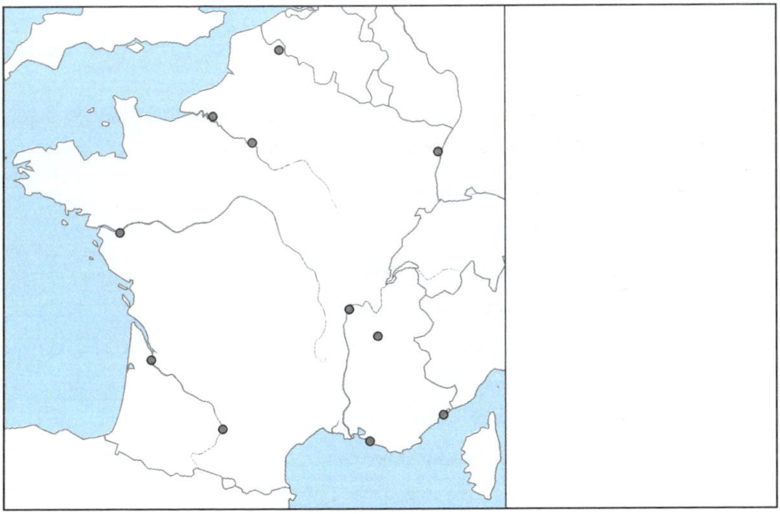

ÉTAPE 1 — au brouillon

Identifier le chapitre concerné et mobiliser ses connaissances

10 min

Le temps pour chaque étape est indicatif, adapte-le à ton propre rythme.

Lis attentivement le sujet. **Surligne les termes essentiels** sur cet énoncé, en particulier ceux qui pourraient te conduire à un hors sujet.

→ Le chapitre en question est celui des espaces productifs.
Attention : rester sur les espaces touristiques (éviter le hors sujet sur l'agriculture ou l'industrie, par exemple).

Au brouillon, note les **grandes parties du plan du cours** que tu as appris dans l'année. Pour la conclusion, tu peux faire le lien avec l'actualité si c'est pertinent.

Intro : le tourisme est un service.
I. La France, un grand pays de tourisme
II. Les différents types de tourisme en France
III. Les conséquences spatiales des activités touristiques
Conclusion : la COVID, crise sanitaire, crise touristique

CONSEIL
Vérifie donc l'énoncé de la tâche graphique. Il peut te souffler des idées !

ÉTAPE 2 — au brouillon

Nourrir le plan établi

5 min

Note sur ton brouillon tous les **mots clés** qui te viennent sur le sujet, puis associe-les à la partie appropriée de ton plan.

1er pays touristique au monde
Mais 3e rang pour les recettes
Équipements en axes de communication
Tourisme vert – balnéaire – montagnard...
Paris, musées, Disneyland
Concurrences spatiales
90 millions de touristes/an en France
Origine des touristes : Chinois, Japonais...

Partie I
Partie II
Partie III

Rappelle-toi l'**exemple vu en classe** avec ton professeur et note la ou les partie(s) où l'exploiter.

Exemple vu en classe : Cap d'Agde, station balnéaire, Languedoc
→ parties II et III

Organise rapidement tes idées dans chaque partie pour que le déroulé de ton propos soit logique.

Voici ce que ce travail pourrait donner pour la première partie de ton développement.

Partie 1

I. La France, un grand pays de tourisme

- **La France, 1er pays touristique au monde**
  - → le tourisme génère 2 millions d'emplois
  - → il représente 7,2 % du PIB
- **L'origine variée des touristes**
  - → 90 millions de touristes en 2018
  - → 54 milliards d'euros de recettes générés
- **Des recettes moindres par rapport aux autres pays**
  - → la France, 3e pays en termes de recettes

ÉTAPE 3 au propre — Rédiger le paragraphe construit

20 min

Suis le plan que tu as défini au brouillon. Saute une ligne entre introduction, développement et conclusion. À chaque partie, crée un nouveau paragraphe et marque-le par un alinéa.

▶ 1. *Le secteur tertiaire, qui produit des services et non des biens, est aujourd'hui le seul à créer des emplois : il représente 76 % de la population active.*

Parmi ces services, le tourisme est une activité majeure sur le territoire : la France est le premier pays touristique mondial (2 millions d'emplois, 7,2 % du PIB), avec près de 90 millions de touristes étrangers en 2018, surtout européens, et plus de 54 milliards d'euros de recettes. Ainsi, la mondialisation entraîne une augmentation du nombre de touristes, mais aussi une diversification de leur origine : aux habituels Américains et Japonais s'ajoutent aujourd'hui les touristes venus des pays émergents (Chinois, Russes). La France visee 100 millions de touristes étrangers et cherche à maximiser les recettes, pour lesquelles elle n'est que troisième.

Cette fréquentation record s'explique par la grande variété du territoire et l'extrême richesse du patrimoine français. Tous les types de tourisme y sont représentés (voir carte) : culturel (Paris), d'affaires (encore Paris, première ville de congrès du monde), historique (les plages du débarquement en Normandie), religieux (pèlerinages de Lourdes ou Vézelay), gastronomique (Lyon, Sud-Ouest), balnéaire (Côté d'Azur), montagnard (Alpes du Nord), vert (Gorges du Verdon, parcs naturels).

L'activité touristique peut être diffuse, tel le tourisme vert, mais elle marque souvent fortement l'espace, par ses aménagements. C'est le cas de la station balnéaire intégrée du Cap d'Agde sur la côte languedocienne. Le tourisme balnéaire de masse suppose en effet des voies d'accès (autoroute A9), des hébergements (hôtels, campings), des infrastructures de loisirs (ports de plaisance, parcs d'attractions, île artificielle dite « île des Loisirs ») et de commerces (hypermarchés). Avec la mondialisation des pratiques touristiques, la pression sur les territoires devient très forte, engendrant des concurrences entre les acteurs (concurrence hôtels/AirBnB, par exemple), voire dans certains cas extrêmes un refus du tourisme.

La crise sanitaire de la COVID-19 a cependant durement touché le secteur du tourisme. La mondialisation ne fait pas que transporter des touristes : elle facilite aussi la diffusion du virus.

CONSEIL
Tu peux éventuellement souligner l'idée principale de chaque partie, que tu écriras généralement en tête de paragraphe. Quelles idées vas-tu souligner dans les parties 2 et 3 ?

CONSEIL
N'oublie pas de renvoyer à la carte quand tu le peux.
Tu peux aussi donner des exemples tirés de tes propres vacances.

CONSEIL
Tu dois utiliser dans ta copie un exemple vu en classe dans l'année. Ici, les noms de lieux proviennent de la station balnéaire du Cap d'Agde.

ÉTAPE 4 au propre

Réaliser la tâche graphique

10 min

- **Visualise mentalement** le résultat final avant de te lancer. Commence par les aplats de couleurs, termine par les noms.
- N'hésite pas à choisir des **couleurs** en rapport avec le type de tourisme (bleu pour le tourisme balnéaire, vert pour le tourisme vert…). Utilise des crayons de couleurs pour les surfaces. Écris les noms en script.
- Sois très soigneux dans la réalisation de la carte. Il est en effet possible que le barème comporte un ou plusieurs points pour ce critère.

▶ 2. Tâche graphique

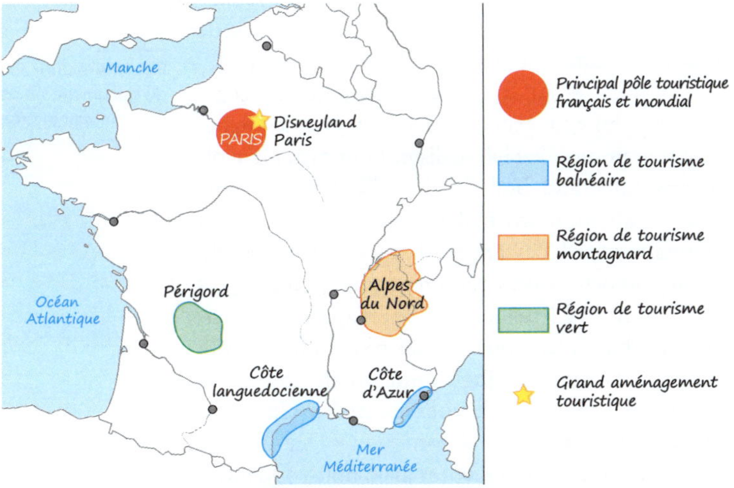

3 EMC : traiter un exercice *étape* par *étape*

L'exercice du droit de vote

25 min
10 points

EMC : Construire une culture civique

DOCUMENT **Premier [vote] d'un jeune [citoyen]**

Cartes d'identité et d'électeur au creux de sa main, Maxime, 19 ans, est prêt à se rendre aux urnes. « J'ai signé ma carte d'électeur », nous fait-il remarquer avec fierté avant d'entrer dans son bureau de vote de La Chapelle-sur-Erdre (Loire-Atlantique).

Sa mère et sa sœur de 22 ans, qui l'accompagnent, lui ont expliqué dans les grandes lignes les programmes de chaque liste. Pour éviter d'avoir à plier un grand bulletin dans l'isoloir, ce jeune homme atteint d'une maladie génétique rare, occasionnant retard des apprentissages et troubles du comportement, l'avait déjà préparé à la maison. [...]

Depuis le 23 mars 2019, les majeurs en situation de handicap sous tutelle n'ont plus besoin de l'autorisation du juge pour voter, comme le prévoyait auparavant le code électoral. Une belle avancée selon sa mère, Véronique : « Depuis qu'il est petit, on l'emmène voter avec nous. Quand il a reçu sa carte d'électeur, c'était un signe fort. Il peut remplir son rôle de citoyen ».

Depuis six ans, sa commune organise des simulations de scrutin avant chaque élection (sauf les municipales), pour permettre aux personnes en situation de handicap de dédramatiser ce moment très codifié. La dernière remonte au 30 mars 2019, en prévision des Européennes. La salle de cérémonie de la mairie avait été transformée en bureau de vote et de faux bulletins [...] avaient été édités pour l'occasion. Après s'être vus expliquer les enjeux du vote en présence du maire, les électeurs

[Que permet le droit de vote ?]
[Qu'est-ce qu'un « citoyen » ?]

CONSEIL
Fais une lecture active du document, en commençant par interroger son titre.

fictifs ont pu endosser tous les rôles (président, assesseur) puis participer au dépouillement. [...]

Pour la mère de Maxime, ce premier vote « fait pleinement partie de sa prise d'autonomie ». Elle ne croit pas si bien dire : « La prochaine fois, j'ai envie d'y aller tout seul, lance-t-il avec assurance. Je sais faire maintenant ».

Source : « Élections européennes 2019 : ils votent pour la première fois », *La Croix*, 26 mai 2019. www.la-croix.com

▶ **1.** Relevez trois conditions nécessaires à l'exercice du droit de vote.

▶ **2.** Comment la commune prépare-t-elle les personnes en situation de handicap à voter ?

▶ **3.** Quelles sont les étapes du vote présentées dans le texte ?

CONSEIL
Lis bien les questions. Surligne les mots clés en choisissant une couleur par question. Tu reprendras ce code couleur pour analyser le document (étape 2).

▶ **4.** Quels effets ce vote provoque-t-il sur Maxime et sur sa famille ?

▶ **5.** Montrez que le code électoral s'adapte pour permettre à tous les citoyens d'exercer l'ensemble de leurs droits.
(Votre réponse ne comportera aucune information d'identité ou de signature.)

ÉTAPE 1 au brouillon — Identifier le chapitre concerné et mobiliser ses connaissances

3 min

Le temps pour chaque étape est indicatif, adapte-le à ton propre rythme.

- Lis le titre du document pour y repérer le **mot clé**.
- Lis ensuite les questions pour mobiliser les **éléments du programme** attendus et comprendre la **logique d'ensemble** du sujet.

le mot clé : vote (contenu et exercice de ce droit)

les éléments du programme : les conditions de la citoyenneté, les valeurs de la République (liberté, égalité)

la logique d'ensemble du sujet : l'importance du droit de vote, les étapes du vote, l'intégration des personnes handicapées

ÉTAPE 2 au brouillon

Comprendre le document

7 min

Lis attentivement le texte une première fois pour en comprendre le **sens global**. Relis ensuite le texte en cherchant les **éléments de réponse** aux différentes questions. Utilise le code couleur que tu as établi lors de ta lecture des questions.

Question 1 conditions de l'exercice du droit de vote
Question 2 modalités de préparation des personnes handicapées
Question 3 étapes du vote
Question 4 effets du vote pour Maxime

ÉTAPE 3 au propre

Répondre à la question 1

2 min

Le mot « relevez » dans la consigne t'indique que les réponses sont à **extraire du texte**. Sur ta copie, ne te contente pas de citer les mots ou expressions qui répondent à la question : tu dois aussi les traduire pour en expliciter le sens.

▶ 1. Les trois conditions nécessaires à l'exercice du droit de vote sont :
– avoir sa carte d'identité qui certifie de la nationalité française,
– avoir 18 ans accomplis (être majeur)
– avoir une carte d'électeur en règle (signée) attestant d'aucune condamnation invalidant l'exercice de ce droit.

CONSEIL
Pour bien amener une réponse, reprends toujours les termes de la question.

• élément de réponse issu du document
• explication du sens

ÉTAPE 4 au propre — Répondre à la question 2

3 min

Une fois encore, la réponse se trouve dans le document. Mais ne recopie pas celui-ci : explicite la notion de **simulation** qui résume la réponse.

▶ 2. Pour préparer les personnes en situation de handicap à exercer leur droit de vote, la commune met en scène un faux scrutin pour qu'elles puissent se familiariser avec les lieux (salle, isoloir, bureau de vote), les objets (liste, bulletin, urne), les personnes (président, assesseur) et les actes à accomplir (voter).

CONSEIL
Cette partie de la réponse vise à éclairer le sens du mot « simulation » utilisé dans le document.

ÉTAPE 5 au propre — Répondre à la question 3

3 min

Cette question renvoie aux étapes « présentées dans le texte ». N'hésite pas, cependant, à t'**aider de tes connaissances** pour compléter.

▶ 3. L'électeur présente ses cartes d'identité et d'électeur. Les bulletins correspondant aux listes de candidats lui sont donnés en échange. Il entre ensuite dans l'isoloir pour glisser son choix dans une enveloppe. Puis il se présente devant le président du bureau de vote et ses assesseurs pour introduire son enveloppe dans l'urne. Après la clôture du scrutin, il peut assister, voire participer, au dépouillement.

ÉTAPE 6 — Répondre à la question 4

3 min

Les réponses étant dispersées dans le document, tu peux t'aider d'un brouillon pour les classer.

Effets sur Maxime	Effets sur sa famille
Cette expérience est pour lui source de « fierté » et d'« assurance ».	Sa famille considère cette expérience comme un « signe fort » pour Maxime et l'accompagne dans sa « prise d'autonomie ».

Rédige la réponse en réutilisant tous les éléments trouvés dans le texte.

▶ 4. L'expérience du vote provoque de la fierté (paragraphe 1) chez Maxime. Elle est un « signe fort » (paragraphe 3) qui le met en confiance (il prend de « l'assurance », paragraphe 5) ; elle le reconnaît comme égal des autres citoyens.
Pour sa famille, c'est une étape dans la conquête de son « autonomie » (paragraphe 5), son indépendance. Maxime surmonte son handicap.

CONSEIL
Quand tu extrais une information d'un texte, localise-la par un numéro de ligne ou de paragraphe, de manière à montrer au correcteur que tu n'inventes rien.

ÉTAPE 7 Répondre à la question 5

4 min

Cette question nécessite une préparation **au brouillon.**

Lis-la attentivement pour repérer l'**idée sur laquelle elle repose.**

Retourne aux passages du document qui propose des réponses et liste-les. Complète cette liste par des connaissances ou expériences personnelles.

• Que me demande-t-on ?
La question porte sur le droit de vote et les conditions de son exercice par tous.

• Les éléments de réponse dans le document
Le document montre comment de nouvelles mesures permettent aux handicapés mentaux d'exprimer leur vote et d'exercer ainsi leur citoyenneté.

• Mes connaissances pour compléter

Autres cas	Réponses
extension du droit de vote à de nouveaux électeurs (éligibilité)	→ droit de vote des étrangers → baisse des limites d'âge → loi sur la parité
adaptation aux handicaps physiques	→ accessibilité des bureaux de vote → vote par procuration

Avant de rédiger, **organise ta réponse.**

1. Démarre en reprenant les termes de la question.
2. Poursuis en t'appuyant sur le cas traité par le document.
3. Propose ensuite au moins deux autres exemples illustrés.
4. Prends le temps de rédiger une phrase de conclusion sur le sujet.

Lorsque tu rédiges, pense à mettre en évidence la structure de ta réponse, en faisant autant de **paragraphes** que d'éléments.

▶ 5. En France, le code électoral s'adapte pour permettre à tous les citoyens d'exercer l'ensemble de leurs droits de manière égale ou équitable.

Ainsi, la loi du 23 mars 2019 facilite l'expression électorale des personnes handicapées sous tutelle qui n'ont plus besoin d'obtenir une autorisation d'un juge. Cette mesure de simplification, couplée avec des mises en situation préalable, met les personnes concernées à égalité avec les autres citoyens.

D'une manière générale, le code électoral français s'est adapté aux évolutions de la société, au cours des dernières décennies. Il s'est étendu successivement aux femmes (1944), aux jeunes (18 ans au lieu de 21 en 1974), aux membres de l'UE pour les municipales et les européennes (1992). La loi sur la parité (2000) s'emploie à favoriser l'accès aux responsabilités publiques des femmes.

Permettre à tous les citoyens d'exercer l'ensemble de leurs droits passe aussi par des mesures pratiques d'aménagement facilitant l'accès aux bureaux de vote pour les personnes à handicap physique ou par l'autorisation du vote par procuration.

Le code électoral s'est donc adapté de manière à inclure au maximum tous les citoyens. Cette évolution est conforme aux valeurs de la démocratie, fondée sur la liberté et l'égalité de tous.

REMARQUE
La question de mise en situation permet de nombreuses réponses. Elles ne sont pas toutes attendues. Concentre-toi sur quelques-unes et efforce-toi de les illustrer par des exemples.

S'entraîner sur chaque thème du programme

Histoire

Géographie

Enseignement moral et civique

4 Antilles, Guyane • Juin 2019

La mobilisation des enfants pendant la Grande Guerre

ANALYSER DES DOCUMENTS

45 min
20 points

S'ENTRAÎNER

INTÉRÊT DU SUJET • La Grande Guerre est une guerre totale. Les enfants, y compris les plus jeunes, sont utilisés par la propagande pour mobiliser les esprits et soutenir le moral des troupes. L'école elle-même adapte son enseignement.

DOCUMENT 1 **Rapport annuel sur la situation de l'enseignement primaire rendu en 1917**

Un instituteur d'une école du département de la Somme répond à une enquête de son inspecteur.

[Question] Comment avez-vous adapté votre enseignement aux circonstances ?

L'emploi du temps n'a pas été modifié, et les programmes ont été respectés. Mais chaque matière enseignée a reçu un caractère se rapportant aux événements actuels.

En morale et en instruction civique : la Patrie, l'amour de la patrie, le devoir militaire, les qualités du soldat, obéissance, courage, patience, bonne humeur ; le devoir des civils : travail, économie, versement de l'or, souscriptions aux emprunts, aux Bons de la Défense nationale, ont été illustrés par des faits d'actualité. Le récit des souffrances endurées par les malheureuses populations des pays occupés, les dévastations de l'ennemi ont ému les enfants qui comprennent toute la reconnaissance qu'ils doivent à nos soldats et à nos alliés.

L'étude de l'histoire a permis de montrer le rôle de la France dans le monde ; des comparaisons entre les événements passés et les événements actuels ont montré l'unité de notre tradition nationale[1].

En géographie, les nations alliées ont été étudiées avec intérêt ; de même les régions envahies de France si prospères autrefois, aujourd'hui dévastées par un ennemi sans conscience. L'importance de l'agriculture a été particulièrement mise en relief.

Dans l'enseignement du français, les textes de dictées, les morceaux de récitation, les exercices de rédaction ont été empruntés aux événements de guerre actuels ou de la guerre de 1870[2]. Les enfants ont écrit à leur père mobilisé.

Les autres matières du programme, sciences, dessin, arithmétique, ont été étudiées dans leurs rapports avec la guerre aussi souvent que possible [...].

Rapport annuel sur la situation de l'enseignement primaire rendu en 1917, Archives départementales de la Somme.

1. L'instituteur fait par exemple allusion à la défense des Droits de l'homme par la France depuis la Révolution française.
2. Guerre qui a opposé les Français et les Allemands et qui s'est terminée par la défaite de la France.

DOCUMENT 2 **Carte postale de la Première Guerre mondiale réalisée par Georges Morinet, Éditions Patriotic, non datée**

Les cartes postales sont d'un usage très fréquent pendant la Première Guerre mondiale. Elles sont utilisées dans la correspondance entre l'arrière et le front, ou entre civils. La série « Graine de Poilu » met en scène des enfants dans des photographies réalisées en studio puis colorisées ou retouchées.

Ph © Lux-in-Fine/Leemage

Carte postale française conservée aux Archives départementales de l'Ain.

DOCUMENT 1

▶ **1.** Quelle est la situation de la France quand ce rapport est publié ?

▶ **2.** Relevez trois exemples montrant que, selon l'instituteur, la guerre est très présente dans l'enseignement comme dans les activités proposées aux élèves.

DOCUMENT 2

▶ **3.** Décrivez la carte postale.

▶ **4.** Montrez que cette image est une image de propagande.

DOCUMENTS 1 ET 2

▶ **5.** En vous appuyant sur vos réponses et sur vos connaissances, montrez que les civils, y compris les enfants, sont impliqués et mobilisés dans le cadre d'une guerre totale.

LES CLÉS DU SUJET

Comprendre les documents

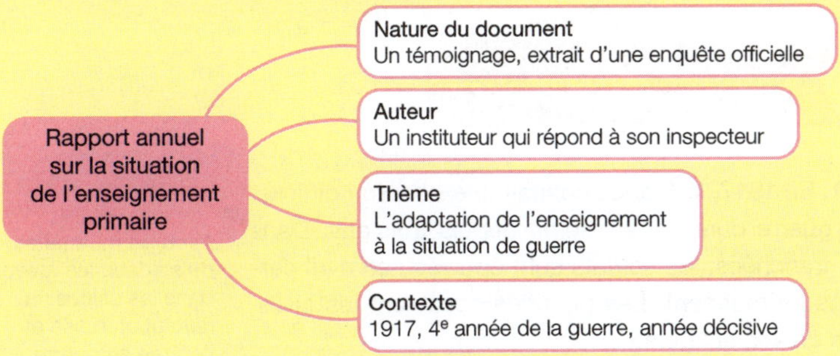

Carte postale de la Première Guerre mondiale

- **Nature du document**
  Une image publique sur un support de correspondance
- **Thème**
  La mobilisation des enfants
- **Auteur**
  Un dessinateur (Georges Morinet), les Éditions Patriotic
- **Contexte**
  Non datée, sans doute entre 1915 et 1918

Répondre aux questions

▶ **1.** Utilise la date du début de la guerre pour calculer depuis combien de temps elle dure. Comment les soldats supportent-ils la guerre des tranchées ? Et les civils ?

▶ **2.** Cherche le sens des mots « actuel » et « actualité » employés dans le rapport. Qu'est-ce qui est « actuel » pour l'instituteur en 1917 ?

▶ **3.** Commence par décrire le personnage : la façon dont il est habillé, ce qu'il tient en main. Décris ensuite les détails du dessin.

▶ **4.** L'enfant est-il triste ? Entre Français et Allemands, qui est présenté comme vainqueur de la guerre ? Justifie ta réponse.

▶ **5.** Parmi les civils, distingue les hommes, les femmes et les enfants.

4 CORRIGÉ GUIDÉ

▶ **1.** En 1917, la France connaît une situation difficile. La guerre dure sans résultat depuis trois ans. Dans les tranchées, les soldats sont épuisés ; en avril certains se mutinent. Les pénuries accablent les civils, des grèves éclatent.

> **INFO +**
> Avec les mutineries de soldats, les grèves dans les usines, la révolution russe et l'entrée en guerre des États-Unis, l'année 1917 est considérée comme un tournant de la guerre.

▶ **2.** La présence de la guerre dans l'enseignement se voit dans le souci de l'instituteur de traiter le programme en « se rapportant aux événements ». Par exemple : en morale, il enseigne l'amour de la patrie et le devoir militaire « illustrés par des faits d'actualité » ou par le « récit des souffrances endurées par les populations » ; en histoire, il compare « les événements passés et les événements actuels » ;

en géographie, il étudie « les régions envahies [...] aujourd'hui dévastées » ; en français, les dictées et récitations sont « empruntées aux événements de guerre actuels » ; toutes les autres matières sont étudiées « dans leurs rapports avec la guerre ».

▶ **3.** La carte postale représente un enfant portant un calot militaire, un fusil avec une baïonnette et une épée. Il fait le salut militaire, celui des soldats en présence des officiers. Avec son pied droit, il écrase une poupée qui représente un soldat allemand.

> **CONSEIL**
> Pour décrire une image, commence par le sujet principal, puis traite les détails. Travaille par plans ; lis cette image de gauche à droite.

▶ **4.** Cette carte est une image de propagande, parce qu'elle représente un enfant français facilement vainqueur de l'ennemi foulé aux pieds. L'enfant sourit : la guerre ne lui fait pas peur. Son salut militaire montre qu'il est prêt à faire son devoir.

▶ **5.** Les civils sont impliqués dans le cadre de la guerre. Il leur est demandé de soutenir les soldats en donnant de l'argent. Les jeunes filles deviennent « marraines de guerre » : elles écrivent à un soldat pour soutenir son moral. Les plus âgés et les femmes remplacent dans les usines, aux champs ou dans les administrations, les hommes partis au front. Les enfants sont utilisés par la propagande pour diffuser des nouvelles positives.

La violence des tranchées

ANALYSER DES DOCUMENTS

45 min
20 points

INTÉRÊT DU SUJET • La puissance des armes et la nature des combats durant la Grande Guerre sont d'une brutalité effrayante. Le souvenir des horreurs vécues marque les survivants.

DOCUMENT 1 **Dernière lettre de Louis Gondelon tué sur le front de la Somme le 12 septembre 1916**

Le 9 septembre 1916

Bien chère maman,

Je t'écris en pleine offensive. Depuis 3 jours le régiment se bat, et se fait décimer. Le 3e et le 6e colonial[1], nous subissons de lourdes pertes : les Allemands en subissent le double de nous. Mais cela ne ressuscite pas les morts. J'ai lu les journaux du pays, elles ont bien raison de rire un peu les filles de Calédonie, car elles ne riront peut-être plus beaucoup. Nombreuses sont celles qui pleureront. Les Calédoniens se sont fait massacrer. Peu nombreux sont ceux qui sont debout à l'heure actuelle !

La majeure partie a été comptée comme disparus, c'est-à-dire prisonniers ou morts ! Nombreux sont les pauvres petits déchiquetés par les obus et qui gisent dans un coin de terre où jamais ceux qui les aiment ne viendront prier. Pauvre Mère va ! C'est terrible la guerre ! J'ai fait le sacrifice de ma vie ! […]

Mon copain Henri Martin a été blessé à mes côtés, tout d'abord cela m'a fait quelque chose de voir le sang ruisseler sur celui qui était un peu mon frère. Puis j'ai été heureux lorsque j'ai vu sa blessure ! Ce n'est rien, l'éclat d'obus est venu s'arrêter sur la clavicule. Cela lui vaut 2 mois d'hôpital, de bonheur ! […] Je suis bien seul maintenant. […]

Ne t'en fais pas si je viens à tomber, ce sera en Français. Je n'aurai fait que suivre la loi commune à tant de Calédoniens. Je n'aurai pas été un lâche. […]

Ton petit qui t'aime.

Louis

Source : *Mémoires océaniennes de la Grande Guerre. Chronique calédonienne.* Livret pédagogique du Musée de la ville de Nouméa, 2011.

1. Régiment colonial.

S'ENTRAÎNER

DOCUMENT 2 ***Soldat blessé***

Source : *Soldat blessé (automne 1916, Bapaume)*, Otto Dix, 1924.

DOCUMENT 1

▶ **1.** Durant quelle bataille de la Première Guerre mondiale l'auteur écrit-il cette lettre ? À quelle phase de la guerre correspond cette bataille ? (*3 points*)

▶ **2.** Montrez que les combats sont violents et meurtriers. (*4 points*)

▶ **3.** Pourquoi l'auteur associe-t-il l'hôpital à l'idée du bonheur ? (*3 points*)

DOCUMENT 2

▶ **4.** Comment l'artiste montre-t-il l'atrocité de la guerre ? (*4 points*)

DOCUMENTS 1 ET 2

▶ **5.** À l'aide des documents et de vos connaissances, décrivez la situation des soldats au front durant la Première Guerre mondiale. (*6 points*)

LES CLÉS DU SUJET

Comprendre les documents

Dernière lettre de Louis Gondelon tué sur le front de la Somme le 12 septembre 1916

- **Nature du document** : Lettre, document témoin
- **Auteur** : Louis Gondelon, un soldat français
- **Thème** : Les dures conditions d'une offensive
- **Contexte** : 1916, 3e année de la guerre, offensive de la Somme pour soulager Verdun

Soldat blessé

- **Nature du document** : Dessin, document témoin
- **Auteur** : Otto Dix, combattant et artiste peintre allemand
- **Thème** : L'horreur de la blessure sur le front
- **Contexte** : Même contexte que le document 1, dans les lignes allemandes ; publié en 1924

Répondre aux questions

▶ **1.** Sur quel front Louis Gondelon a-t-il été tué ? Quelle bataille importante dure pendant toute l'année 1916 ?

▶ **2.** Que signifie le mot « décimer » ? Quel autre mot dans le texte a un sens proche ? Comment sont les corps atteints par les obus ? Que deviennent-ils ?

▶ **3.** À quoi échappe le soldat hospitalisé ?
▶ **4.** Relève les détails du visage, du corps ou des mains qui traduisent la peur, la souffrance ou l'horreur. Quel style adopte l'artiste ?
▶ **5.** Où vivent les combattants ? Dans quelles conditions ? À quels types d'armes sont-ils confrontés ?

5 CORRIGÉ GUIDÉ

▶ **1.** L'auteur écrit sa lettre durant la bataille de la Somme. Elle se déroule en septembre 1916. L'offensive alliée a vocation à soulager Verdun où la bataille dure depuis plus de six mois.

INFO +
Du 21 février au 18 décembre 1916, la bataille de Verdun est la plus longue et meurtrière de la guerre (plus de 300 000 morts).

▶ **2.** Les unités sont « décimées » (perte d'un homme sur dix), la « majeure partie » (plus de 50 % ?) des hommes a disparu ; ils se font « massacrer ». Les corps sont « déchiquetés » et abandonnés dans « un coin de terre ».

▶ **3.** Le blessé est évacué, il est retiré du front. Si sa blessure n'est pas grave, il échappe à la mort et aux horreurs de la tranchée. C'est un bonheur, car il peut vraiment se reposer.

▶ **4.** L'artiste traduit l'atrocité de la guerre en montrant la peur dans le regard du blessé (yeux exorbités), la souffrance dans sa bouche hurlante ou la crispation de ses mains. Le bas du corps ne ressemble plus à rien, le ventre semble troué. Le style caricatural accentue l'impression d'horreur.

▶ **5.** Pendant la Première Guerre mondiale, les soldats vivent dans des tranchées soumises à toutes les intempéries et peu protégées de l'artillerie adverse. Mal nourris, les combattants y passent de longues semaines d'inquiétude, l'ennemi pouvant attaquer à tout moment. Ils subissent des bombardements violents, parfois pendant de longues heures, ils peuvent être asphyxiés par des gaz mortels. Les assauts sont meurtriers, les hommes s'exposant sans protection au feu adverse. La folie guette les plus fragiles.

Les États totalitaires dans l'entre-deux-guerres

MAÎTRISER LES DIFFÉRENTS LANGAGES

45 min
20 points

INTÉRÊT DU SUJET • L'entre-deux-guerres est marqué par l'apparition d'un nouveau type de régime. Leurs dirigeants contrôlent tous les pouvoirs. Ils s'immiscent dans la vie privée de la population.

▶ **1.** En vous appuyant sur un exemple étudié en classe, rédigez un développement construit d'une vingtaine de lignes décrivant un État totalitaire dans l'Europe de l'entre-deux-guerres. *(14 points)*

▶ **2.** Sur la frise chronologique ci-dessous, vous placerez aux dates qui conviennent les quatre repères historiques proposés, en représentant différemment les périodes et les événements. *(6 points)*

– la Première Guerre mondiale ;
– la révolution russe ;
– la Seconde Guerre mondiale ;
– l'arrivée au pouvoir d'Hitler.

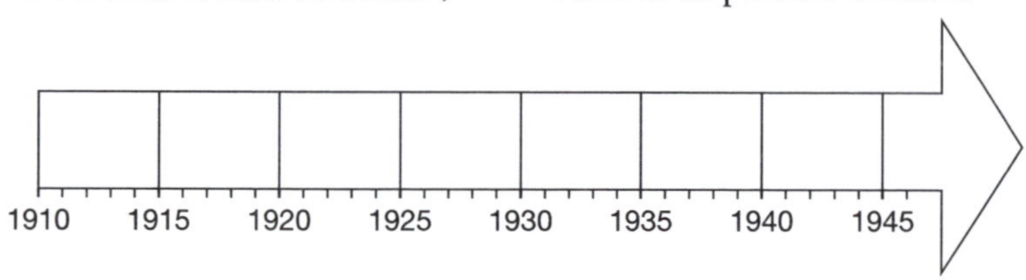

LES CLÉS DU SUJET

Analyser le sujet de développement construit (▶ 1)

- Le sujet consiste à expliquer le **fonctionnement** d'un régime autoritaire contrôlant toute la société.
- Il faut mettre en relation la notion de « **totalitarisme** » avec les moyens dont dispose le régime pour imposer sa loi.

Organiser ses idées

Selon l'exemple étudié en classe, tu peux traiter de l'Italie fasciste, de l'Allemagne nazie ou de l'URSS de Staline.

Expliquer le fonctionnement d'un régime autoritaire dans l'entre-deux-guerres

INTRODUCTION Cite les régimes totalitaires de l'époque, nomme le leader de l'exemple choisi, rappelle comment il arrive au pouvoir.

❶ Décris l'idéologie du régime et son fonctionnement.

❷ Explique comment il contrôle ou séduit la population et encadre la société.

CONCLUSION Résume les principales caractéristiques d'un État totalitaire. Appuie-toi sur la définition du totalitarisme.

6 CORRIGÉ GUIDÉ

▶ **1.** • La Première Guerre mondiale ébranle le régime tsariste. L'année 1917 est marquée par des révolutions qui permettent aux bolchéviques de Lénine de prendre le pouvoir. En 1924, Staline s'impose à la tête de l'URSS. Comment en fait-il un régime totalitaire ?

ATTENTION !
Le corrigé est établi sur l'exemple de l'URSS et sert de modèle. Si tu as étudié un autre pays, l'organisation de ton développement peut rester la même.

• Dans le cadre d'une dictature du prolétariat, le parti communiste contrôle tous les pouvoirs politiques. Il est la seule organisation politique autorisée. Staline en est le chef suprême, bénéficiaire d'un véritable « culte de la personnalité ». Placée sous le contrôle de l'État, l'économie est planifiée de façon impérative. L'égalité de tous devant les moyens de production est décrétée. Les symboles du régime sont l'étoile et le drapeau rouge. Sur celui-ci figurent un marteau (symbole de la classe ouvrière) et une faucille (symbole de la paysannerie).

INFO +
Le rouge est le symbole du sang versé par les ouvriers pendant leurs luttes sociales. Tous les pays communistes l'utilisent.

• Les entreprises sont nationalisées et les terres collectivisées. L'industrialisation est mise en œuvre dans le cadre de plans quinquennaux. Les populations bénéficient d'ambitieux programmes sociaux : santé et éducation gratuites, moyens de transport bon marché. Par la propagande, l'école, le contrôle des médias et les organisations de jeunesse, le régime endoctrine les populations. Contre les opposants (bourgeois, koulaks, minorités ethniques ou religieuses), la police politique (NKVD) fait régner la terreur et instaure des camps de travail (Goulag).

• De 1924 à 1939, l'URSS de Staline est devenue un État totalitaire : le régime contrôle la totalité des activités et des personnes dans tous les domaines de la vie publique et privée.

▶ 2.

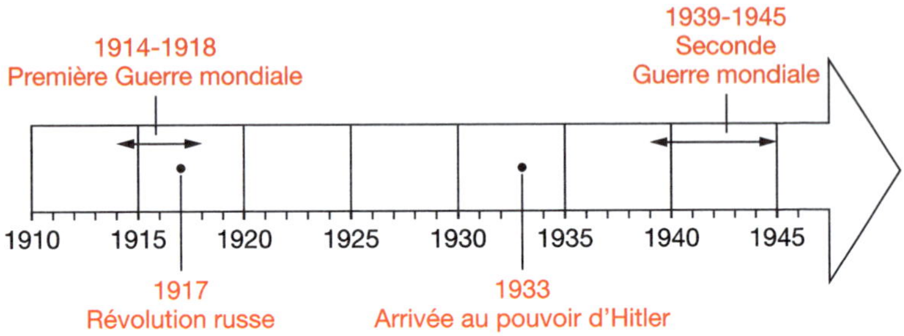

7 Pondichéry • Mai 2018

La déportation et l'extermination des Juifs

ANALYSER UN DOCUMENT

45 min
20 points

S'ENTRAÎNER

INTÉRÊT DU SUJET • La Seconde Guerre mondiale fut l'occasion de violences inédites et de crimes contre l'humanité. Les survivants témoignent de l'horreur : la déshumanisation des victimes, leur assassinat en masse, le génocide.

DOCUMENT **Témoignage d'une déportée**

Simone Veil (1927-2017) est arrêtée par la Gestapo à Nice en mars 1944, avec sa mère et sa sœur. Elles sont conduites au camp de transit de Drancy en région parisienne et déportées ensemble en avril 1944.

Le 13 avril 1944, nous[1] avons été embarquées à cinq heures du matin, pour une nouvelle étape dans cette descente aux enfers qui semblait sans fin. Des autobus nous ont conduits à la gare de Bobigny[2], où l'on nous a fait monter dans des wagons à bestiaux formant un convoi aussitôt parti vers l'Est. […] Nous étions effroyablement serrés, une soixantaine d'hommes, de femmes, d'enfants, de personnes âgées, mais pas de malades. Tout le monde se poussait pour gagner sa place. […] Le voyage a duré deux jours et demi ; du 13 avril à l'aube au 15 au soir à Auschwitz-Birkenau[3]. C'est une des dates que je n'oublierai jamais, avec celle du 18 janvier 1945, jour où nous avons quitté Auschwitz et celle du retour en France, le 23 mai 1945. Ces dates demeurent attachées à mon être le plus profond, comme le tatouage du numéro 78651 sur la peau de mon bras gauche. […]

Plus tard le soir de l'arrivée au camp, dans un baraquement surveillé par des kapos[4].

Celles qui avaient été séparées des leurs commençaient à s'inquiéter, se demandant où étaient passés leurs parents ou leurs enfants. […] Les kapos montraient par la fenêtre la cheminée des crématoires et la fumée qui s'en échappait. <u>Nous ne comprenions pas, nous ne pouvions pas comprendre</u>. [...] Une kapo qui se tenait dans un coin de la pièce se mettait à crier ou menaçait certaines d'entre nous de son fouet. [...] Puis les kapos nous ont fait lever et mettre en rang par ordre alphabétique et nous sommes passées l'une après l'autre devant des déportés qui nous ont tatouées. [...] Ensuite nous sommes passées au sauna. Les Allemands étaient obsédés par les microbes [...] la folie de la pureté les hantait. [...] Peu leur importait que par la suite, celles d'entre nous qui ne mourraient pas à la tâche survivent dans la vermine et les conditions d'hygiène épouvantables. [...]

Au printemps de 1944, les autorités du camp avaient décidé de prolonger la rampe de débarquement des convois pour la rapprocher des chambres à gaz. [...] Nous nous faisions à l'effroyable ambiance qui régnait dans le camp, la pestilence des corps brûlés, la fumée qui obscurcissait le ciel, la boue partout, l'humidité pénétrante des marais. [...]

À partir de début mai, les trains chargés de déportés hongrois se sont succédé de jour comme de nuit, remplis d'hommes, de femmes, d'enfants et de vieillards. [...] Une épouvantable tristesse m'étreignait en voyant, éparpillés au sol, les vêtements des personnes qui venaient d'être gazées.

Extraits de l'ouvrage *Une jeunesse au temps de la Shoah*, écrit par Simone Veil, 2017.

---

1. *Nous* désigne Simone Veil, sa mère Yvonne et sa sœur Madeleine.
2. Bobigny : nom d'une ville proche de Drancy d'où partaient les convois de déportés.
3. Auschwitz-Birkenau : plus grand centre de mise à mort du Reich, situé en Pologne.
4. Kapos : déportés choisis pour faire régner l'ordre dans le camp.

▶ **1.** Relevez cinq étapes de la déportation de Simone Veil à Auschwitz-Birkenau. *(5 points)*

▶ **2.** Relevez deux éléments du texte montrant que les déportés sont « déshumanisés », c'est-à-dire qu'ils ne sont plus considérés comme des êtres humains. *(4 points)*

▶ **3.** Dans ce témoignage, relevez au moins trois éléments montrant que les déportés sont arrivés dans un centre de mise à mort. *(6 points)*

▶ **4.** Quels éléments de l'idéologie nazie expliquent les génocides des Juifs et des Tziganes ? *(2 points)*

▶ **5.** Expliquez la phrase soulignée dans le texte. *(3 points)*

LES CLÉS DU SUJET

Comprendre le document

Le témoignage d'une déportée

- **Nature du document**
  Un témoignage, récit de souvenirs publié en 2017, extrait d'une autobiographie initialement publiée en 2007
- **Auteur**
  Simone Veil, jeune femme de 17 ans déportée à Auschwitz
- **Thème**
  Les conditions du voyage et de vie à Auschwitz
- **Contexte**
  1944, la fin de la guerre, accélération de la Shoah

Répondre aux questions

▶ **1.** Les étapes demandées renvoient aux différents trajets entre Nice et Auschwitz-Birkenau, ainsi qu'aux moments marquants de l'arrivée au camp. Attention : les « étapes de la déportation » ne comprennent pas celle du retour en France.

▶ **2.** Identifie les mots du texte qui évoquent des espèces animales et la manière de les traiter, de les dresser ou de les marquer.

▶ **3.** Recherche dans le document tout ce qui a trait à l'exécution des Juifs et à l'élimination de leurs corps.

▶ **4.** Revois le sens du mot « génocide » dans ton cours. Comment nomme-t-on la haine ou le rejet des Juifs ? Selon quel critère le nazisme classait-il les hommes ?

▶ **5.** L'important dans la phrase soulignée n'est pas dans l'incompréhension dont témoigne Simone Veil, mais dans le fait qu'elle « ne peut pas » comprendre. Que signifie une telle impossibilité, le fait qu'il n'y ait pas d'explication possible ?

7 CORRIGÉ GUIDÉ

▶ **1.** Les étapes de la déportation de Simone Veil sont : un trajet en autobus jusqu'à Bobigny, au camp de Drancy ; un voyage de deux jours et demi en train de Drancy à Auschwitz ; une sélection à l'arrivée et la séparation des familles ; une séance de marquage (ou tatouage) des prisonniers pour mieux les contrôler ; une séance de nettoyage au sauna pour éviter les épidémies.

> **CONSEIL**
> Dans la description des étapes, précise les lieux de passage, les moyens de transport, les objectifs des Allemands.

▶ **2.** Plusieurs éléments du texte montrent que les déportés sont « déshumanisés » : ils sont transportés dans des « wagons à bestiaux » ; les kapos (ou surveillants du camp) menacent les prisonniers avec des « fouets » ; les survivants sont soumis à « des conditions d'hygiène épouvantables » où grouille la « vermine » (punaises, poux, puces, « microbes ») ; ils sont marqués (« tatoués ») comme des animaux d'élevage.

▶ **3.** Les éléments qui montrent qu'Auschwitz est un camp « de mise à mort » sont : la présence de « chambres à gaz » (3e et 4e paragraphes) ; celle de « cheminées des crématoires » (2e paragraphe) dans lesquelles les corps des personnes assassinées étaient brûlés ; le fait que les prisonniers mourraient pendant leur détention (fin du 2e paragraphe).

> **CONSEIL**
> Précise à quelle ligne ou dans quel paragraphe du texte se situent les passages que tu cites.

▶ **4.** Les éléments de l'idéologie nazie qui expliquent les génocides des Juifs et des Tziganes sont, d'une part, la théorie raciale, qui définit la population aryenne (la « race » supposée allemande) comme une communauté d'hommes supérieurs, et, d'autre part, l'antisémitisme (haine des Juifs) qui désigne les Juifs comme ennemis du peuple allemand.

> **INFO +**
> Les Aryens (population d'origine indo-iranienne) sont désignés par Hitler comme les ancêtres des Allemands et comme une « race supérieure ».

▶ **5.** « Nous ne comprenions pas, nous ne pouvions pas comprendre. » Dans cette phrase, Simone Veil dit ne pas trouver d'explication à ce qu'elle découvre en arrivant à Auschwitz. Elle souligne surtout le fait qu'elle « ne peut pas » comprendre : cela signifie que la réalité est inimaginable, inconcevable, tant elle est « inhumaine » (contraire à toute humanité).

8 France métropolitaine • Juillet 2019

Rafle du Vel' d'Hiv' (1942) et déportation de masse pendant la Seconde Guerre mondiale

ANALYSER DES DOCUMENTS

45 min
20 points

S'ENTRAÎNER

INTÉRÊT DU SUJET • La Shoah est un crime contre l'humanité qui fut systématiquement organisé, planifié, mis en œuvre. Le régime de Vichy s'en rendit complice en participant activement à l'arrestation et à la déportation des Juifs vivant sur son territoire.

DOCUMENT 1 **Circulaire de la préfecture de Paris ordonnant la rafle du « Vel' d'Hiv' » des 16 et 17 juillet 1942**

À messieurs les commissaires […]
Paris, le 13 juillet 1942.

Les autorités occupantes ont décidé l'arrestation et le rassemblement d'un certain nombre de Juifs étrangers. […] [La mesure] concerne tous les Juifs étrangers, quel que soit leur sexe, pourvu qu'ils soient âgés de 16 à 60 ans. Les enfants de moins de 16 ans seront emmenés en même temps que les parents[1]. […]

Vous constituerez des équipes d'arrestation. Chaque équipe sera composée d'un gardien en tenue et d'un gardien en civil ou d'un inspecteur des Renseignements généraux ou de la Police judiciaire.

[…]

Les équipes chargées des arrestations devront procéder avec le plus de rapidité possible, sans paroles inutiles et sans commentaire. […] Des autobus seront mis à disposition. Lorsque vous aurez un contingent suffisant pour remplir un autobus, vous dirigerez :

a) Sur le camp de Drancy les individus ou familles n'ayant pas d'enfant de moins de 16 ans.

b) Sur le Vélodrome d'Hiver : les autres.

En ce qui concerne le camp de Drancy, le contingent prévu doit être de 6 000.

[…]

La garde du Vélodrome d'Hiver sera assurée, tant à l'intérieur qu'à l'extérieur par la gendarmerie de la région parisienne et sous sa responsabilité.

Le directeur de la police municipale, Hennequin.

Archives de la police, sorties à l'occasion d'une exposition organisée par la mairie du IIIe arrondissement de Paris en 2012.

1. En réalité, la rafle s'est portée sur tous les Juifs, français comme étrangers et de tout âge.

DOCUMENT 2 **Principaux itinéraires des convois de déportation à destination d'Auschwitz**

Mémorial de la Shoah.

DOCUMENT 1

▶ **1.** À l'aide de l'expression soulignée, présentez la situation de la France en 1942.

▶ **2.** Identifiez les personnes visées par la circulaire.

▶ **3.** Décrivez ce qu'est une rafle à l'aide de ce document.

▶ **4.** Montrez comment les services de l'État français collaborent avec l'occupant.

DOCUMENT 2

▶ **5.** Expliquez pourquoi la rafle du « Vel' d'Hiv' » n'est qu'une étape dans la politique nazie mise en place en Europe durant la Seconde Guerre mondiale.

LES CLÉS DU SUJET

Comprendre les documents

Circulaire de la préfecture de Paris ordonnant la rafle du Vel' d'Hiv'

- **Nature du document**
  Document officiel, faisant acte exécutif
- **Auteur**
  La préfecture de police de Paris, une institution exécutive française
- **Thème**
  L'arrestation et la déportation des Juifs parisiens
- **Contexte**
  17 juillet 1942, France occupée par une Allemagne nazie au sommet de sa puissance

Principaux itinéraires des convois de déportation vers Auschwitz

- **Nature du document**
  Carte contemporaine, document didactique
- **Source**
  Mémorial de la Shoah, institution chargée d'entretenir le souvenir du génocide
- **Thème**
  La déportation des Juifs vers les camps d'extermination
- **Contexte**
  Années 1942-1945, période d'accomplissement de la « Solution finale »

Répondre aux questions

▶ **1.** Qui « occupe » ? Que signifie l'emploi de ce verbe dans le contexte de 1942 ? Selon tes connaissances, en combien de zones la France était-elle divisée ?

▶ **2.** Attention : deux mots associés sont à prendre en compte pour bien répondre à la question. Interroge-toi aussi sur le cas des enfants.

▶ **3.** Dans le document 1, identifie les étapes de l'opération. Rédige ensuite ta réponse en reliant chacune d'elle, de manière à faire un récit.

▶ **4.** Qui prend la décision de la rafle d'après le document ? Ne recopie pas celui-ci : à partir des informations qu'il fournit, définis le type d'action, d'une part, et de responsabilité, d'autre part, assuré par les services de l'État français.

▶ **5.** Utilise la légende pour distinguer les types de camps et leur localisation. De quoi témoigne le passage de « camp d'internement » à « camp d'extermination » ? Que déduire de la présence d'autres camps que celui d'Auschwitz et « d'autres convois » vers ce camp, qui ne partent pas de Paris ? Utilise tes connaissances concernant la « Solution finale ».

8 CORRIGÉ GUIDÉ

▶ **1.** En juin 1940, la France a été vaincue par l'Allemagne. L'armistice a été signé et le territoire est divisé en plusieurs zones. Les deux plus grandes sont la zone occupée au nord et le long de la côté atlantique, et la zone libre au sud sous l'autorité du maréchal Pétain, installé à Vichy. L'Alsace-Lorraine est rattachée à l'Allemagne. Les départements du nord de la France sont dans une zone « interdite ».

CONSEIL
Pour être complet, n'hésite pas à évoquer le début de la guerre. Cite les temps forts, ceux qui permettent d'expliquer la situation.

▶ **2.** Les personnes visées par la circulaire sont « les Juifs étrangers ». Ce sont donc toutes les personnes caractérisées par leur confession ou appartenance à la communauté juive et n'ayant pas (ou plus) la nationalité française. Aucune distinction sérieuse de sexe ou d'âge n'est faite, les enfants de moins de seize ans sont également concernés. Ils ne doivent seulement pas être séparés de leurs parents.

REMARQUE
Le document 1 ne vise que les Juifs étrangers mais, comme le souligne la note, la rafle affecte aussi les Juifs français.

▶ **3.** Une rafle est une opération d'arrestation massive (des milliers de personnes, selon le document) et d'emprisonnement des personnes visées. Celles-ci sont interpellées à leur domicile, rassemblées, puis emmenées vers des lieux de détention (le camp de Drancy, en l'occurrence) à l'aide de véhicules utilitaires (des bus).

▶ **4.** La rafle est décidée par les Allemands. Les Français leur apportent une aide matérielle. Ils fournissent des personnels d'intervention pour opérer les arrestations ; d'autres pour garder les interpellés au vélodrome ou dans le camp de Drancy (la gendarmerie). Ils fournissent aussi les véhicules (et leurs chauffeurs) servant au transfert des victimes vers les sites d'internement. Les Français ne sont que des exécutants, sans lesquels, cependant, l'opération n'aurait pas pu être menée à bien.

▶ **5.** La rafle du « Vel' d'Hiv' » n'est qu'une étape dans la politique nazie. Elle n'est d'abord qu'une rafle parmi d'autres. La déportation des Juifs se fait pendant toute la durée de la guerre, jusqu'à la fin de celle-ci en 1945. Au début, les Juifs ont été recensés, fichés et limités dans leurs droits ; puis ils ont été enfermés dans des camps. Ils ont été progressivement exclus des sociétés nationales, puis déportés dans des camps de concentration. À partir de 1942, les nazis ont pris la décision d'une « solution finale » : l'extermination des Juifs d'Europe, leur assassinat pur et simple. Celui-ci avait commencé « par balles » sur le front de l'Est dès juin 1941 ; il s'est poursuivi par les privations, puis par le gaz dans les camps comme Auschwitz. Plus de cinq millions de Juifs ont été victimes de ce génocide auquel le régime de Vichy a collaboré.

INFO +
Pendant la guerre, on distingue les camps de prisonniers militaires où sont respectées les conventions de Genève, les camps de concentration où les conditions de vie sont très dures, et les camps d'extermination où les personnes sont assassinées.

S'ENTRAÎNER

9 Nouvelle-Calédonie • Décembre 2017

La défaite de l'Allemagne nazie

ANALYSER UN DOCUMENT

45 min
20 points

INTÉRÊT DU SUJET • En 1945, les forces alliées entrent en Allemagne. Pour justifier l'anéantissement de l'ennemi auprès de leurs peuples, elles le diabolisent. Elles précisent aussi que l'ennemi est le nazisme, bien plus que l'Allemagne.

DOCUMENT **Loup abattu sur la porte de Brandebourg à Berlin**

Il est écrit en russe : « Ce que sera la bête sauvage nazie ».

D'après une affiche soviétique de 1945, cndp.fr.

▶ **1.** Que représente le loup sur l'affiche ? *(4 points)*

▶ **2.** Par quels pays le loup a-t-il été tué ? *(4 points)*

▶ **3.** Pourquoi la scène se déroule-t-elle à Berlin en 1945 ? *(4 points)*

▶ **4.** Relevez sur l'affiche un élément qui montre que la Seconde Guerre mondiale est une guerre d'anéantissement. *(4 points)*

▶ **5.** Quel pays est vaincu en 1945 d'après cette affiche ? *(4 points)*

LES CLÉS DU SUJET

Comprendre le document

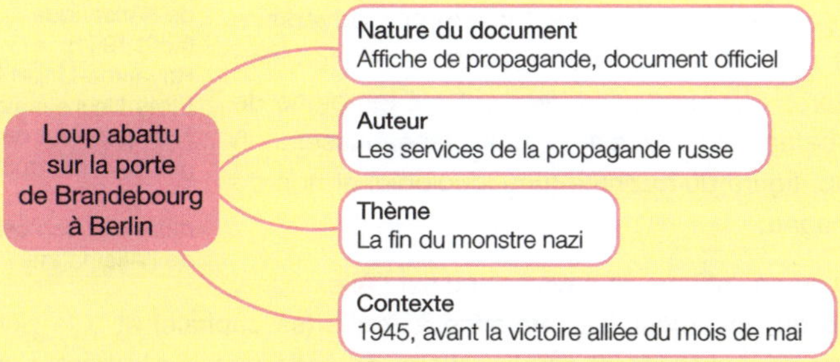

Répondre aux questions

Chacune des questions rapporte quatre points. Pour en obtenir la totalité, sois précis et justifie chaque réponse en t'appuyant sur les détails de l'image ou sur tes connaissances.

▶ **1.** Réfère-toi au texte de l'affiche. Attention au piège : la réponse ne doit pas être la même que celle de la question 5.

▶ **2.** Le nombre de réponses correspond au nombre de poignards plantés dans le dos de l'animal. Identifie les drapeaux déployés dans le ciel.

▶ **3.** Quel est le statut de Berlin dans l'Allemagne de l'époque ? C'est le même qu'aujourd'hui. Pourquoi est-ce important ? De quoi la ville est-elle le symbole ?

▶ **4.** Aide-toi de ton cours pour définir la notion d'anéantissement, puis fais le lien avec l'élément que tu relèves sur l'affiche.

▶ **5.** Renvoie aux informations données par l'affiche, son titre et son texte pour justifier ta réponse.

9 CORRIGÉ GUIDÉ

▶ **1.** D'après le texte de l'affiche (« la bête sauvage nazie »), le loup représente le régime nazi, celui établi en Allemagne par Hitler depuis 1933.

▶ **2.** Sur le dessin, le loup a reçu trois coups de poignard. Chacun correspond à un pays dont le drapeau est déployé dans la partie supérieure de l'affiche. De gauche à droite : le Royaume-Uni, les États-Unis et l'URSS.

▶ **3.** Berlin est la capitale de l'Allemagne nazie. Elle en est le symbole national. C'est là aussi qu'ont lieu les derniers combats de la guerre et la rencontre entre les armées soviétique et américaine.

▶ **4.** La Seconde Guerre mondiale est une guerre d'anéantissement. La notion renvoie à la volonté des États en guerre de détruire totalement l'adversaire ou les populations jugées indésirables en fonction de critères idéologiques. L'élément qui témoigne de cette caractéristique est la mort (anéantissement) du loup, figure du nazisme (une idéologie) et non de l'Allemagne.

INFO +
Par la charte de l'Atlantique (août 1941), le Royaume-Uni et les États-Unis s'étaient fixés pour but de guerre la destruction de la « tyrannie nazie » et non celle de l'Allemagne.

▶ **5.** D'après l'affiche, le pays vaincu est l'Allemagne. Le titre du document fait référence à Berlin (sa capitale) et à la porte de Brandebourg, monument emblématique de cette ville sur le fronton duquel apparaît le nom de Berlin écrit en russe. Le loup incarne le nazisme qui est l'idéologie du parti à la tête de ce pays.

10 Asie • Juin 2019

Les femmes face à la Seconde Guerre mondiale

ANALYSER DES DOCUMENTS

45 min
20 points

S'ENTRAÎNER

INTÉRÊT DU SUJET • Les femmes ne furent pas que des victimes. Elles ont activement participé à la guerre, au profit d'un camp ou de l'autre. Leurs engagements témoignent d'une guerre totale.

DOCUMENT 1 **Lettre des comités féminins de résistance de la Côte-d'Or adressée à la population**

Chères Amies, Chers Amis,

Nous connaissons la lamentable situation des personnes âgées due au rationnement et aux difficultés qu'elles ont pour se ravitailler, ne pouvant se déplacer facilement ni faire les « queues ».

Nous constatons que le gouvernement de Vichy ne fait rien pour vous, que vous souffrez particulièrement de la faim.

Beaucoup d'entre vous ont des enfants qui du fait de la dureté de la vie ne peuvent suffisamment subvenir aux besoins de leurs parents.

Les femmes de la Résistance en accord avec les Francs-Tireurs vous envoient quelques tickets de pain pour augmenter votre maigre ration.

Nous pensons faire œuvre de patriotisme en aidant ceux qui ont peiné toute une vie pour faire de notre Bourgogne une région riche et prospère.

Nous regrettons de ne pouvoir vous donner davantage pour le moment.

Recevez Chères Amies, Chers Amis, nos sentiments de reconnaissance.

Les Femmes de la résistance, Section Côte d'Orienne
Responsable Cl. Cadrex, 1943

© Collection particulière, www.cheminsdememoire.

DOCUMENT 2 **La célébration de la fête des Mères par l'Union française pour la défense de la race[1]**

Aujourd'hui nous puiserons parmi les grands élans collectifs et nous vous parlerons de la fête des Mères. Nous exalterons cette fête des Mères, nous acclamerons les Mères elles-mêmes et nous remercierons les femmes de grand cœur, inlassables organisatrices qui préparent pour les Mères l'hommage annuel qui leur est bien dû. […] Votre tâche, jeunes mamans, ne se borne pas à partager à vos petits leur ration de sucre de raisin. Il faut aussi leur donner la ration de l'âme[2], la nourriture qui fera d'eux des femmes et des hommes dignes de ce nom. Vos enfants, dans un corps sain, doivent posséder une âme virile, une âme à toute épreuve, l'âme de la France, l'âme de la race. Et vous mamans qui avez déjà formé et remis à la société pour le bien collectif votre enfant déjà homme, soyez remerciées pour votre sacrifice. Ce sacrifice multiplié sera sans doute le salut de notre pays que tant de scélérats[3] sans patrie et sans honneur veulent faire périr.

Union française pour la défense de la race, La Fête des Mères par Paule Marguy, texte de l'émission de radio du 17 mai 1943, Alain Corbin, *Les Filles de noce*, Paris, Aubier, 1978, p. 486.

1. L'Union française pour la défense de la race : organe dirigeant de la propagande du Commissariat général aux questions juives de Vichy depuis 1942. À partir de janvier 1943, cette instance diffuse ses thèses à la radio, le lundi et le vendredi à l'heure du déjeuner.
2. Âme : employé ici dans le sens d'« esprit ».
3. Scélérats : criminels, personnes malveillantes.

DOCUMENT 1

▶ **1.** Quel rôle les femmes jouent-elles ici dans la Résistance ? Évoquez d'autres formes de résistances. *(4 points)*

DOCUMENT 2

▶ **2.** Identifiez les rôles réservés aux femmes par le régime de Vichy. *(2 points)*

▶ **3.** En vous appuyant sur des éléments du texte, montrez que ce dernier illustre l'idéologie du régime de Vichy. *(6 points)*

DOCUMENTS 1 ET 2

▶ **4.** Quelle difficulté des Français sous l'occupation est, ici, évoquée ? *(2 points)*

▶ **5.** Expliquez le passage souligné dans le document 2 et montrez que les deux textes témoignent d'engagements opposés pendant la Seconde Guerre mondiale. *(6 points)*

LES CLÉS DU SUJET

Comprendre les documents

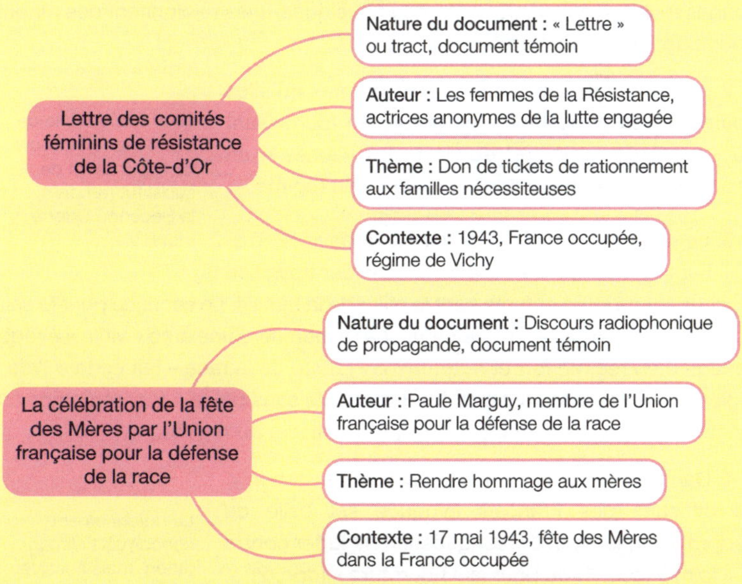

Répondre aux questions

▶ **1.** D'après le texte, qui est dans une situation difficile ? Contre quel mal se mobilisent les auteures de la lettre ?

▶ **2.** Identifie les différents types de « nourriture » que les mères doivent donner à leurs enfants. Au service de qui doivent-elles se mobiliser ?

▶ **3.** Utilise la devise du régime. Quelles qualités sont recherchées dans une « âme virile » ? À quelle idéologie fait référence le mot « race » ? Qui sont les « sans patrie » de l'époque ?

▶ **4.** Cherche un mot-clé, commun aux deux textes.

▶ **5.** Qui (ou quoi) peut menacer « le salut » de la France en 1943 ? Au service de quel sentiment s'expriment les deux textes ? Appuie-toi sur l'identité des auteurs pour définir à quoi ils s'engagent pour l'avenir.

10 CORRIGÉ GUIDÉ

▶ **1.** Le rôle que jouent les femmes de la Résistance est d'aider à nourrir les personnes âgées en leur donnant des « tickets de pain ». Les résistantes faisaient aussi du renseignement, portaient des messages, cachaient des personnes recherchées par les autorités ; quelques-unes rejoignirent des maquis pour aider les combattants.

▶ **2.** Le régime de Vichy attend des femmes qu'elles nourrissent la population : les corps, en fournissant du « sucre de raisin » et du pain ; les « âmes », en éduquant leurs enfants dans l'idéologie du régime.

INFO +
Face à la pénurie de sucre blanc, le sucre de raisin servit de substitut pendant la Seconde Guerre mondiale.

▶ **3.** Le régime résume son projet par la devise « Travail, Famille, Patrie ». Les mères faisant leur travail en s'occupant de leurs enfants sont le pilier de la famille. Le sacrifice pour le salut du pays est une référence à la patrie. La recherche d'une âme « virile » évoque l'image d'un régime fort et autoritaire. « L'âme de la race » fait écho à l'idéologie raciale. Dans le contexte, les « scélérats sans patrie » font référence aux Tsiganes et aux Juifs, marque de l'antisémitisme du régime.

▶ **4.** Dans les deux textes, il est question de « ration ». La difficulté des Français évoquée est celle de l'approvisionnement. Il y est question de lutter contre la « faim » (doc. 1) ou pour la « nourriture » (doc. 2).

INFO +
Le rationnement concernait l'alimentation, mais aussi les moyens de chauffage (charbon), de transport (essence) ou le textile pour s'habiller.

▶ **5.** Le passage souligné désigne des ennemis de la France, des personnes « sans patrie et sans honneur ». L'expression désigne les Juifs et les Tsiganes considérés comme n'ayant pas de pays (Israël n'existe pas à cette date). Les deux textes se réclament du patriotisme et les auteurs luttent pour la victoire : l'Union française pour la défense de la race (doc. 2), en accord avec la politique de collaboration de Vichy, se bat pour la victoire des puissances de l'Axe (Allemagne, Italie) ; les résistantes de la Côte-d'Or (doc. 1), hostiles à Vichy, le font pour celle des Alliés (Royaume-Uni, États-Unis, URSS).

Le régime de Vichy : des valeurs antirépublicaines

MAÎTRISER LES DIFFÉRENTS LANGAGES

45 min
20 points

INTÉRÊT DU SUJET • En abandonnant la devise « Liberté, Égalité, Fraternité », le régime de Vichy remet en cause les Droits de l'homme de 1789. La France n'est plus une démocratie.

▶ **1.** Sous la forme d'un développement construit d'une vingtaine de lignes, montrez que le régime de Vichy ne respecte pas les valeurs républicaines. *(15 points)*

▶ **2.** Sous la forme d'un schéma avec des flèches, classez les événements suivants dans l'ordre chronologique (sans donner leurs dates). *(5 points)*
plan Marshall ; disparition de l'URSS ; construction du mur de Berlin ; victoire des Alliés ; fin de la Seconde Guerre mondiale ; chute du mur de Berlin.

LES CLÉS DU SUJET

Analyser le sujet de développement construit (▶ 1)

- Le sujet invite à décrire le fonctionnement du régime de Vichy. Il faut mettre en évidence sa **nature autoritaire.**
- Il faut confronter ce fonctionnement aux **valeurs** de la République.

Organiser ses idées

Décrire le fonctionnement du régime de Vichy

INTRODUCTION Rappelle comment et quand le régime de Vichy s'est instauré aux dépens de la République.

❶ Décris le fonctionnement du régime et les valeurs qu'il prône.

❷ Montre comment il trahit les idéaux de 1789 dans la vie quotidienne.

CONCLUSION Définis la nature du régime en un mot.

11 CORRIGÉ GUIDÉ

▶ **1.** Suite à la défaite face à l'Allemagne, le 11 juillet 1940, la France change de régime politique. Quelle est la nature du nouveau régime dit « de Vichy » ?

• La République est abolie. Désigné « chef de l'État », le maréchal Pétain contrôle tous les pouvoirs : exécutif, législatif et judiciaire (il détient le pouvoir d'amnistie). Il est aussi le chef des armées. La séparation des pouvoirs n'est donc plus respectée. Les élections étant ajournées, le peuple n'exerce plus sa souveraineté. La devise « Liberté, Égalité, Fraternité » est remplacée par « Travail, Famille, Patrie », valeurs qui ne garantissent plus les droits de la démocratie aux Français. L'idée d'égalité est rejetée au profit de l'élitisme.

> **INFO +**
> Les valeurs de la République sont la séparation des pouvoirs, la souveraineté populaire, les libertés fondamentales et l'égalité de droit.

• Au quotidien, les Français perdent leurs libertés d'expression (censure), ils sont soumis à une étroite surveillance policière et de nombreux leaders de l'opposition sont emprisonnés ou leur parti interdit. La propagande d'État se développe pour promouvoir la « Révolution nationale », l'encadrement de la jeunesse est renforcé. Les jeunes Français peuvent être envoyés en Allemagne pour travailler avec le Service du travail obligatoire (STO) à partir de 1943. Dès octobre 1940, le statut des Juifs bafoue l'égalité des droits entre les Français. À partir de 1941, les rafles de Juifs étrangers (puis français) et leur déportation vers l'Allemagne remettent en cause les règles du droit d'asile.

> **INFO +**
> En 1942, le régime de Vichy fait le procès des dirigeants de la IIIe République tenus responsables de la défaite. Le procès de Riom permet d'incarcérer d'importants opposants au régime (Léon Blum et Édouard Daladier, par exemple).

Pendant quatre ans, le régime de Vichy n'a pas respecté les valeurs de la République. Il a même adopté des mesures qui y étaient contraires. La France était devenue une dictature.

▶ **2.**

Victoire des Alliés →	Fin de la Seconde Guerre mondiale →	Plan Marshall →	Construction du mur de Berlin →	Chute du mur de Berlin →	Disparition de l'URSS

12 Antilles, Guyane • Septembre 2020

La décolonisation des empires (1945-1975)

MAÎTRISER LES DIFFÉRENTS LANGAGES

45 min
20 points

INTÉRÊT DU SUJET • Menée au nom de la liberté des peuples, la guerre de 1939-1945 provoque une vague d'indépendances. Mais les métropoles ne cèdent pas volontiers au vœu des colonisés.

▶ **1.** En vous appuyant sur vos connaissances et sur l'exemple d'indépendance étudié en classe, rédigez un développement construit d'une vingtaine de lignes qui décrit et explique comment les colonies sont devenues des États indépendants. (*14 points*)

▶ **2.** Écrivez la lettre associée aux événements marquants de la biographie du général de Gaulle à côté du timbre correspondant. (*6 points*)

A Pendant la Première Guerre mondiale, la 10e Compagnie commandée par de Gaulle est chargée de défendre les alentours de ce qui reste de l'église de Douaumont. Il est alors fait prisonnier par les Allemands.	☐  Claude Haley © Musée de La Poste, Paris / La Poste 2021
B Au début de la Seconde Guerre mondiale, Charles de Gaulle lance l'appel à la résistance.	☐  Raymond Moretti – © Adagp, Paris, 2021 © Musée de La Poste, Paris / La Poste 2021

C Il participe aux côtés des Alliés à la lutte contre l'Allemagne nazie.	☐  Sarah Bougault © Musée de La Poste, Paris / La Poste 2021
D Une fois la France libérée, il prend la tête du GPRF qui lance une politique de refondation de la République et de reconstruction du pays.	☐  © DR
E Son retour au pouvoir plusieurs années plus tard marque la naissance de la Ve République.	☐  Maël © Musée de La Poste, Paris / La Poste 2021
F Il en devient ensuite le premier président élu au suffrage universel direct.	☐  © DR

LES CLÉS DU SUJET

Analyser le sujet de développement construit (▶ 1)

• Le sujet porte sur la **décolonisation** et la manière dont les colonies sont devenues indépendantes.

• Il faut t'appuyer sur **un exemple** pour illustrer ton propos, mais ne limite pas celui-ci à un cas. Fais preuve de **connaissances générales**.

Organiser ses idées

Décrire et expliquer comment les colonies sont devenues des États indépendants

❶ Décris d'où part la décolonisation, comment elle se répand, à quelle vitesse.

❷ Explique les conditions : les guerres, les manifestations, les négociations.

❸ Montre le lien entre le processus et les relations internationales (guerre mondiale et guerre froide).

S'ENTRAÎNER

12 CORRIGÉ GUIDÉ

▶ **1.** Au lendemain de la Seconde Guerre mondiale, de nouveaux États apparaissent sur la carte du monde. Malgré la résistance des métropoles, la décolonisation affecte tous les grands empires, britannique comme français. L'Indochine en est un bon exemple.

• Le processus commence en Extrême-Orient. Dès 1945, les revendications se multiplient. Dans ce contexte, la guerre éclate entre la France et ses colonies d'Indochine. Elle dure huit ans et, après la défaite française de Diên Biên Phu (1954), elle donne naissance à quatre pays : le Laos, le Cambodge et les deux Vietnam, du Nord et du Sud. En 1947, l'Inde devient indépendante, mais elle se fractionne aussitôt, donnant naissance au Pakistan.

INFO
La décolonisation commence pendant la guerre (Birmanie dès 1943). D'Asie, elle gagne l'Afrique du Nord (1950), l'Afrique noire (1960) puis australe (1970).

• La décolonisation gagne ensuite l'Afrique du Nord (Libye, Tunisie, Maroc). Mais, comme l'Indochine, l'Algérie s'émancipe au terme d'une longue guerre (1954-1962). L'Afrique noire (Côte d'Ivoire, Sénégal, Ghana) accède à l'indépendance par la voie de la négociation.

• Le contexte a favorisé le processus. Les Japonais pendant la Seconde Guerre mondiale, puis l'URSS et les États-Unis lors de la guerre froide, ont poussé les peuples à s'émanciper. Mieux armés, ceux-ci ont profité des défaites et du déclin des puissances européennes. Défendu par l'ONU, le principe du droit des peuples à disposer d'eux-mêmes a justifié leurs revendications.

• La décolonisation a fait disparaître les empires coloniaux. Mais l'émancipation politique n'a pas donné aux peuples leur indépendance économique.

▶ 2.

B

C

E

A

D

F

La décolonisation : l'exemple de l'Algérie

MAÎTRISER LES DIFFÉRENTS LANGAGES

45 min
20 points

INTÉRÊT DU SUJET • L'Algérie est le théâtre d'un conflit de décolonisation. L'affrontement entre les indépendantistes et la métropole est violent. Le général de Gaulle finit par céder.

▶ **1.** Rédigez un développement construit d'environ vingt lignes expliquant comment une colonie est devenue indépendante. Vous vous appuierez sur l'exemple étudié en classe. *(14 points)*

▶ **2.** Quelques temps forts du xxe siècle :

ph © Stringer/Reuters

1. Chute du mur de Berlin

ph © Keystone-France

2. Libération de la France

ph © AFP PHOTO

3. Naissance de la Ve République

ph © Tallandier/Rue des Archives

4. Première Guerre mondiale

ph © AKg-Images

5. Arrivée d'Hitler au pouvoir

a) Situez les événements sur la frise chronologique suivante, en reportant le numéro correspondant dans la case. *(2,5 points)*

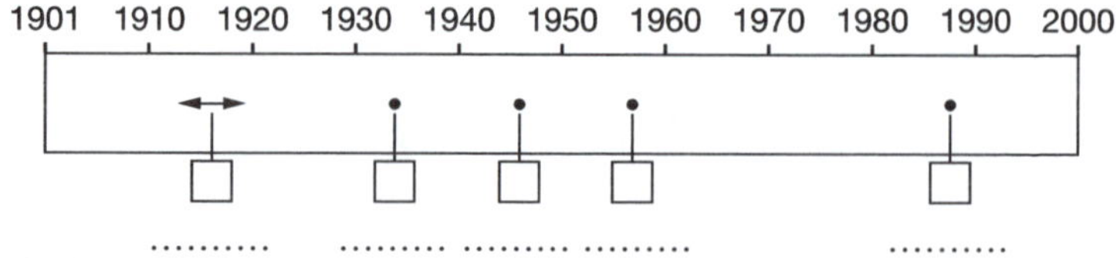

b) Sur les pointillés, vous indiquerez la date de deux événements de votre choix. *(2 points)*

c) À partir de la frise chronologique, trouvez l'événement en lien avec la guerre froide et justifiez votre choix en quelques mots. *(1,5 point)*

LES CLÉS DU SUJET

Analyser le sujet de développement construit (▶ 1)

- Le sujet porte sur le passage du **statut de colonie** (territoire dépendant d'une métropole) à l'**indépendance**.
- À travers l'exemple algérien, il faut définir les formes d'action, citer les événements décisifs, présenter les nouveaux statuts.

Organiser ses idées

Expliquer le processus d'indépendance de l'Algérie

INTRODUCTION Rappelle le contexte de l'après-Seconde Guerre mondiale pour les empires coloniaux.

❶ Décris les moyens de lutte des indépendantistes, les moyens de répression mis en place par la métropole.

❷ Explique comment se déroule l'accession à l'indépendance. Présente les accords qui mettent fin à la crise.

CONCLUSION Conclus sur les conditions de la décolonisation en général.

13 CORRIGÉ GUIDÉ

▶ **1.** En 1945, les empires coloniaux sont affaiblis. Les peuples veulent leur indépendance. Comment y parviennent-t-ils ?

• En 1954, les partisans de l'Algérie indépendante (le FLN) décident de passer à la lutte armée. Ils tendent des embuscades, commettent des attentats (Toussaint rouge). La France envoie son armée ; elle traque les « rebelles » qui sont parfois torturés et exécutés. La division des Français sur le sujet provoque une crise politique en 1958.

ATTENTION !
Le corrigé est établi sur un exemple. Il sert de modèle. Si tu as étudié un autre pays, l'organisation du développement peut rester la même.

• Appelé à former un gouvernement, le général de Gaulle change la Constitution. Doté de pouvoirs renforcés, il négocie avec les indépendantistes. Le 18 mars 1962, les accords d'Évian donnent son indépendance à la République algérienne démocratique et populaire. Désormais, les Algériens se gouvernent selon le principe du droit des peuples à disposer d'eux-mêmes. Les Français d'Algérie et quelques harkis quittent le territoire dans la précipitation.

INFO +
Les harkis sont des musulmans qui avaient choisi de combattre aux côtés des Français.

L'indépendance des colonies a été difficile à obtenir. Manifestations et violences ont fait de nombreuses victimes dans tous les camps.

CONSEIL
Même si l'exemple choisi est moins violent que le cas algérien, montre que les indépendances ont toujours provoqué des heurts.

▶ **2. a)** et **b)**

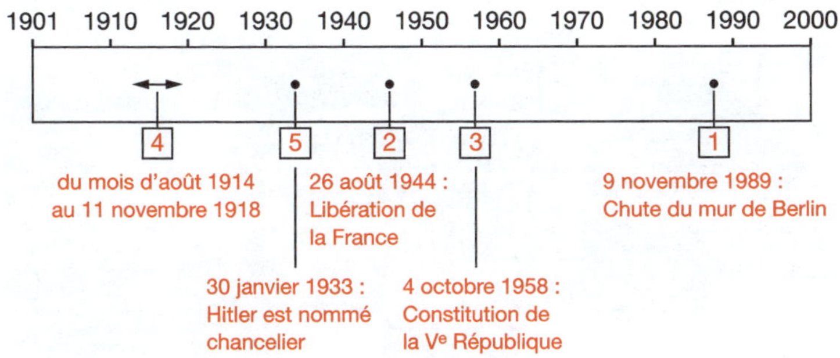

c) L'événement en lien avec la guerre froide est la chute du mur de Berlin. Ce mur fut érigé (1961) pour séparer les deux Allemagne et les deux blocs, celui de l'Est (communiste) et celui de l'Ouest (capitaliste). Sa chute le 9 novembre 1989 symbolise la fin de la guerre froide.

Berlin, territoire de la guerre froide

ANALYSER DES DOCUMENTS

45 min
20 points

INTÉRÊT DU SUJET • Berlin est l'un des lieux emblématiques de la guerre froide. Celle-ci sépare les peuples. L'unité des familles allemandes s'en trouve parfois brisée. À tout moment, les tensions Est-Ouest peuvent dégénérer en conflit armé.

DOCUMENT 1 Berlin, Checkpoint Charlie (1961)

Checkpoint Charlie est un point de passage entre Berlin-Ouest et Berlin-Est. Le 25 octobre 1961, les gardes-frontières de Berlin-Est refusent le passage d'un ambassadeur américain. Des chars américains et soviétiques se retrouvent face à face. Après plusieurs heures, ils se retirent sans qu'aucun coup de feu n'ait été tiré.

R. Hesse, Bundesarchiv, 1961.

DOCUMENT 2 **L'Allemagne au temps de la guerre froide**

Au cours de la guerre froide, la famille Berdau (composée de quatre sœurs, Käthe, mariée à Heinz, Traute, Rose-Marie et Anneliese, et leurs parents) est séparée par les événements.

En 1959, en RDA, Heinz et Käthe Krause sont arrêtés, accusés d'avoir voulu fuir à l'Ouest. Le jeune géologue est condamné à douze mois de prison, elle [Käthe, sa femme] est détenue vingt-quatre heures et perd son travail.

[...] Heinz et Käthe sont décidés. Ils vivent « avec une valise sous le lit ». Le jeune couple demande l'autorisation de partir en vacances sur la presqu'île de Hela, en Pologne. En réalité ils vont à Berlin. En 1960, le mur n'a pas encore été construit et un train régional circule entre deux destinations de l'Est, avec quelques arrêts très surveillés dans Berlin-Ouest. « Mon mari était très courageux, il a pris l'initiative » raconte Käthe, les yeux brillants. Au premier arrêt dans le district ouest, il dit à sa femme : « On sort ! » Ils descendent sans rien dire, attendant qu'on les arrête, mais on ne les remarque pas. [...]

Quand le Mur est construit en 1961, Traute vit à Hambourg (RFA), Rose-Marie en Autriche, Käthe à Waiblingen (RFA), seule Anneliese est restée à Greifswald (RDA) avec leur mère. « On était séparés, peut-être pour toujours. » Anneliese et Käthe restent très proches. « On échangeait des photos, mais les lettres étaient contrôlées. On ne pouvait pas parler de nos vies. Les paquets étaient fouillés. En trente ans, les visites se comptent sur les doigts d'une main. [...] En 1989 on n'avait pas idée que le Mur pouvait tomber. On ne se rendait pas compte que c'était proche. »

Nathalie Lacube, « En Allemagne, les sœurs Berdau ont vécu au rythme de l'histoire », *La Croix*, 14 janvier 2011.

S'ENTRAÎNER

DOCUMENT 1

▶ **1.** Quelles sont les deux principales puissances rivales au cours de la guerre froide ? *(2 points)*

DOCUMENT 2

▶ **2.** Qu'ont décidé Heinz et Käthe ? En quoi cela permet-il d'expliquer la construction du mur de Berlin ? *(4 points)*

▶ **3.** Montrez que la guerre froide a rendu difficile la vie quotidienne des Allemands (au moins deux éléments attendus). *(4 points)*

▶ **4.** Relevez dans le texte, en indiquant sa date, l'événement qui correspond à la fin de la guerre froide. *(2 points)*

DOCUMENTS 1 ET 2

▶ **5.** Montrez que la situation à Berlin et en Allemagne illustre les tensions entre l'Est et l'Ouest pendant la guerre froide. *(8 points)*

LES CLÉS DU SUJET

Comprendre les documents

Berlin, Check point Charlie

- **Nature du document**
  Une photographie prise depuis la zone ouest de Berlin, document témoin
- **Source**
  Archives de la RFA (Allemagne de l'Ouest)
- **Thème**
  Un incident susceptible de dégénérer en crise militaire majeure
- **Contexte**
  25 octobre 1961, un mois et demi après la décision d'ériger ce qui deviendra le mur de Berlin

L'Allemagne au temps de la guerre froide

- **Nature du document**
  Récit de souvenirs d'une famille allemande séparée par le mur de Berlin
- **Auteur**
  La famille Berdau, témoignage recueilli par Nathalie Lacube, journaliste française
- **Thème**
  La séparation d'une famille par le mur de Berlin
- **Contexte**
  2011, 50e anniversaire de la crise Est-Ouest de 1959-1961 à Berlin

Répondre aux questions

▶ **2.** De quoi sont accusés les Krause en 1959 ? Quel moyen de transport utilisent-ils dans Berlin ? Qu'empêche la construction du mur en 1961 ?

▶ **3.** De quoi ont peur les Allemands de l'Est ? Relève dans le texte des mots exprimant cette peur. Que font les Krause pour masquer leur voyage à Berlin ? Quelle liberté n'est pas respectée ?

▶ **5.** Pour gagner les 8 points, tu dois développer ta réponse. La question portant sur toute la période de la guerre froide (1947-1991), organise-la de façon chronologique, en utilisant 1961 comme date centrale. Appuie-toi sur ton cours pour évoquer de façon équilibrée les deux Allemagne ou les deux Berlin. En conclusion, caractérise l'Allemagne par rapport à la guerre froide.

14 CORRIGÉ GUIDÉ

▶ **1.** Les deux principales puissances rivales de la guerre froide sont les États-Unis d'Amérique, leader du bloc de l'Ouest capitaliste, et l'Union soviétique (URSS), leader du bloc de l'Est communiste.

GAGNE DES POINTS
Ne te contente pas de nommer les deux puissances rivales, précise le camp dont elles sont les chefs de file.

▶ **2.** Hans et Käthe ont décidé de se rendre à Berlin-Ouest par le train régional. Ils veulent quitter la RDA, « fuir à l'Ouest ». La construction du mur empêchait d'entrer dans Berlin-Ouest et d'y trouver refuge pour les uns, d'entrer en RDA pour les autres.

▶ **3.** Les autorités est-allemandes punissent sévèrement ceux qui veulent quitter le pays : un an de prison pour Heinz, la perte de son travail pour Käthe ; ceux-ci sont obligés de mentir (§ 2 du document 2). Les populations sont espionnées (« surveillées », « contrôlées » et « fouillées »), les familles séparées. Elles manquent d'informations (« on n'avait pas idée que... »).

▶ **4.** L'événement évoqué dans le texte, qui correspond à la fin de la guerre froide, est la chute du mur de Berlin le 9 novembre 1989.

▶ **5.** Pendant la guerre froide (1947-1991), l'Allemagne est coupée en deux entre les blocs de l'Ouest et de l'Est. Les tensions entre les États-Unis et l'URSS y sont vives. Dès 1948-1949, les Soviétiques imposent un blocus à

Berlin-Ouest pour en chasser les Américains. Coupés du monde, les Berlinois de l'Ouest sont approvisionnés par un pont aérien.

• Soumis à un régime totalitaire qui réprime tout opposant, les habitants de la RDA (Allemagne de l'Est) tentent de fuir à l'Ouest. Entre 1949 et 1959, le pays perd 10 % de sa population. Pour stopper les départs, le gouvernement érige pendant l'été 1961 un mur autour de Berlin-Ouest. Le libre passage d'une zone à l'autre de la ville devient impossible. Des familles sont séparées. Les Occidentaux dénoncent ces agissements. Le 25 octobre 1961, des chars américains et soviétiques se font face au seul point de passage possible (Checkpoint Charlie), prenant le risque d'un affrontement armé. En 1963, le président Kennedy vient exprimer son soutien aux Berlinois de l'Ouest.

• De 1961 à 1991, les deux Allemagnes sont le terrain de manifestations dénonçant la situation. Parce qu'ils craignent un conflit armé sur leur territoire, des Allemands de l'Ouest expriment leur souhait d'être « plutôt rouges que morts ». En effet, la crise des euromissiles (1977-1983) menace l'intégrité du territoire allemand.

INFO +
L'expression « plutôt rouges que morts » signifie qu'ils préfèrent être soumis à un régime communiste et vivants plutôt que libres mais morts.

• L'affaiblissement de l'URSS permet aux Berlinois de l'Est de se libérer du régime communiste et d'abattre le mur (novembre 1989). Le démantèlement de celui-ci annonce la fin de la guerre froide.

Pendant toute la période, l'Allemagne a été un des territoires privilégiés de l'affrontement Est-Ouest.

15 Centres étrangers • Juin 2019

La guerre froide, une division du monde en deux blocs

MAÎTRISER LES DIFFÉRENTS LANGAGES

45 min
20 points

INTÉRÊT DU SUJET • La guerre froide oppose deux coalitions aux modèles incompatibles. Pendant 45 ans, les deux blocs s'affrontent pour imposer leur vision du monde aux peuples.

▶ **1.** Sous la forme d'un développement construit d'une vingtaine de lignes et en vous appuyant sur des connaissances précises, montrez que la guerre froide divise le monde en deux blocs qui s'opposent et s'affrontent. *(14 points)*

▶ **2. a)** Sur le modèle du repère 1, complétez les deux cases vides avec les deux repères proposés ci-dessous et les années qui leur correspondent. Reliez chaque case au bon endroit sur la frise.
– Traité de Rome
– Chute du mur de Berlin
b) Placez précisément sur la frise la période de la guerre froide et indiquez ses années de début et de fin.
c) Lequel de ces trois repères (question **a**) est le plus directement lié à la guerre froide ? Justifiez votre réponse. *(6 points)*

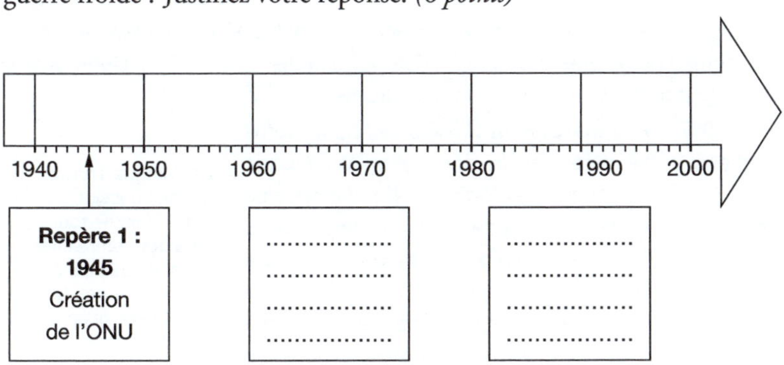

LES CLÉS DU SUJET

Analyser le sujet de développement construit (▶ 1)

• Le sujet porte sur la **division** du monde provoquée par la guerre froide.

• Les blocs « **s'opposent** » et « **affrontent** ». Ces mots invitent à décrire leurs différences idéologiques et les crises qui en découlent.

Organiser ses idées

Montrer la division du monde en deux blocs pendant la guerre froide

INTRODUCTION Commence par rappeler quelles puissances s'opposent durant la guerre froide. Donne les dates de cette période.

❶ Dans un 1er paragraphe, décris les deux blocs ainsi que les valeurs qu'ils défendent et qui les opposent.

❷ Dans un 2e paragraphe, raconte les principales crises entre les deux blocs.

CONCLUSION Tu peux conclure sur l'idée de bipolarisation.

15 CORRIGÉ GUIDÉ

▶ **1.** Au lendemain de la Seconde Guerre mondiale, les vainqueurs américains et soviétiques se retrouvent face à face. Ils n'ont pas les mêmes intérêts ni les mêmes buts. Une guerre froide les oppose de 1947 à 1991. Cette guerre divise le monde en deux blocs qui s'affrontent.

• En 1947, les États-Unis et l'URSS rompent toutes relations et se disputent la domination du monde selon leurs convictions idéologiques. Les Américains défendent les valeurs de la démocratie libérale et du capitalisme. Ils forment un bloc de pays dans le cadre d'alliances politiques et militaires (OTAN, OTASE). Ils aident leurs alliés à se reconstruire (plan Marshall) et à se développer (CEE). L'URSS, qui défend l'idéologie communiste, réplique en unissant ses alliés d'Europe de l'Est (pacte de Varsovie) et en soutenant les États pauvres, comme la Chine.

> INFO +
> La doctrine Truman donnait mission aux États-Unis de tout faire pour empêcher le communisme de se répandre. Le plan Marshall en est l'arme financière.

• Les deux blocs s'affrontent à l'occasion de nombreuses crises. Dès 1948, l'URSS fait le blocus de Berlin-Ouest que les Américains ravitaillent grâce à un pont aérien. En Corée (1950-1953), les adversaires sont près de s'affronter dans une guerre directe. En 1962, le déploiement, à Cuba, de missiles russes capables d'atteindre le sol des États-Unis conduit le président américain John F. Kennedy à faire le blocus de l'île ; il menace l'URSS d'une guerre nucléaire. La guerre est évitée, mais d'autres conflits (Vietnam dans les années 1960, Proche-Orient, Afghanistan dans les années 1980) ou crises (Euromissiles, « guerre des étoiles » dans les années 1980) entretiennent la rivalité. L'effondrement de l'URSS (1991) y met un terme.

> **CONSEIL**
> Appuie-toi sur la crise que tu as étudiée en classe, mais cite aussi d'autres exemples d'affrontements.

Entre 1947 et 1991, la guerre froide a divisé le monde en deux blocs qui s'affrontèrent par personnes interposées pour mieux le contrôler.

▶ **2. a)** et **b)**

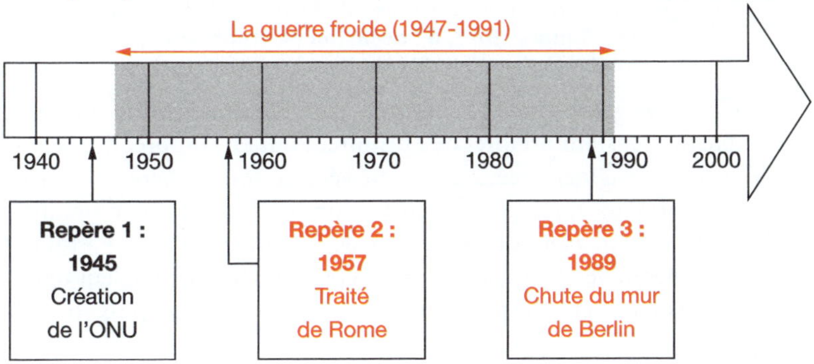

c) Le repère qui est le plus directement lié à la guerre froide est la chute du mur de Berlin en 1989. Le démantèlement du mur et la réunification de l'Allemagne qui suit en 1990 révèlent la faiblesse de l'URSS et son incapacité à poursuivre l'affrontement face aux États-Unis avant son effondrement puis sa disparition comme leader du bloc communiste en 1991.

16 France métropolitaine • Septembre 2019

Trentième anniversaire du traité de Rome

ANALYSER UN DOCUMENT

45 min
20 points

INTÉRÊT DU SUJET • Brisée par la Seconde Guerre mondiale, l'Europe s'est reconstruite par la paix et par une économie communautaire. Le bilan positif incite la France à se projeter dans une nouvelle étape. La puissance mondiale du continent est en jeu.

DOCUMENT **Allocution radiotélévisée de François Mitterrand, le 25 mars 1987, à l'occasion du trentième anniversaire du traité de Rome**

C'est une grande date ; peut-être – j'aimerais mieux dire sûrement – l'une des plus importantes de l'histoire. Pour en comprendre la portée, il faut imaginer – ceux qui l'ont vécu se souviennent – l'état de notre continent après deux guerres mondiales en moins d'un quart de siècle et les ravages du racisme et de l'esprit totalitaire. Partout la ruine, le deuil, des terres dévastées, des peuples dépossédés, leur destin désormais passé en d'autres mains, l'Europe coupée en deux, bref, la fin du monde.

Aussi l'histoire n'oubliera-t-elle pas les quelques hommes, imaginatifs et courageux, qui élevèrent la voix au-dessus des décombres pour dire aux ennemis d'hier – à commencer par les Allemands et les Français – que le salut dépendait d'eux, d'eux seuls, et qu'ils avaient d'abord à sortir d'un engrenage séculaire de guerre et de domination pour construire, enfin, leur avenir. Ensemble. Ces hommes ont, je le crois, changé le cours du temps. Du moins si nous savons, à notre tour, poursuivre l'œuvre et l'achever. […]

Soyons au rendez-vous du 31 décembre 1992 qui verra s'abattre toutes les frontières intérieures et l'Europe s'ouvrir aux douze peuples qui la composent. Hâtons l'Europe technologique. Américains et Japonais ne nous attendront pas. Conquérons l'espace, nous aussi. Organisons nos moyens de communication, d'éducation et de culture. Formons les jeunes aux disciplines du savoir dans les universités de leur choix. Réduisons les inégalités entre pays, entre régions, entre les groupes sociaux et les individus. […]

Préparons enfin le moment où l'Europe, dotée d'un pouvoir politique central, décidera elle-même des moyens de sa sécurité. La tâche sera rude, mais telle est la direction que la France doit prendre.

discours.vie-publique.fr

▶ **1.** Présentez l'auteur et son point de vue sur la construction européenne.

▶ **2.** Nommez et datez l'événement dont l'anniversaire est célébré par ce discours.

▶ **3.** À partir de la phrase soulignée, identifiez et expliquez un des objectifs de la construction européenne.

▶ **4.** Relevez un passage du texte qui évoque le marché commun et la libre circulation des personnes.

▶ **5.** Citez, en prenant des exemples du texte, deux domaines dans lesquels se construit l'Europe.

LES CLÉS DU SUJET

Comprendre le document

Allocution radiotélévisée de François Mitterrand pour le 30e anniversaire du traité de Rome

- **Nature du document :** Un discours officiel traduisant les choix politiques de la France
- **Auteur :** François Mitterrand, président de la République française
- **Thème :** Les objectifs de la politique européenne de la France
- **Contexte :** 25 mars 1987, trentième anniversaire de la naissance de la CEE, 5 ans avant le passage annoncé à l'UE

Répondre aux questions

▶ **1.** Appuie-toi sur le texte. L'auteur dit ce qu'il pense de la construction réalisée depuis 30 ans, puis ce qu'il envisage pour 1992.

▶ **2.** Si tu ne connais pas la date, tu peux la calculer en utilisant celle du discours d'une part, le numéro de l'anniversaire d'autre part.

▶ **3.** Que s'est-il passé en Europe « en moins d'un quart de siècle » ? Comment est l'Europe d'après la fin de la phrase soulignée ? Utilise l'une de ses deux informations pour expliquer ta réponse.
▶ **4.** À quoi servent les « frontières » ? Que gênent-elles ?
▶ **5.** Les réponses sont dans les 3e et 4e paragraphes. Justifie celles que tu choisis en citant un extrait du texte.

16 CORRIGÉ GUIDÉ

▶ **1.** François Mitterrand est le président de la République française. Il est très favorable à la construction européenne. Il pense que la création de la communauté a été « une des plus importantes » dates de l'histoire européenne (1er paragraphe). Il veut la poursuivre en consolidant les liens entre les pays membres (3e et 4e paragraphes).

▶ **2.** L'événement dont l'anniversaire est célébré par ce discours est le traité de Rome du 25 mars 1957.

INFO +
En 1957, la CEE compte six États fondateurs ; 30 ans plus tard, les membres sont passés à douze.

▶ **3.** Un des objectifs de la communauté était de reconstruire les pays détruits par la guerre : « partout la ruine, le deuil, les terres dévastées ». François Mitterrand fait allusion aux villes bombardées et aux millions de morts qu'elle a provoqués. Un autre objectif était d'aider les pays de l'Europe de l'Est à se libérer de la domination soviétique. Depuis 1945, dans le cadre de la guerre froide, l'Europe est divisée ; l'URSS a imposé la démocratie populaire à ses voisins, les États-Unis ont favorisé l'établissement de démocraties libérales à l'Ouest. Mitterrand y fait allusion quand il parle des « peuples dépossédés, leur destin désormais passé en d'autres mains, l'Europe coupée en deux ».

CONSEIL
Pour une réponse portant sur un document, cite l'extrait sur lequel tu t'appuies. Utilise les guillemets.

▶ **4.** Le passage qui évoque le marché commun et la libre circulation des personnes se trouve dans le 3e paragraphe : « abattre toutes les frontières intérieures ».

▶ **5.** Les domaines dans lesquels se construit l'Europe sont : la libre circulation (« abattre toutes les frontières »), le développement des technologies (« Hâtons l'Europe technologique »), l'éducation et la culture (« le savoir dans les universités »), le social (« réduisons les inégalités »), le renforcement des pouvoirs politiques et la sécurité.

La construction de l'Europe et ses enjeux

MAÎTRISER LES DIFFÉRENTS LANGAGES

45 min
20 points

INTÉRÊT DU SUJET • La construction d'une communauté d'États européens est une expérience unique. Elle a permis la reconstruction des pays après la guerre. Sa puissance n'est pas dénuée de défauts.

▶ **1.** Rédigez un développement construit d'environ vingt lignes racontant les étapes et présentant les enjeux de la construction européenne. (*13 points*)

▶ **2. a)** En suivant l'exemple proposé (Communisme soviétique, Joseph Staline), associez chaque expression suivante à un personnage dans le tableau. (*5 points*)

- Front populaire
- Régime de Vichy
- Allemagne nazie
- Ve République
- Loi sur l'IVG (interruption volontaire de grossesse)

b) Reportez son numéro à sa place sur la frise chronologique. (*1 point*)
c) Nommez et datez un événement auquel il participe. (*1 point*)

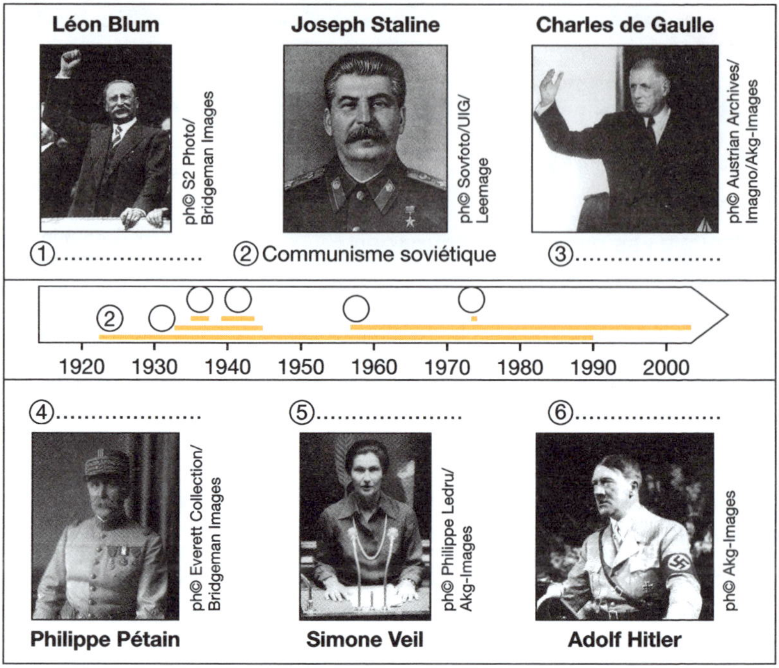

LES CLÉS DU SUJET

Analyser le sujet de développement construit (▶ 1)

• La construction européenne est à décrire en fonction de ses objectifs (**enjeux**) et de ses modalités (**étapes**).

• Efforce-toi de montrer l'ambition du projet, mais aussi les difficultés rencontrées.

Organiser ses idées

Tu peux suivre l'ordre suggéré par le sujet, mais il est plus judicieux de commencer par traiter les enjeux, car ils fixent les buts à atteindre par le projet européen.

Décrire la construction européenne

INTRODUCTION Rappelle l'état de l'Europe au lendemain de la Seconde Guerre mondiale et les défis posés par la guerre froide.

❶ Dans un 1er paragraphe, expose les objectifs de la communauté (économiques et politiques).

❷ Expose ensuite les étapes autour des deux institutions successives : CEE et UE.

CONCLUSION Souligne le succès de la construction européenne, mais aussi ses limites (Brexit).

17 CORRIGÉ GUIDÉ

▶ **1.** En 1945, l'Europe sort en ruine de la Seconde Guerre mondiale. Dans un contexte de guerre froide naissante, elle est aussi divisée. Six pays de l'Ouest décident d'unir leurs forces. Comment y parviennent-ils ?

• Les premiers enjeux des Européens sont la reconstruction d'une part, la reconquête de la première place économique mondiale d'autre part. Ils veulent aussi favoriser la réconciliation entre leurs peuples et l'établissement d'une paix durable. Mais le principal objectif de la communauté des six est de se protéger de l'URSS par laquelle ils se sentent menacés. Soutenus par les États-Unis et leur plan Marshall, ils pensent que le retour rapide à la prospérité économique détournera leurs citoyens de l'idéal communiste.

• La construction européenne se fait en deux étapes majeures : d'abord une Communauté économique européenne (la CEE) de 1957 à 1995 ; puis une Union européenne (UE) de 1995 à nos jours.

> **CONSEIL**
> Pour les étapes, sois précis sur les dates.

Testée dans le cadre de la Communauté économique du charbon et de l'acier (CECA, 1951), la CEE est fondée par le traité de Rome (1957). L'exécutif s'installe à Bruxelles, la Cour de justice à Luxembourg ; en 1979 naît le Parlement européen qui s'établit à Strasbourg. L'élargissement est progressif : de six membres en 1957, la CEE passe à neuf (1973), à dix (1981) puis à douze (1986).

> **CONSEIL**
> Le sujet renvoie à l'usage de nombreux sigles (CECA, CEE, UE) ; n'hésite pas à les utiliser, mais donnes-en la signification au premier emploi que tu en fais.

Par le traité de Maastricht (1992), la communauté renforce ses liens et passe à quinze États (1995). Elle se dote d'une constitution (traité de Lisbonne, 2007) et d'une monnaie (l'euro, 2002). La Banque centrale européenne installe son siège à Francfort. L'Europe continue de s'élargir. Dix pays (d'Europe de l'Est et de la Méditerranée) la rejoignent en 2004. En 2019, l'UE compte vingt-huit États, mais la crise qu'elle traverse depuis 2008 la fragilise. Pour la première fois, un pays (le Royaume-Uni) décide de la quitter (Brexit, 2020).

Pour ses cinquante ans (2007), l'Europe pouvait se flatter d'un bon bilan : elle avait atteint les objectifs qu'elle s'était fixés en 1957. Mais le contexte a changé, les difficultés s'accumulent et elle doit faire face, désormais, à de nombreuses critiques.

▶ **2. a)** et **b)**

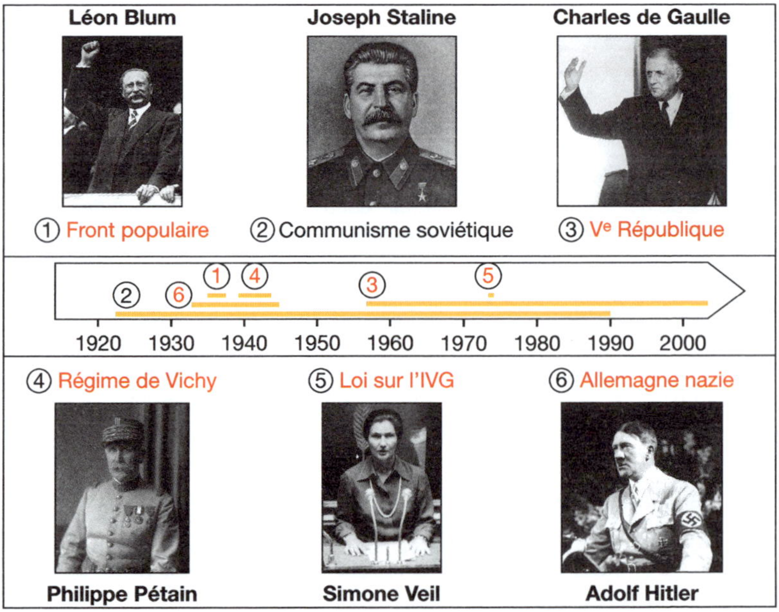

c) • Léon Blum, les accords de Matignon, 7-8 juin 1936

• Joseph Staline, le blocus de Berlin, juin 1948-mai 1949

• Charles de Gaulle, l'Appel du 18 juin, 18 juin 1940

• Philippe Pétain, l'armistice du 22 juin 1940 (ou bataille de Verdun, 1916)

• Simone Veil, première présidente du Parlement européen, 1979 (ou loi sur l'IVG, janvier 1975)

• Adolf Hitler, chancelier du Reich, 30 janvier 1933

18 Amérique du Nord • Juin 2019

L'hyperpuissance américaine après les attentats du 11 septembre

ANALYSER DES DOCUMENTS

45 min
20 points

S'ENTRAÎNER

INTÉRÊT DU SUJET • Les attentats du 11 septembre sont un défi à la toute-puissance des États-Unis. Le cœur du pays est touché. Sa réaction préserve la primauté internationale du pays ; elle n'en est pas moins écornée.

DOCUMENT 1 **Les conséquences des attentats du 11 septembre 2001**

En montrant la vulnérabilité de l'hyperpuissance américaine et la nécessité de faire front face à la menace terroriste internationale, les attentats du 11 septembre ont changé pour un temps l'attitude américaine.

Rompant avec l'unilatéralisme[1], les États-Unis ont cherché […] à former une coalition[2] avec pour objectif la lutte contre le terrorisme érigée en pilier[3] de la politique étrangère. Cette alliance incluait des ennemis d'hier dont la Chine et la Russie, désormais considérées comme des alliés, quitte à passer sous silence les violations des Droits de l'homme en Chine ou la guerre en Tchétchénie[4]. Les États-Unis ont également été amenés à s'impliquer davantage dans le conflit israélo-palestinien, et à s'engager militairement dans de nouvelles zones, principalement en Asie centrale et en Asie du Sud et de l'Est, mais aussi dans le Caucase. […]

La coalition qui est intervenue en Afghanistan contre le régime des talibans et Oussama Ben Laden était fort réduite. L'effort de guerre a été supporté exclusivement par les Américains. Britanniques et Français ne sont entrés en scène que tardivement dans ce conflit, avec des moyens militaires limités.

Le Monde, 20 mars 2005.

1. Unilatéralisme : attitude qui consiste, pour une puissance, à décider seule d'une politique étrangère, sans tenir compte de l'avis d'autres pays.
2. Coalition : union momentanée d'États en vue d'une intervention politique ou militaire.
3. Érigée en pilier : devenue centrale.
4. Tchétchénie : région russe située dans le Caucase.

DOCUMENT 2 La puissance américaine

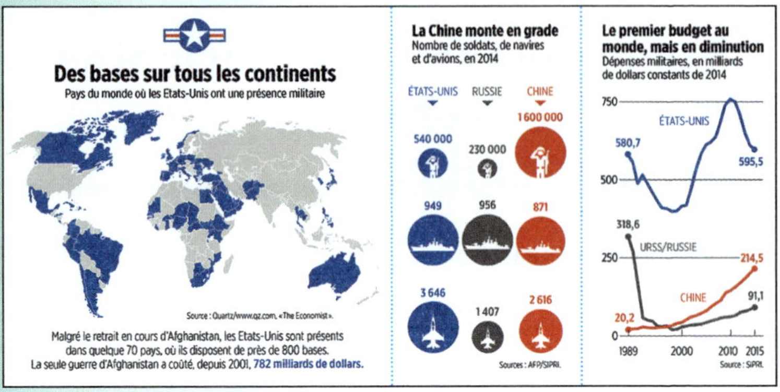

© *Le Point*, 10 novembre 2016.

DOCUMENT 1

▶ **1.** Expliquez pourquoi l'auteur de ce texte évoque la Russie parmi « les ennemis d'hier » des États-Unis. *(4 points)*

▶ **2.** Montrez comment les attentats du 11 septembre 2001 ont bouleversé les relations des États-Unis avec les autres États. *(3 points)*

DOCUMENT 2

▶ **3.** Relevez trois éléments illustrant la puissance militaire des États-Unis au début des années 2000. *(3 points)*

DOCUMENTS 1 ET 2

▶ **4.** Pourquoi peut-on toujours, au début du XXIe siècle, qualifier les États-Unis d'hyperpuissance ? *(6 points)*

▶ **5.** Relevez deux éléments montrant les limites de l'hyperpuissance américaine (*4 points*).

LES CLÉS DU SUJET

Comprendre les documents

Les conséquences des attentats du 11 septembre 2001

- **Nature du document** : Un article de presse, document d'opinion
- **Auteur** : Un journaliste du *Monde*, journal français
- **Thème** : L'impact du 11 septembre sur les relations des États-Unis avec le reste du monde
- **Contexte** : 2005, trois ans et demi après les attentats, période de reconfiguration des relations internationales

La puissance américaine

- **Nature du document** : Tableau d'informations statistiques, document didactique
- **Source** : *Le Point*, hebdomadaire généraliste français
- **Thème** : La puissance militaire américaine et ses limites
- **Contexte** : Novembre 2016, quinze ans après les attentats

Répondre aux questions

▶ **1.** Pense à une époque où la Russie était désignée par un autre nom. Appuie-toi sur tes connaissances pour rappeler le contexte de cette époque, la manière de la désigner, puis de la caractériser.

▶ **2.** Après les attentats, qui sont les alliés des États-Unis ? Quelles actions les engagent et à quel prix concernant leurs valeurs ?

▶ **3.** Comment qualifier la présence militaire américaine dans le monde d'après la carte ? Fais des calculs à partir des données statistiques pour mieux évaluer la puissance américaine par rapport à ses concurrents.

▶ **4.** Utilise les réponses à la question 3, mais veille à ne pas les répéter. Des informations recensées, déduis des éléments de force.

▶ **5.** Comment évoluent les écarts entre les pays ? Que révèlent les attentats de 2001 en matière de sécurité ?

18 CORRIGÉ GUIDÉ

▶ **1.** L'auteur du document 1 classe la Russie parmi « les ennemis d'hier ». En effet, de 1947 à 1991, la Russie (dite URSS) était la puissance rivale des États-Unis et de leurs alliés du bloc de l'Ouest. Leader des États communistes, elle était l'adversaire des États-Unis dans le cadre de la guerre froide.

▶ **2.** Les attentats du 11 septembre 2001 ont changé les alliances : la Russie et la Chine sont devenues des alliés des États-Unis. La guerre contre le terrorisme a justifié de nouvelles interventions militaires américaines en Asie centrale (Afghanistan), au Moyen-Orient (Irak) et dans l'ensemble du monde musulman. Les nouvelles priorités ont conduit les Américains à minimiser la défense de leurs valeurs.

▶ **3.** La carte du document 2 montre une présence militaire américaine planétaire. Leurs 800 bases sont distribuées sur tous les continents et contrôlent tous les points stratégiques du globe. Le budget militaire américain est de trois à six fois plus important que celui de ses rivaux (Chine, Russie). De même, leur équipement aérien est supérieur à celui de la Chine (+ 28 %) et de la Russie (2,5 fois plus).

▶ **4.** Les États-Unis sont toujours une hyperpuissance. Ils sont le pays leader d'une grande coalition d'États. Par les traités militaires, tels l'OTAN ou l'OTASE, ils ont le soutien de nombreux alliés, dont le Royaume-Uni et la France qui sont des puissances nucléaires.

RAPPEL
L'OTAN (traité de l'Atlantique nord) et l'OTASE (traité de l'Asie du Sud-Est) sont des alliances militaires entre les États-Unis et d'autres pays. Leurs forces sont sous commandement intégré.

Leurs 800 bases et flottes de guerre leur donnent une capacité d'intervention rapide dans toutes les régions. Avec près de 600 millions de dollars, le budget alloué à l'armée est le premier au monde. Il est trois fois plus que celui de la Chine et six fois plus important que celui de la Russie. Cette différence leur permet de disposer d'une forte supériorité matérielle et technologique.

▶ **5.** L'hyperpuissance américaine a des limites. Les États-Unis ne sont plus assez forts pour imposer leurs valeurs aux États auxquels ils demandent un soutien. Face aux organisations terroristes, ils ne peuvent pas assurer leur totale sécurité. Les attentats de 2001 en ont fait la démonstration. Sur la durée, la montée en puissance de la Chine quand les États-Unis peinent sur le plan économique ne permet pas à ces derniers d'imposer leur loi à l'ensemble du monde.

19 Sujet inédit

La création de la Sécurité sociale

ANALYSER DES DOCUMENTS

45 min
20 points

INTÉRÊT DU SUJET • La France sort éprouvée de la Seconde Guerre mondiale. Les populations ont besoin d'aide. Le Gouvernement provisoire institue une organisation qui vise à protéger les Français et leurs familles des risques sur leur santé.

S'ENTRAÎNER

DOCUMENT 1 **Affiches en faveur de la Sécurité sociale, 1945**

DOCUMENT 2 **Ordonnance du 4 octobre 1945**

Art. 1er – Il est institué une organisation de la Sécurité sociale destinée à garantir les travailleurs et leurs familles contre les risques de toute nature susceptibles de réduire ou de supprimer leur capacité de gain, à couvrir les charges de maternité et les charges de famille qu'ils supportent.
L'organisation de la Sécurité sociale assure dès à présent le service des prestations prévues par les législations concernant les assurances sociales, l'allocation aux vieux travailleurs salariés, les accidents du

travail et maladies professionnelles et les allocations familiales et de salaire unique aux catégories de travailleurs protégés par chacune de ces législations dans le cadre des prescriptions fixées par celles-ci et sous réserve des dispositions de la présente ordonnance.
Des ordonnances ultérieures procéderont à l'harmonisation desdites législations et pourront étendre le champ d'application de l'organisation de la Sécurité sociale à des catégories nouvelles de bénéficiaires et à des risques ou prestations non prévus par les textes en vigueur.

Le Gouvernement provisoire de la République française.

▶ **1.** Quel gouvernement dirige la France en octobre 1945 ? Pourquoi son nom ? Qui le préside ?

▶ **2.** Décrivez l'état économique et politique de la France en 1945. Expliquez cette situation.

▶ **3.** Que met en place l'ordonnance du 4 octobre 1945 ? Quel en est le but ? Justifiez votre réponse par des informations tirées des documents.

▶ **4.** Au nom de quelles valeurs républicaines les mesures sont-elles prises ? Appuyez-vous sur les affiches pour justifier vos réponses.

▶ **5.** Citez deux autres mesures votées entre 1944 et 1946 par le GPRF.

LES CLÉS DU SUJET

Comprendre les documents

- **Affiches en faveur de la Sécurité sociale**
  - **Nature du document :** Deux affiches publicitaires, documents d'information du public
  - **Auteur :** Le gouvernement
  - **Thème :** Soutenir la mise en place de la Sécurité sociale
  - **Contexte :** La reconstruction de l'État français et la charge de milliers de victimes de la guerre

- **Ordonnance du 4 octobre 1945**
  - **Nature du document :** Texte législatif émanant de l'exécutif, document officiel
  - **Auteur :** Le Gouvernement provisoire de la République française
  - **Thème :** La création de la Sécurité sociale

Répondre aux questions

▶ **2.** La France sort d'une guerre qui l'a désorganisée. La République a été abolie par le régime de Vichy. Il faut tout reconstruire.

▶ **3.** Contre quoi le gouvernement veut protéger les Français ? Donne des exemples concrets.

▶ **4.** Essaie de retrouver dans les documents les valeurs de la devise de la République. Le nom de l'organisation créée apporte aussi une réponse.

19 CORRIGÉ GUIDÉ

▶ **1.** Le gouvernement qui dirige la France en octobre 1945 est le Gouvernement provisoire de la République française (GPRF). Il est provisoire en attendant qu'un nouveau régime soit établi par le vote d'une constitution. Le général de Gaulle préside ce gouvernement.

▶ **2.** La France a subi des destructions (villes, infrastructures de transports…). Son économie tourne au ralenti. Elle n'a plus de Constitution. Cette situation s'explique par la guerre qui s'est déroulée sur son territoire et par la chute du régime de Vichy.

▶ **3.** L'ordonnance du 4 octobre met en place la Sécurité sociale. Elle a pour but d'aider les Français touchés par la maladie (1re affiche), menacés par la misère et l'absence de logement (2e affiche) ou les femmes enceintes touchées par les charges de la maternité (doc. 2. § 1). Elle veut aider les retraités (les « vieux travailleurs salariés », doc. 2. § 2) et les victimes d'accidents du travail.

> **CONSEIL**
> « Justifier » sa réponse, c'est dire où se trouve l'information dans un document.

▶ **4.** Les mesures sont prises au nom de la sécurité ainsi que l'annonce le nom « Sécurité sociale ». Elles le sont aussi au nom de la solidarité (la fraternité) : « tous solidaires » proclame la 1re affiche. Au nom encore de l'égalité : « tous bénéficiaires » dit cette même affiche.

▶ **5.** Entre 1944 et 1946, le GPRF a également octroyé le droit de vote aux femmes. Il a nationalisé des entreprises de transport, d'énergie (EDF, GDF, CDF), de banques et d'assurances, créé l'École nationale d'administration (l'ENA) et établi la Constitution de la IVe République.

20 Sujet inédit

Le référendum de 1962

ANALYSER DES DOCUMENTS

45 min
20 points

INTÉRÊT DU SUJET • La Constitution de la Ve République (1958) dote la France d'un système politique plus stable que le précédent. Le référendum de 1962 propose aux Français de choisir eux-mêmes leur président. L'opposition craint l'établissement d'un régime autoritaire.

▶ **1.** Quelle est la nature des deux documents (voir page suivante) ? Dans quel contexte ont-ils été utilisés ?

▶ **2.** En vous appuyant sur le document 1, précisez quelle réforme est proposée aux Français. Quel est l'objectif de cette réforme pour le président de la République ?

▶ **3.** Qui est l'auteur du document 2 ? Que craint-il ? Justifiez vos réponses en vous appuyant sur des informations extraites du document.

▶ **4.** Quel fut le résultat du référendum ? En vous appuyant sur vos connaissances, dites si les Français sont attachés à la mesure adoptée en 1962.

▶ **5.** Combien de présidents de la République ont été élus au suffrage universel depuis 1962 ? Nommez-en trois.

S'ENTRAÎNER

DOCUMENT 1

ph © Lee/Leemage

DOCUMENT 2

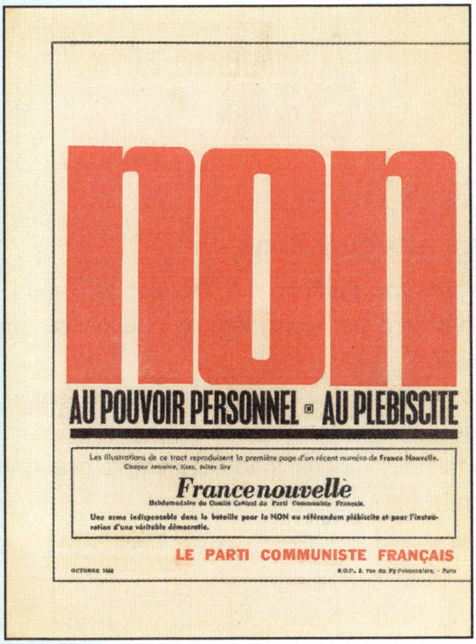

Avec l'autorisation du Centre de recherches politiques de Sciences Po (CEVIPOF)

LES CLÉS DU SUJET

Comprendre les documents

Affiche électorale en faveur du « oui » au référendum

- **Nature du document**
  Une affiche électorale, document d'opinion
- **Auteur**
  Association de soutien à la politique du général de Gaulle, chef du gouvernement français
- **Thème**
  Voter en faveur de l'élection du président de la République au suffrage universel
- **Contexte**
  Octobre 1962, campagne pour une révision de la Constitution de la Ve République

Affiche électorale en faveur du « non » au référendum

- **Nature du document**
  Une affiche électorale, document d'opinion
- **Auteur**
  Le Parti communiste français, parti d'opposition de gauche, hostile à la réforme
- **Thème**
  Voter contre une réforme favorisant un régime autoritaire
- **Contexte**
  Octobre 1962, campagne pour une révision de la Constitution de la Ve République

Répondre aux questions

▶ **2.** À qui s'adresse l'affiche 1 ? Qui est le « vous » ? Qui désigne le doigt ? Comment est considéré le pouvoir du président dans la Ve République ?

▶ **3.** À quoi les auteurs de l'affiche associent-ils leur « non » ? Cherche la définition de « plébiscite » dans le dictionnaire.

▶ **4.** D'après toi, les Français s'abstiennent-ils beaucoup lors des élections présidentielles ?

20 CORRIGÉ GUIDÉ

▶ **1.** Les documents sont des images, des affiches. Elles ont été utilisées lors du référendum de 1962. Elles sont faites pour inciter les Français à voter « oui » ou « non ».

▶ **2.** La réforme proposée aux Français est l'élection au suffrage universel direct du président de la République. Cette réforme renforcerait la légitimité du président, autrement dit sa puissance.

INFO +
En 1958, le premier président de la Ve République (Charles de Gaulle) fut élu par un collège de 80 000 grands électeurs (parlementaires, conseillers généraux et conseillers municipaux).

▶ **3.** L'auteur du document 2 est le Parti communiste français. Il craint que la réforme transforme la République en régime autoritaire, peut-être en une dictature ainsi que le suggère la référence au « pouvoir personnel ». Le plébiscite (vote pour ou contre un chef d'État) est un mode de scrutin souvent utilisé par les régimes autocratiques.

▶ **4.** Les Français approuvèrent la réforme par 62 % de « oui ». Ils y sont attachés et votent toujours en plus grand nombre lors des présidentielles qu'à l'occasion des autres scrutins.

▶ **5.** Sept présidents ont été élus depuis 1962 : Charles de Gaulle (1965), Georges Pompidou (1969), Valéry Giscard d'Estaing (1974), François Mitterrand (1981 et 1988), Jacques Chirac (1995 et 2002), Nicolas Sarkozy (2007), François Hollande (2012) et Emmanuel Macron (2017).

21 Antilles, Guyane • Septembre 2017

L'immigration en France dans les années 1950 et 1960

ANALYSER DES DOCUMENTS

45 min
20 points

INTÉRÊT DU SUJET • En 1995, l'immigration a mauvaise presse en France. Pourtant, les Trente Glorieuses ont nécessité la venue de nombreux travailleurs étrangers. Leur intégration est lente et laborieuse.

DOCUMENT 1 Le témoignage d'un ouvrier portugais

Je suis arrivé légalement gare d'Austerlitz en décembre 1955, après trois jours de voyage par le train postal. Je débarquais avec un ami [...]. Je venais rejoindre mon père qui vivait avec mes oncles à Chennevières pas très loin du bidonville. Nous avons cohabité les premières années dans un logement très petit. J'ai commencé à travailler peu après mon arrivée. Cet hiver-là, j'ai d'abord été employé à dégager les bords de la Marne, qui avaient subi des inondations. Puis, rapidement, j'ai travaillé comme mineur[1] avec mon père pour des entreprises de travaux publics.

À partir de 1957-1958, j'ai vu arriver mes compatriotes en nombre de plus en plus important, au point qu'un jour j'ai même prêté mon matelas et mes couvertures pour de nouveaux arrivants [...].

Au bout de cinq ans d'un travail acharné, et après être devenu chef d'équipe dans une entreprise de travaux publics, j'ai pu acheter à Villiers une maisonnette ancienne avec un jardinet de 192 m^2 et y faire venir ma femme. C'était en 1960 et j'étais le premier Portugais de l'agence immobilière qui me l'a vendue ! En 1962, j'ai « agrandi » ma maisonnette. En fait, je l'ai transformée au point d'en faire une maison nouvelle.

Entretien avec Antonio Mendes Ferreira, cité dans *Portugais à Champigny, le temps des baraques*, Marie-Christine Volovitch-Tavares, Paris, Autrement, 1995.

1. J'ai travaillé comme mineur : il creuse des fondations pour les nouveaux immeubles à construire.

DOCUMENT 2 **Nanterre, le bidonville des Pâquerettes en cours de démolition**

À l'arrière-plan, la Cité des Canibouts construite par une filiale de la Sonacotral[1] à Nanterre entre 1959 et 1961 constitue une première expérience pour reloger les familles immigrées des bidonvilles. [...]

Musée de l'Histoire de l'immigration
© H. Guérard/Adoma.

1. La Sonacotral : Société nationale de construction de logements de travailleurs algériens. Elle dépend de l'État.

S'ENTRAÎNER

DOCUMENT 1

▶ **1.** Relevez deux informations qui prouvent que ce document est un témoignage. *(4 points)*

▶ **2.** Relevez les différents emplois exercés par Antonio Mendes Ferreira depuis son arrivée en France en 1955. *(3 points)*

▶ **3.** Donnez une raison expliquant pourquoi de nombreux immigrés viennent en France à cette époque. *(3 points)*

DOCUMENTS 1 ET 2

▶ **4.** Dans quelles conditions sont logés les immigrés à leur arrivée en France à la fin des années 1950 ? *(6 points)*

▶ **5.** Montrez que les conditions de vie des immigrés se sont améliorées à partir des années 1960. *(4 points)*

LES CLÉS DU SUJET

Comprendre les documents

Le témoignage d'un ouvrier portugais

- **Nature du document** : Un témoignage, récit recueilli par une spécialiste de l'histoire de l'immigration
- **Auteur** : Antonio Mendes Ferreira, ouvrier portugais arrivé en France en 1955
- **Thème** : Le parcours professionnel d'un immigré
- **Contexte** : 40 ans après l'arrivée du témoin ; hostile à l'immigration, Jean-Marie Le Pen réunit 15 % des électeurs sur son nom

Nanterre, le bidonville des Pâquerettes en cours de démolition

- **Nature du document** : Une photographie, document témoin
- **Auteur** : H. Guérard, photographe travaillant pour Adoma, société proposant du logement social
- **Thème** : La destruction d'un bidonville au profit de logements sociaux
- **Contexte** : Entre 1959 et 1961, période des Trente Glorieuses et de forte immigration

Répondre aux questions

▶ **1.** À quelle personne est rapporté le récit ? Regarde la source. Un mot confirme qu'il s'agit d'un témoignage.

▶ **2.** Antonio évoque trois emplois. Aide-toi de la note.

▶ **3.** Pourquoi a-t-elle besoin d'ouvriers immigrés à cette époque ?

▶ **4.** Où s'installe Antonio lors de son arrivée ? Quels inconvénients évoque-t-il ? Que suggère le mot « cohabité » ? Regarde la photographie : observe le bidonville, les matériaux utilisés, le sol. Vois-tu des fils électriques ? Qu'en déduis-tu ?

▶ **5.** Sur la photographie, compare le bidonville, au premier plan, et « l'expérience de relogement », à l'arrière-plan. Le témoignage fournit aussi des éléments de réponse.

21 CORRIGÉ GUIDÉ

▶ **1.** Le document 1 est un témoignage, car il s'agit d'un « entretien ». Interrogé, le personnage qui parle évoque son expérience personnelle. Il s'exprime à la première personne du singulier (« Je »).

▶ **2.** Antonio Mendes Ferreira a d'abord nettoyé les bords de Marne, il était peut-être « cantonnier ». Comme « mineur », il a ensuite travaillé à creuser les fondations des immeubles. Il est enfin devenu « chef d'équipe » et encadrait alors d'autres ouvriers.

▶ **3.** Les immigrés viennent en France parce que ce pays a subi d'importantes destructions pendant la guerre. La reconstruction offre beaucoup de travail. Le Portugal est un pays pauvre qui n'offre pas les mêmes emplois.

▶ **4.** En arrivant en France, les immigrés s'installent où ils peuvent, chez des proches parents ou amis, comme le fait Antonio Mendes Ferreira. Les conditions de vie sont difficiles : ils manquent de place (le logement est « très petit », l. 5), il faut partager un même logement avec d'autres occupants.

Dans les bidonvilles, les abris sont précaires : cloisons en bois, toits en tôle ondulée ; il n'y a pas de fenêtre, pas d'électricité ni de sanitaires. Il n'y a pas de revêtement au sol. On y souffre du froid en hiver, de la chaleur en été, de l'humidité quand il pleut.

GAGNE DES POINTS
Pour gagner les 6 points, entre dans les détails. Imagine-toi vivant au quotidien dans une cabane, sans électricité, ni eau courante, ni fenêtres.

▶ **5.** Au début des années 1960, les expériences de relogement mettent à la disposition des immigrés des appartements dans des immeubles. Ils y trouvent plus d'espace, des logements solides (en béton), avec de la lumière (fenêtres, installations électriques). D'autres comme Antonio Ferreira peuvent acquérir une petite maison qu'ils agrandissent et modernisent. Un petit jardin témoigne d'un environnement personnel plus grand et plus agréable.

22 Polynésie française • Juin 2017

La place des femmes dans la société (1960-1980)

ANALYSER DES DOCUMENTS

45 min
20 points

INTÉRÊT DU SUJET • Dans les années 1960, la place laissée aux femmes dans la société est restreinte. Des réformes améliorent leur sort, mais les inégalités restent fortes.

DOCUMENT 1 **Témoignage d'une femme d'ouvrier**

S'il n'y avait pas les enfants, j'aurais recommencé à travailler comme avant. Mais il y a ce quatrième ; ah ; il n'a pas été désiré celui-là ; j'en avais eu trois en moins de trois ans, je pensais que cela suffisait et puis en voilà un autre ! [...] Pour boucler les fins de mois, je fais du lavage et du repassage pour les autres, parfois je garde un enfant, mais en cachette de mon mari qui ne voudrait pas que je travaille. [...] Quand je vais chez quelqu'un d'autre, je me rends compte que je n'ai presque rien ; je me dis que [...] si je pouvais travailler, j'en aurais autant [...]. J'aimerais avoir une journée à moi, entièrement libre.

Interview, début des années 1960, Paris, citée par Christine Bard, *Les Femmes dans la société française au XXe siècle,* Armand Colin, 2003.

DOCUMENT 2 **Loi Veil : une loi pour légaliser l'avortement**

Art. L. 162.1. La femme enceinte que son état place dans une situation de détresse peut demander à un médecin l'interruption de sa grossesse. Cette interruption ne peut être pratiquée qu'avant la fin de la dixième semaine de grossesse. (*Délai porté à 12 semaines en 2001*)
Art. L. 162.7. Si la femme est mineure célibataire, le consentement de l'une des personnes qui exerce l'autorité parentale est requis.
Art. L. 162.8. Un médecin n'est jamais tenu de donner suite à une demande d'interruption de grossesse ni de pratiquer celle-ci, mais il doit informer l'intéressée de son refus.

D'après la loi Veil du 17 janvier 1975.

DOCUMENT 3 **Des inégalités qui subsistent**

La situation de la femme dans notre société reste marquée par la dépendance, l'inégalité et le non-respect du droit de la personne [...]. Les femmes sont majoritaires parmi les smicards[1], les chômeurs, les allocataires du minimum vieillesse.

Discours de François Mitterrand pour la Journée de la femme (8 mars 1982) devant 400 ouvrières, employées, mères de famille invitées à l'Élysée.

1. Travailleurs payés au salaire minimum.

S'ENTRAÎNER

▶ **1.** Document 1 : quels sont les souhaits de cette femme d'ouvrier ? Deux réponses sont attendues. *(4 points)*

▶ **2.** Qu'est ce qui l'empêche de les réaliser ? Deux réponses sont attendues. *(4 points)*

▶ **3.** Document 2 : que permet la loi Veil ? *(2 points)*

▶ **4.** Quelles sont les limites prévues par la loi ? Deux réponses sont attendues. *(4 points)*

▶ **5.** Après avoir analysé tous les documents, précisez comment la place des femmes dans la société a évolué entre 1960 et 1980. *(6 points)*

LES CLÉS DU SUJET

Comprendre les documents

Témoignage d'une femme d'ouvrier

- **Nature du document**
  Témoignage recueilli dans le cadre d'une interview
- **Auteur**
  Une femme d'ouvrier
- **Thème**
  Les conditions de vie dans les milieux populaires
- **Contexte**
  Début des années 1960, période des Trente Glorieuses

- **Loi Veil : une loi pour légaliser l'avortement**
  - Nature du document : Texte législatif, document officiel
  - Auteur : Simone Veil, ministre des Solidarités et de la Santé
  - Thème : La dépénalisation de l'avortement et ses conditions d'exercice
  - Contexte : Années 1970, période d'émancipation des femmes

- **Des inégalités qui subsistent**
  - Nature du document : Discours officiel
  - Auteur : François Mitterrand, président de la République
  - Thème : Les inégalités hommes-femmes
  - Contexte : Journée de la femme

Répondre aux questions

▶ **1.** Que découvre cette femme d'ouvrier chez les autres ? Qu'est-ce qui lui permettrait d'être libre ?

▶ **2.** Pourquoi se plaint-elle d'avoir un quatrième enfant ? Que lui manque-t-il pour accéder à ce dont elle rêve ? Que signifie « boucler les fins de mois » ?

▶ **3.** Qu'est-ce qu'une IVG, interruption volontaire de grossesse ?

▶ **4.** Les deux principales limites sont données dès le premier article. D'autres conditions sont énoncées dans les suivants. Cherche le sens du mot « consentement ». Qu'est-ce que « l'autorité parentale » ? Quel est le droit du médecin ?

▶ **5.** Document par document, recense ce qui est limité pour les femmes d'un côté, ce qui leur est permis de l'autre. Compare les dates. Aide-toi de ce que tu sais de la situation des femmes aujourd'hui. Utilise le troisième document pour évaluer les limites des changements.

22 CORRIGÉ GUIDÉ

▶ **1.** Cette femme d'ouvrier souhaite avoir plus d'argent pour s'offrir des biens qu'elle voit chez les autres. Elle souhaite aussi avoir plus de temps libre.

▶ **2.** Elle ne peut réaliser ses souhaits parce qu'elle doit s'occuper de ses enfants qui lui prennent tout son temps, et parce qu'elle n'a pas l'autorisation de son mari pour travailler. Elle n'a donc pas de travail régulier qui lui fournirait des revenus suffisants. Le peu qu'elle gagne complète le salaire de son mari et sert à payer l'indispensable.

▶ **3.** La loi Veil permet aux femmes de mettre fin à une grossesse, de ne pas avoir un enfant qu'elles ne désirent pas.

▶ **4.** La loi limite l'accès à l'interruption de la grossesse : la femme doit être en « situation de détresse » (physique, sociale ou financière) ; l'intervention doit avoir lieu « avant la dixième semaine de grossesse ». Si la femme est mineure, l'accord des parents est nécessaire. L'accord du médecin est aussi obligatoire pour procéder à l'opération.

> **INFO +**
> En 2001, le délai autorisant une IVG a été porté à 12 semaines au lieu de 10, soit trois mois.

▶ **5.** Depuis les années 1960, la place des femmes en France s'est améliorée : elles peuvent travailler sans demander l'autorisation de leur mari (situation évoquée dans le doc. 1). Après la loi Neuwirth (1967) qui autorise la contraception, elles peuvent avoir le nombre d'enfants qu'elles souhaitent. En cas de grossesse non désirée, elles peuvent demander son interruption volontaire (doc. 2). Sur le plan juridique, les époux deviennent égaux devant la loi : les femmes cessent d'être dépendantes de leur mari. Mais, en 1980, la condition des femmes reste difficile. Elles sont souvent en situation de précarité (bas salaires, chômage). L'égalité avec les hommes est loin d'être acquise (doc. 3).

> **INFO +**
> En 2014, la condition de « situation de détresse » a été supprimée de la loi sur l'IVG.

S'ENTRAÎNER

23 Pondichéry • Mai 2017

Les revendications des jeunes dans les années 1960

ANALYSER UN DOCUMENT

45 min
20 points

INTÉRÊT DU SUJET • La crise étudiante de 1968 est le fruit de revendications répétées pendant les années 1960. Les jeunes réclament des libertés, dans une société restrictive et inégalitaire.

DOCUMENT **Les nouvelles aspirations de la jeunesse**

Ce que n'est pas une vie normale.
Avoir 20 ans et vivre en potache[1].
Ne pas pouvoir recevoir son père ou son frère dans sa chambre mais dans un foyer totalement impersonnel.
Demander l'autorisation pour danser dans un foyer qui nous est réservé.
Vivre dans une ambiance malsaine parce que la société qui veille sur nous a peur des « abus » de la jeunesse.
Enregistrer bêtement et passivement la culture imposée.
Mener une vie misérable dans tous les sens du terme, faire un travail au noir pour payer ses études ou sa piaule[2].
Abandonner ses études après trois ans en cité[3] parce qu'on est incapable de les payer.

Ce qu'est une vie normale.
Vivre libre et être responsable.
Être respecté au même titre que n'importe quel citoyen.
Avoir les mêmes droits et les mêmes responsabilités, que l'on soit un garçon ou une fille.
Faire de la cité[3] un lieu d'animation culturelle et de création artistique qui soit le fait des étudiants.
Pouvoir arriver au terme de ses études sans être aidé financièrement par papa.
Pouvoir discuter sur un pied d'égalité avec l'administration et ne pas recevoir de bonbons pour nous faire plaisir.

Si vous contestez ou si vous approuvez la politique menée, manifestez-vous, exprimez-vous.
Réunion d'information [...]
Au foyer F jeudi 8 février [1967] à 20 h 30.

Tract de l'Association des résidents de la cité universitaire de Nanterre (ARCUN) rapporté par Emmanuelle Loyer, *Mai 68 dans le texte*, Bruxelles, Complexe, coll. « De source sûre », 2008.

1. Potache : collégien, lycéen (familier).
2. Piaule : chambre (familier).
3. Cité universitaire : résidence où sont logés des étudiants.

▶ **1.** Pourquoi peut-on dire que la jeunesse étudiante est confrontée à des difficultés financières selon les auteurs de ce texte ? *(6 points)*

▶ **2.** Relevez dans le document deux éléments qui montrent que les jeunes aspirent à plus de liberté et deux éléments qui montrent qu'ils aspirent à plus d'égalité. *(6 points)*

▶ **3.** Relevez la phrase du texte qui incite les jeunes à s'engager dans la vie politique. *(4 points)*

▶ **4.** À l'aide de vos connaissances, indiquez deux exemples d'évolution qui ont répondu aux aspirations de la jeunesse depuis les années 1960. *(4 points)*

LES CLÉS DU SUJET

Comprendre le document

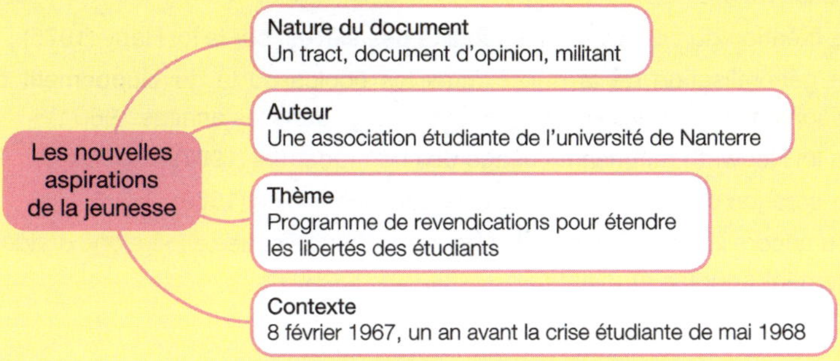

Répondre aux questions

▶ **1.** D'après le texte, pourquoi un jeune abandonnerait-il ses études ?

▶ **2.** Pense à ce qui est interdit aux jeunes. Que cherchent-ils en termes de droits ? Les garçons et les filles sont-ils traités à l'identique ?

▶ **3.** Ne te contente pas de citer la phrase. Justifie ton choix.

23 CORRIGÉ **GUIDÉ**

▶ **1.** Selon les auteurs de ce texte, les jeunes sont confrontés à des difficultés financières : ils ne peuvent pas payer leurs études ou le loyer de leur chambre. Ils sont obligés de trouver un emploi « au noir » ou de se faire aider par leurs parents.

> **INFO +**
> Un emploi « au noir » est un travail non déclaré à l'administration.

▶ **2.** Les étudiants veulent être libres de recevoir leurs proches dans leur chambre, de pratiquer des activités de loisir (danser, par exemple) ou de création artistique. Ils veulent l'égalité entre garçons et filles (les mêmes droits) et être à égalité avec l'administration quand ils échangent avec elle.

▶ **3.** La phrase qui incite les jeunes à s'engager dans la vie politique est la suivante : « si vous contestez ou si vous approuvez la politique menée, manifestez-vous, exprimez-vous » (l. 25). Les auteurs du texte invitent ainsi les lecteurs à revendiquer et à expliquer les réformes qu'ils souhaitent.

▶ **4.** Parmi les réformes qui ont répondu aux revendications de la jeunesse, on peut citer :

> **CONSEIL**
> Ne te contente pas de citer une réforme : date-la.

– l'abaissement de la majorité électorale de 21 à 18 ans (1974) ;
– la création du collège unique (égalité des élèves) par la loi Haby (1975) ;
– la généralisation de la mixité dans les écoles ou le développement des Maisons de la jeunesse et de la culture (MJC) dans les années 1960 ;
– la loi Neuwirth autorisant l'usage des contraceptifs (1967) ;
– la création des délégués de classe dans les écoles (1969) ;
– ou encore la mise en place des bourses d'étude et des allocations d'aide au logement pour les étudiants.

Les aires urbaines françaises

ANALYSER UN DOCUMENT

45 min
20 points

INTÉRÊT DU SUJET • Les aires urbaines sont le lieu de vie et de travail de l'essentiel de la population en France, y compris le tien, sans doute. Tu peux ainsi mieux comprendre le fonctionnement du territoire où tu vis.

DOCUMENT Évolutions de la France urbaine

L'un des éléments majeurs qui transforme le territoire national et la société française est la généralisation du fait urbain. Le seuil des 50 % de population urbaine, atteint au niveau mondial en 2007, a été franchi en France dès 1931. […] Les villes occupent aujourd'hui près de 22 % du territoire métropolitain, soit 119 000 km² sur un total de 550 000, contre 100 000 km² en 1999, ce qui représente une progression de 19 % en dix ans. Le rythme de la croissance urbaine est ainsi plus soutenu qu'au cours des décennies précédentes, proche de celui des années 1950 et 1960.

La croissance urbaine se traduit par l'agrandissement d'agglomérations existantes ou par l'apparition de nouvelles villes isolées. […] Aujourd'hui, l'urbanisation du territoire français est essentiellement le produit de l'étalement urbain, c'est-à-dire l'extension des surfaces urbanisées. […]

Cette généralisation du fait urbain a des conséquences majeures pour les territoires et leurs habitants. Elle transforme aussi bien les formes que les paysages. Lyon est un bon exemple de la diversité des espaces urbains à l'intérieur d'une même aire urbaine. L'étalement urbain brouille en effet les frontières traditionnelles de la ville. L'apparition de l'adjectif « périurbain » souligne l'émergence d'un espace mélangeant ville et campagne.

D'après Magali Reghezza-Zitt, « La France, une géographie en mouvement », *Documentation photographique*, n° 8096, 2013.

▶ **1.** Recopiez deux informations du texte montrant que la population habitant dans les villes augmente. *(4 points)*

▶ **2.** Citez une information du texte qui montre que l'étalement urbain concerne l'ensemble du territoire national. *(3 points)*

▶ **3.** Indiquez une conséquence de l'étalement urbain. *(3 points)*

▶ **4.** Expliquez la phrase soulignée. *(4 points)*

▶ **5.** Réalisez un schéma et sa légende des différents types d'espaces qui composent une aire urbaine. *(6 points)*

LES CLÉS DU SUJET

Comprendre le document

Évolutions de la France urbaine

- **Nature du document**
  Un article d'une revue spécialisée d'histoire et de géographie, la Documentation photographique, 2013
- **Auteur**
  Magali Reghezza-Zitt, professeure de géographie très connue
- **Thème**
  Les évolutions de la France urbaine : urbanisation par étalement urbain et développement du périurbain
- **Contexte**
  Depuis 1975, les villes françaises s'étalent et sont devenues des aires urbaines comprenant ville-centre, banlieues et couronne périurbaine.

Répondre aux questions

▶ **1.** Attention à bien te concentrer sur la population ou la croissance urbaine, et pas sur l'étalement urbain.

▶ **3.** Le mot clé « conséquence » figure dans le troisième paragraphe.

▶ **4.** Il faut définir et expliquer ce qu'est un espace périurbain, en s'attachant à montrer aussi bien ses caractères ruraux (localisation) que ses caractères urbains (mode de vie).

▶ **5.** Prends le temps de faire un schéma propre. Pense à intégrer les axes de transports, essentiels pour comprendre le fonctionnement d'une aire urbaine. N'oublie pas la légende !

24 CORRIGÉ GUIDÉ

▶ **1.** La population habitant dans les villes augmente car :

• « Le seuil des 50 % de population urbaine, atteint au niveau mondial en 2007, a été franchi en France dès 1931. »

• « Le rythme de la croissance urbaine est ainsi plus soutenu qu'au cours des décennies précédentes, proche de celui des années 1950 et 1960. »

▶ **2.** L'étalement urbain concerne l'ensemble du territoire national car « les villes occupent aujourd'hui près de 22 % du territoire métropolitain ».

▶ **3.** Une conséquence de l'étalement urbain, c'est-à-dire de l'extension des surfaces urbanisées, est le développement de la périurbanisation. Les aires urbaines françaises sont entourées d'une couronne périurbaine, dont les habitants travaillent souvent dans la ville-centre, mais résident au-delà de la banlieue.

▶ **4.** Le « périurbain » est en effet « un espace mélangeant ville et campagne ». Périurbain signifie « autour de la ville ». Le périurbain est un espace intermédiaire entre le pôle urbain (la ville et ses banlieues) et l'espace rural. Les habitants du périurbain sont des citadins qui vivent « à la campagne », ce qui leur permet de gagner en surface et en mode de vie, au prix de déplacements incessants (explosion des mobilités). Mais les villages périurbains, jadis ruraux, sont dès lors devenus des espaces urbanisés, où les fonctions résidentielles et commerciales sont prédominantes et les fonctions agricoles marginales, voire absentes. L'espace rural périurbain, fantasmé par des citadins, devient un nouvel espace : ce n'est plus la ville et ce n'est plus vraiment la campagne.

▶ **5.** Schéma d'une aire urbaine.

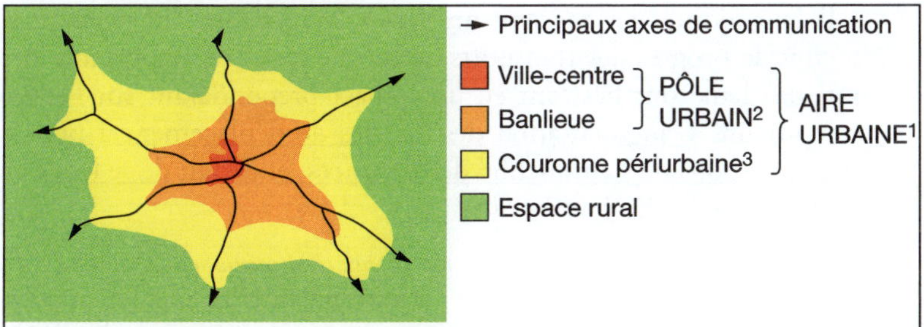

1. Aire urbaine : espace constitué d'un pôle urbain et d'une couronne périurbaine.
2. Pôle urbain : agglomération comptant 5 000 emplois ou plus.
3. Couronne périurbaine : ensemble des communes dont au moins 40 % des habitants actifs vont travailler dans l'aire urbaine.

L'étalement urbain et l'usage de l'automobile

ANALYSER DES DOCUMENTS

45 min
20 points

INTÉRÊT DU SUJET • L'étalement urbain est aujourd'hui un des problèmes écologiques majeurs, par la consommation d'espace qu'il implique et par les mobilités et donc les pollutions qu'il génère.

DOCUMENT 1 L'étalement urbain

La croissance urbaine est tout d'abord liée à la fois à l'afflux de population [...] et au solde naturel[1] des villes. Deux processus s'enclenchent alors : la métropolisation, c'est-à-dire la surconcentration des hommes et des activités sur une portion réduite du territoire et la raréfaction des espaces constructibles au sein des espaces urbains. Sous cette pression et le besoin de constructions nouvelles, les tissus bâtis s'étendent à travers l'espace [...]. D'une part la hausse du prix des logements entraîne le départ des populations modestes en périphérie. D'autre part, les activités qui exigent de très grandes surfaces bâties telles que les super et hypermarchés sont obligées de s'installer en marge des villes [...].

Il faut ajouter les mécanismes liés à la mobilité des personnes. En effet, le progrès des transports, ainsi que la baisse importante des coûts qui leur sont liés, ont eu un impact prépondérant sur l'étalement urbain. L'augmentation des vitesses de déplacement a permis aux populations de s'affranchir[2] des distances, et de fait de se loger de plus en plus loin des centres urbains.

Les enjeux territoriaux de la Côte d'Azur,
Université de Nice Sophia Antipolis,
Université ouverte des Humanités, novembre 2015.

1. Solde naturel : différence entre le nombre de naissances et le nombre de décès.
2. S'affranchir : se libérer.

DOCUMENT 2 **Les différents modes de transport utilisés par les navetteurs[1] en France**

Modes de transport	Ensemble des navetteurs[1]
À pied	4 %
Voiture	80 %
Transports en commun	15 %

Insee, *Recensement de la population de 2013, exploitation complémentaire*, www.insee.fr.

1. Navetteur : actif qui ne travaille pas dans sa commune de résidence.

▶ **1.** Recopiez la phrase du document 1 qui, selon vous, donne une définition de l'étalement urbain. *(4 points)*

▶ **2.** Dans le premier paragraphe du document 1, identifiez trois causes différentes de l'étalement urbain. *(6 points)*

▶ **3.** À l'aide de la phrase soulignée dans le texte, montrez que l'étalement urbain a des conséquences sur la vie quotidienne des populations. *(4 points)*

▶ **4.** À l'aide des documents 1 et 2, expliquez pourquoi l'étalement urbain est fortement lié à l'usage de l'automobile. *(6 points)*

LES CLÉS DU SUJET

Comprendre les documents

L'étalement urbain

- **Nature du document**
  Un texte scientifique paru en 2015
- **Auteur**
  L'université de Nice Sophia Antipolis
- **Thème**
  L'étalement urbain : facteurs, modalités, conséquences
- **Contexte**
  Les aires urbaines françaises ne cessent de s'étaler dans l'espace environnant, ce qui entraîne l'explosion des mobilités.

Les différents modes de transport utilisés par les navetteurs en France

Nature du document
Tableau statistique dérivé du recensement de la population de 2013

Source
Insee : Institut national de la statistique et des études économiques

Thème
Les modes de transports utilisés par les navetteurs

Contexte
Les mobilités entraînées par l'étalement urbain se font surtout par l'automobile.

Répondre aux questions

▶ **1.** Comme la question est sur 4 points, essaie de développer un peu, même si la consigne ne demande que de recopier.

▶ **2.** La première partie du paragraphe explique la croissance urbaine et non l'étalement. C'est donc dans la seconde partie de ce paragraphe qu'il faut chercher.

▶ **3.** Attention à ne pas répéter la phrase : il faut l'expliquer et la compléter par des connaissances tirées de ton cours. Pense aux aspects positifs comme négatifs.

▶ **4.** Commence par établir l'importance de l'automobile dans les mobilités urbaines, puis donne quelques facteurs explicatifs.

25 CORRIGÉ GUIDÉ

▶ **1.** Cette phrase du document 1 donne une définition de l'étalement urbain : « Sous cette pression et le besoin de constructions nouvelles, les tissus bâtis s'étendent à travers l'espace [...] » Cette définition inclut les facteurs à l'origine de l'étalement urbain : la pression foncière liée à la métropolisation.

▶ **2.** Les trois causes de l'étalement urbain sont :

- « la raréfaction des espaces constructibles au sein des espaces urbains » : en raison de la métropolisation, la ville-centre voit sa densité de bâti augmenter. Les espaces disponibles deviennent plus rares : il faut donc construire plus loin.

GAGNE DES POINTS
Pour chaque phrase, il est important de développer l'explication en utilisant autant que possible le vocabulaire géographique adapté.

• « la hausse du prix des logements entraîne le départ des populations modestes en périphérie » : c'est le phénomène appelé « gentrification », lui aussi lié à la métropolisation. Le marché immobilier du centre-ville est de plus en plus inaccessible et les prix repoussent les catégories les plus modestes vers la couronne périurbaine.

• « les activités qui exigent de très grandes surfaces bâties telles que les hypermarchés sont obligées de s'installer en marge des villes » : les hypermarchés, par exemple, exigent des milliers de m^2 au sol pour les surfaces commerciales et les parkings, que leur éloignement rend nécessaires.

▶ **3.** L'étalement urbain rendu possible par la généralisation de l'automobile depuis les années 1960 entraîne la dissociation des lieux de travail, de résidence, de loisirs, de ravitaillement. Certains aspects sont positifs : la résidence hors du pôle urbain est moins chère (logement plus grand, jardin) et plus agréable (contact avec la nature, diminution de la pollution). D'autres le sont moins : la dissociation spatiale entraîne l'explosion des mobilités, notamment aux heures de pointe des migrations pendulaires, ce qui génère pertes de temps et pollution.

▶ **4.** L'automobile, dont l'usage s'est généralisé depuis les années 1960, est la grande gagnante des mobilités urbaines : selon le document 2, 80 % des navetteurs utilisent ce mode de transport pour se rendre sur leur lieu de travail.

L'usage de l'automobile s'est si largement répandu parce qu'il s'agit d'un moyen très pratique, individuel, confortable et rapide de se déplacer de porte-à-porte sur des distances qui peuvent être importantes (souvent plusieurs dizaines de kilomètres, parfois au-delà de la centaine).

Les transports en commun sont privilégiés depuis quelques années pour décongestionner les axes de communication au moment des heures de pointe, mais ils sont moins pratiques (pas de trajet porte-à-porte) et surtout ne desservent pas toutes les communes concernées : en effet, l'étalement urbain produit des espaces de moins en moins denses à mesure que l'on s'éloigne du centre-ville. Les lignes de transport collectif ne peuvent pas couvrir la totalité de la couronne périurbaine. Cela explique la résistance de l'automobile face aux politiques urbaines de transport collectif.

Mobilités et croissance des aires urbaines

ANALYSER DES DOCUMENTS

45 min
20 points

INTÉRÊT DU SUJET • Chacune de nos mobilités quotidiennes entraîne la création d'un espace vécu qui nous est propre et favorise ainsi la croissance des aires urbaines.

DOCUMENT 1 Un exemple de mobilité au quotidien

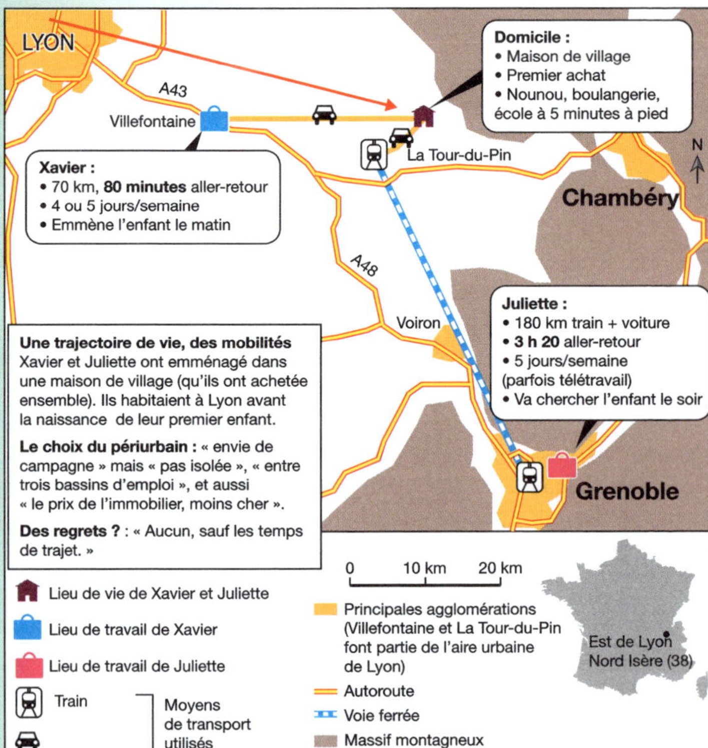

D'après J.-B. Bouron et P.-M. Georges, *Les territoires ruraux en France*, 2015.

DOCUMENT 2 **Des Français hypermobiles**

L'augmentation des vitesses qui favorise les déplacements a permis une dissociation des lieux de vie et d'habitat, de travail, de consommation et de loisirs. Chaque individu va ainsi pouvoir construire son territoire au sens d'espace de vie. Ce territoire va pouvoir varier au cours du temps.

C'est à l'échelle locale que les transformations sont les plus visibles [...]. Certains individus vivent à l'échelle de leur quartier quand d'autres parcourent chaque jour des dizaines de kilomètres pour se rendre à leur travail. Pour certains, les déplacements domicile-travail se font entre des villes distantes de plusieurs centaines de kilomètres : ils « navettent » grâce au train à grande vitesse ou à l'avion.

Extrait de M. Reghezza-Zitt, *La France, une géographie en mouvement*, La Documentation photographique, n° 8096, 2013.

S'ENTRAÎNER

DOCUMENT 1

▶ **1.** Identifiez le lieu où Juliette et Xavier ont habité et le lieu où ils habitent aujourd'hui. *(2 points)*

▶ **2.** Expliquez deux raisons de ce changement de lieu de vie. *(6 points)*

▶ **3.** Relevez une contrainte liée à ce choix de lieu de vie. *(2 points)*

DOCUMENTS 1 ET 2

▶ **4.** Sélectionnez la proposition qui caractérise le mieux les déplacements de Xavier. Recopiez-la et justifiez votre choix. *(4 points)*

a) « Certains individus vivent à l'échelle de leur quartier. »

b) « D'autres parcourent chaque jour des dizaines de kilomètres pour se rendre à leur travail. »

c) « Pour certains, les déplacements domicile-travail se font entre des villes distantes de plusieurs centaines de kilomètres. »

▶ **5.** Expliquez pourquoi les mobilités favorisent la croissance des aires urbaines. *(6 points)*

LES CLÉS DU SUJET

Comprendre les documents

Un exemple de mobilité au quotidien

- **Nature du document :** Carte présentant les mobilités d'un couple de Français
- **Source :** Manuel de géographie pour l'enseignement supérieur
- **Thème :** Les mobilités dans l'espace vécu
- **Contexte :** La dissociation des lieux de vie et de travail génère d'importantes mobilités qui exigent des stratégies personnelles élaborées.

Des Français hypermobiles

- **Nature du document :** Texte scientifique
- **Auteur :** M. Reghezza-Zitt, une géographe reconnue
- **Thème :** Les mobilités des Français à différentes échelles
- **Contexte :** Les mobilités s'effectuent à différentes échelles et construisent un espace de vie spécifique.

Répondre aux questions

▶ **1.** Il faut à la fois lire les textes sur la carte et la légende de la carte.

▶ **2.** Le texte associé à la carte donne les réponses. Attention à ne pas oublier un argument : il y en a trois.

▶ **3.** Tu connaîs cette contrainte grâce à ton cours, mais elle figure aussi sur le document.

▶ **4.** Il faut mettre en relation les idées du document 2 avec les déplacements de Xavier (pas de Juliette) du document 1. Chaque proposition correspond à une échelle de distance. Combien Xavier parcourt-il de kilomètres pour aller à son travail (doc. 1) ? N'oublie pas de justifier ton choix.

▶ **5.** N'hésite pas à utiliser les documents pour illustrer tes idées.

26 CORRIGÉ GUIDÉ

▶ **1.** Juliette et Xavier habitaient à Lyon, mais ils ont déménagé et résident désormais à La Tour-du-Pin, à 70 km de Lyon, qui se situe pratiquement à équidistance de Lyon, Chambéry et Grenoble.

▶ **2.** Xavier et Juliette ont choisi cette localisation en couronne périurbaine par une conjugaison de facteurs : c'est d'abord un choix de vie (la campagne, mais pas le rural profond) ; l'éloignement des centres leur permet d'avoir accès à un immobilier moins cher ou plus spacieux (maison de village) ; enfin, leur localisation équidistante à trois bassins d'emplois leur permet de maximiser leurs opportunités d'emploi. L'existence de moyens de communication cadencés (train) et rapides (autoroute) leur permet cette dissociation entre lieu de résidence et lieu de travail. Le déclencheur de ce changement de vie a été, comme très souvent, la naissance de leur premier enfant.

> **GAGNE DES POINTS**
> Pour les deux questions à 6 points (2 et 5), ta réponse doit être détaillée : rédige un développement de quelques lignes, afin de récolter tous les points.

▶ **3.** La contrainte principale de ce choix de vie est la longueur des trajets (et donc leur coût). C'est particulièrement vrai pour Juliette, qui travaille à Grenoble, et fait donc 180 km aller-retour, soit 3 h 20 perdues dans les transports, 5 jours par semaine, même si elle peut occasionnellement travailler depuis chez elle (télétravail).

▶ **4.** La bonne proposition est la **b)** : « D'autres parcourent chaque jour des dizaines de kilomètres pour se rendre à leur travail. » Aller-retour, Xavier effectue en effet 70 km entre La Tour-du-Pin, où il habite, et Lyon, où il travaille. C'est moins que Juliette, qui relèverait davantage de la proposition c.

▶ **5.** Les aires urbaines se composent de différents espaces, connectés entre eux par des réseaux de communication rapides. La ville-centre et la banlieue constituent l'agglomération, autour de laquelle s'étend, en tache d'huile, avec une préférence le long des axes de communication, la couronne périurbaine.

Depuis les années 1960, avec la hausse du niveau de vie des Français et le développement de l'usage de l'automobile, ces espaces périurbains se sont considérablement étendus : 25 % de la population française y résident aujourd'hui, profitant d'atouts incontestables (espace, qualité de vie, coût). L'espace périurbain grignote l'espace rural.

Cette croissance des aires urbaines par le périurbain est liée au développement des mobilités : le développement des moyens de transport modernes (autoroute, LGV, avion) permet une dissociation croissante des lieux de vie : habitat, travail, consommation, loisirs ne se situent plus nécessairement à courte distance. Cette « hypermobilité » maximise les atouts des espaces périurbains, favorisant ainsi la croissance des aires urbaines au prix de longues et coûteuses migrations pendulaires.

> **GAGNE DES POINTS**
> N'hésite pas à réutiliser le vocabulaire scientifique du document 2.

S'ENTRAÎNER

27 France métropolitaine • Juillet 2019

La dynamique des aires urbaines en France

MAÎTRISER LES DIFFÉRENTS LANGAGES

45 min
20 points

INTÉRÊT DU SUJET • Avec une population française très majoritairement urbaine, l'organisation et les dynamiques des aires urbaines concernent beaucoup de monde, toi y compris.

▶ **1.** En vous appuyant sur un exemple étudié en classe, rédigez un développement construit d'environ vingt lignes montrant l'organisation et les dynamiques d'une aire urbaine en France. *(13 points)*

▶ **2.** Les territoires ultramarins français *(7 points)*

a) Localisez et nommez les trois océans identifiés sur le planisphère de la page suivante.

b) Reliez, dans le tableau ci-dessous, chaque territoire ultramarin à l'océan dans lequel ou au bord duquel il se situe.

<table>
<tr><td>Martinique</td><td>•</td><td rowspan="2">•</td><td rowspan="2">Océan Atlantique</td></tr>
<tr><td>Réunion</td><td>•</td></tr>
<tr><td>Guadeloupe</td><td>•</td><td rowspan="2">•</td><td rowspan="2">Océan Indien</td></tr>
<tr><td>Polynésie française</td><td>•</td></tr>
<tr><td>Mayotte</td><td>•</td><td rowspan="2">•</td><td rowspan="2">Océan Pacifique</td></tr>
<tr><td>Guyane</td><td>•</td></tr>
</table>

c) Localisez et nommez sur le planisphère deux territoires ultramarins de votre choix.

d) Identifiez l'équateur sur le planisphère par un trait de couleur et complétez la légende.

Les territoires ultramarins français

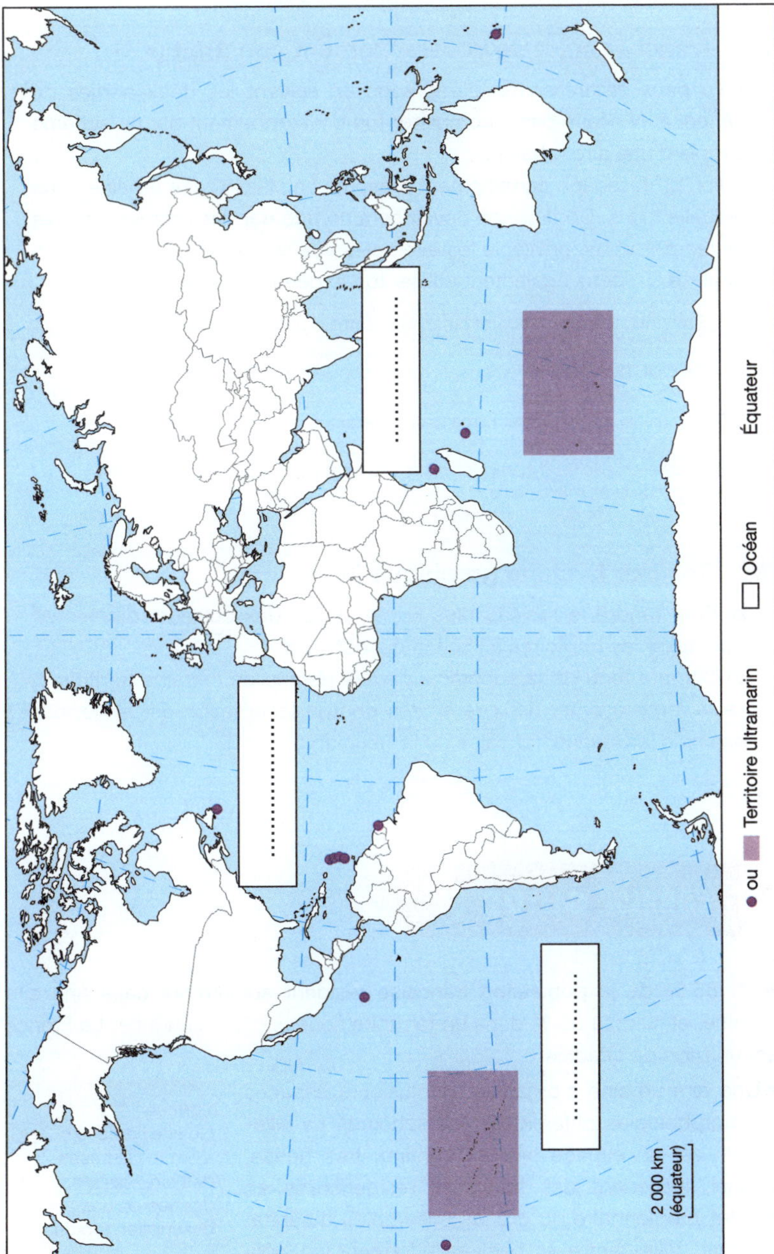

LES CLÉS DU SUJET

Traiter le sujet de développement construit (▶ 1)

• Tu peux organiser ton paragraphe en suivant les deux parties de l'énoncé. N'hésite pas à compléter ton développement par un schéma simple d'une aire urbaine.

• Ton professeur a certainement présenté en classe l'aire urbaine dans laquelle tu vis. Comme ton devoir sera corrigé par des professeurs des collèges voisins, privilégie les exemples vus en classe pour nourrir ton analyse. Tu peux également utiliser ton expérience personnelle.

Présenter l'organisation et les dynamiques d'une aire urbaine en France

INTRODUCTION Montre l'urbanisation de la population française.

❶ Commence par présenter l'organisation théorique d'une aire urbaine.

❷ Analyse ensuite les dynamiques d'une aire urbaine, en utilisant le vocabulaire descriptif de la première partie.

Réaliser la tâche graphique (▶ 2)

b) Pour rendre le tableau plus lisible, utilise des couleurs différentes pour relier les territoires à l'océan qui convient.

c) Compte tenu de la superficie parfois réduite de certains territoires, veille à représenter deux territoires dont la localisation est facile, par exemple la Guyane française ou la Réunion.

27 CORRIGÉ GUIDÉ

▶ **1.** 85 % de la population française résident aujourd'hui dans une aire urbaine, et jusqu'à 95 % dans un territoire sous influence urbaine. La France est un pays de citadins.

• Une aire urbaine s'organise en plusieurs espaces de morphologies différentes (voir schéma). La ville-centre est un espace bâti en continu, très dense, auquel succèdent des banlieues résidentielles en habitat pavillonnaire ou grands ensembles d'habitat collectif. Ville-centre et banlieues forment un pôle

> **CONSEIL**
> Ne cite pas seulement les espaces de l'aire urbaine, donnes-en une description rapide.

urbain (au moins 10 000 emplois). Au-delà du pôle urbain commence la couronne périurbaine : l'habitat s'agglomère autour de petits villages-centres qui grossissent par développement d'habitats pavillonnaires ; mais au moins 40 % des habitants travaillent en fait dans le pôle urbain.

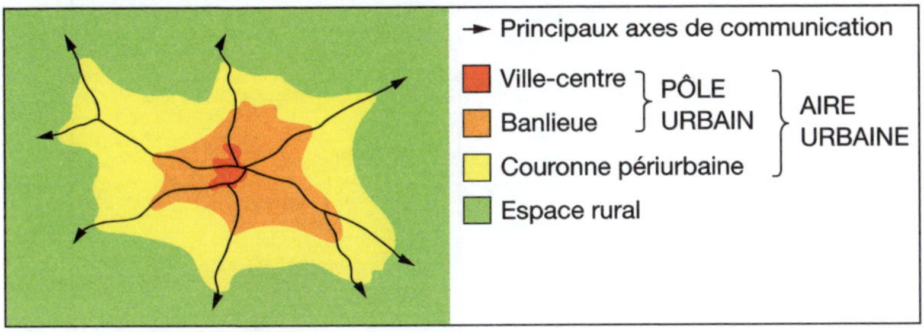

• Les dynamiques urbaines sont marquées par l'étalement : l'espace urbain et périurbain se dilate, s'étale dans l'espace et sa densité diminue. La périurbanisation gagne sur les campagnes proches, grignotant l'espace rural environnant, à la faveur du développement de l'automobile et de prix fonciers plus attractifs. La dissociation entre lieu de vie, lieu de travail, lieu de loisirs ou de consommation, a été permise par le développement de l'automobile. Elle entraîne donc l'explosion des mobilités. Les axes de communication sont alors saturés par les migrations pendulaires. Ces mobilités génèrent pertes de temps et pollution.

> **GAGNE DES POINTS**
> Il est recommandé de réaliser un schéma simple d'une aire urbaine. Essaie d'y indiquer des toponymes locaux.

Ce mode de vie périurbain, fortement consommateur d'espace et d'énergie, est-il cependant, aujourd'hui, le mieux adapté aux nouvelles problématiques de développement durable ?

> **GAGNE DES POINTS**
> Une phrase de conclusion sur la durabilité de ces dynamiques urbaines est bienvenue.

▶ **2. a)**, **c)** et **d)** *Voir le planisphère complété page suivante. Tous les territoires ultramarins y sont indiqués. Cependant, le jour de l'épreuve, contente-toi d'abord des deux demandés.*

b)

Martinique	Océan Atlantique
Réunion	Océan Indien
Guadeloupe	Océan Atlantique
Polynésie française	Océan Pacifique
Mayotte	Océan Indien
Guyane	Océan Atlantique

Les territoires ultramarins français

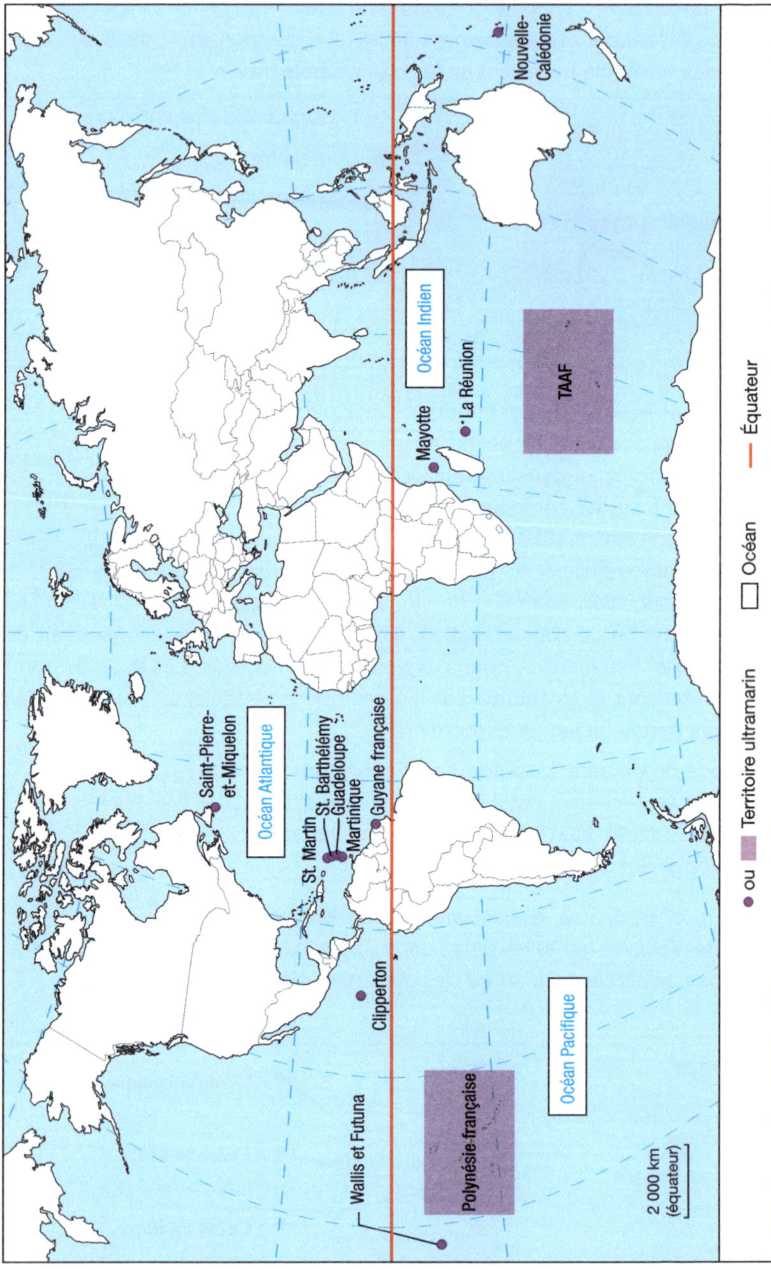

Le tourisme estival en montagne

ANALYSER UN DOCUMENT

45 min
20 points

INTÉRÊT DU SUJET • Fini le temps des sports d'hiver ? Avec le réchauffement climatique, les espaces montagnards développent des activités touristiques en été.

DOCUMENT **Tourisme : la montagne tire son épingle du jeu**

« On voit que la montagne en été est de plus en plus fréquentée », se réjouit la directrice de l'Office de tourisme de Vars. Les deux épisodes de canicule qui ont frappé la France et la Provence ont peut-être aidé les vacanciers à choisir les Alpes et son climat plus supportable comme destination, plutôt que la côte. [...]

Vars a notamment profité du passage du Tour de France le 25 juillet en plein cœur de station pour faire de bons chiffres. [...] « Dès juin, nous avons proposé des événements cyclotourisme. Mais aussi en juillet le *Mountain Trail*, une course d'orientation... », se souvient la directrice de l'Office de tourisme [de Vars]. Aux Orres [...] la station a continué à miser sur le VTT, grâce à son *bike park* parmi les plus réputés de France. « 50 % de nos visiteurs viennent pour le VTT », se réjouissait début août la responsable de l'Office de tourisme. La station [d'Embrun] a notamment accueilli une épreuve de compétition internationale ou encore le Commencal week-end, en présence d'Anne-Caroline Chausson, multiple championne du monde de VTT. [La] montagne, qui n'est plus réduite à l'unique ski, se renouvelle constamment et, chaque année, de nouvelles activités estivales voient le jour. [...]

En 2018, un *escape game* a vu le jour dans le Pays des Écrins [...] : « C'est une activité tendance, dans un lieu qui a été très fréquenté cet été. Les gens sont à la recherche d'une connexion avec l'environnement ». Ce lien était aussi au cœur du festival Zen Agritude, organisé fin août dans le Dévoluy, qui a attiré les vacanciers en demande de véritables expériences montagne. [...] Le Dévoluy en a profité pour remplir ses hébergements à hauteur de 50 % tout l'été. [...] Les professionnels du tourisme notent une réelle demande de produits locaux chez les vacanciers en quête d'authenticité lors d'un séjour à la montagne. « Nous avons accueilli beaucoup de touristes cet été [...] ça s'annonce plutôt bien, nous pensons être en hausse par rapport à l'année dernière », se réjouit la directrice de la coopérative. Même tendance pour le responsable de Banzai Rafting, spécialisée sur les sorties en eau vive sur la Durance. « C'était une très bonne saison avec de la clientèle ». [...]

De nombreux touristes ont privilégié la montagne, où les nuits sont plus fraîches, et la moindre flaque d'eau était courtisée. [...] De son côté, le plan d'eau d'Embrun [...] bénéficie d'une longévité saisonnière remarquable. En cette fin août, ce lac est plein. Il a été imaginé en 1960 par le maire d'Embrun, [...] et son conseil municipal. « Les prestataires se sont adaptés à la baisse du niveau du lac et, de son côté, le syndicat mixte a aménagé plusieurs sites en installant des bouées, des balises de fond pour permettre aux bateaux des touristes et des prestataires de demeurer proches des berges. 30 000 € ont été investis », précise le maire de Savines-le-Lac.

Source : Article de *La Provence*, « Tourisme : la montagne tire son épingle du jeu », 03/09/2019, www.laprovence.com

▶ **1.** Nommez et localisez le type d'espace dont il est question dans le document.

▶ **2.** Relevez, dans le document, trois activités touristiques qui justifient la phrase soulignée.

▶ **3.** Identifiez plusieurs atouts qui rendent la montagne attractive l'été.

▶ **4.** Choisissez un acteur du développement touristique évoqué dans le document et décrivez son action.

▶ **5.** La montagne, l'été, est devenue un espace productif dont le rayonnement est important. Justifiez cette affirmation en vous appuyant sur le texte et sur vos connaissances.

S'ENTRAÎNER

LES CLÉS DU SUJET

Comprendre le document

Tourisme : la montagne tire son épingle du jeu

- **Nature du document**
  Article d'un journal régional, *La Provence*
- **Auteur**
  Journaliste non identifié
- **Thème**
  Le développement du tourisme d'été en montagne
- **Contexte**
  Le contexte actuel profite à la montagne qui offre de nombreux atouts en été.

Répondre aux questions

▶ **1.** Le titre (qui indique « tourisme ») ainsi que la question **5** (qui mentionne un « espace productif ») doivent t'aider à trouver le type d'espace. Pour la localisation, le premier paragraphe et le titre du journal pourront t'aiguiller.

▶ **2.** Cherche trois exemples d'activités touristiques estivales.

▶ **3.** Qu'est-ce qui, dans le texte, rend la montagne plus attractive qu'ailleurs pendant l'été pour les touristes ? Si on te demande « plusieurs » atouts, essaie d'en citer au moins trois.

▶ **4.** Un acteur est une personne ou un groupe de personnes qui joue un rôle dans le développement touristique. Qui met en place les activités ?

▶ **5.** Veille à bien rester centré, dans ta réponse, sur les activités d'été (c'est le sujet), et non sur les sports d'hiver (c'est hors sujet).

28 CORRIGÉ GUIDÉ

▶ **1.** L'article évoque les espaces productifs touristiques dans un environnement montagnard. Il s'agit en effet des Alpes du Sud, comme l'indique la mention de la station d'Embrun, de la Durance, ou encore le nom du journal : *La Provence*.

INFO +
L'article mentionne aussi des noms géographiques tels que le Dévoluy ou les Écrins, qui se trouvent à la limite entre les Alpes du Nord et du Sud.

▶ **2.** La phrase soulignée dans le texte établit que la montagne n'est pas seulement consacrée au tourisme de sports d'hiver, notamment à l'incontournable ski, mais au contraire que le tourisme estival s'y développe avec « chaque année, de nouvelles activités ». Parmi ces nouvelles activités estivales, l'article cite :

GAGNE DES POINTS
Commence par préciser l'idée exprimée par la phrase soulignée, puis relève dans le texte les idées qui la justifient.

– les activités liées au vélo : passage du Tour de France, cyclotourisme, *Mountain trail*, *bike park* et diverses compétitions (2e paragraphe) ;

– des activités de loisirs culturels en pleine nature : *escape game* dans les Écrins, festival Zen Agritude ;

– des activités d'eau vive, comme le rafting sur la Durance.

▶ **3.** Pendant la saison estivale, les acteurs locaux s'efforcent en effet de valoriser différents atouts de leur environnement géographique :

– un atout climatique : en raison de plus fréquents « épisodes de canicule », sans doute liés au réchauffement climatique, le climat montagnard, plus frais car en altitude, apparaît « plus supportable », avec des nuits « plus fraîches » ;

– un atout environnemental : l'espace montagnard apparaît plus préservé que les espaces touristiques balnéaires, or « les gens sont à la recherche d'une connexion avec l'environnement », sans pour autant négliger l'aspect balnéaire, avec de nombreux plans d'eau, par exemple à Embrun ;

– un atout humain : les vacanciers sont « en quête de produits locaux » et d'une certaine « authenticité », que la montagne peut davantage offrir, avec une population rurale et agricole préservée par rapport à un littoral azuréen ultra spécialisé dans le tourisme de masse.

▶ **4.** L'article évoque le maire et le conseil municipal d'Embrun, petite station touristique des Alpes du Sud, sur la Durance. Le syndicat mixte, qui rassemble plusieurs communes (Embrun et Savines-le-Lac), a œuvré pour permettre aux prestataires de s'adapter « à la baisse de niveau du lac », en raison de la sécheresse, en installant des équipements pour un budget de 30 000 €, ce qui n'est pas rien pour de petites communes. Cette action permet de préserver la longévité du plan d'eau, donc l'attractivité touristique des communes concernées.

▶ **5.** À partir des années 1960, la montagne, autrefois espace d'exode rural, a profité de l'or blanc avec le développement des sports d'hiver. Mais la saisonnalité de cette activité a toujours posé problème.

- Pendant longtemps, les acteurs du tourisme montagnard se sont donc efforcés de développer des activités à contre-saison, d'étaler ainsi la saison touristique. Or, le contexte actuel vient relayer leurs efforts : la saison estivale est de loin la plus fréquentée, donc présente le meilleur potentiel touristique, et les espaces littoraux les plus proches du massif alpin – la Côte d'Azur – paraissent saturés. Le réchauffement climatique, bien qu'il touche également la montagne, multiplie les canicules qu'un climat d'altitude rend précisément plus supportables. La valeur touristique de la montagne a aussi augmenté avec le développement dans le public de valeurs liées à l'environnement, à la nature, à l'authenticité, valeurs plus facilement visibles dans les petites stations des Alpes du Sud qu'à Nice ou à Saint-Tropez !

GAGNE DES POINTS
Tu peux rappeler que, dans les Alpes, la température diminue d'un degré tous les 160 mètres d'altitude gagnés.

- Les initiatives des acteurs locaux ont ainsi permis de valoriser la montagne à contre-saison, afin de faire vivre l'espace touristique et d'en favoriser le rayonnement, donc l'attractivité. Il faut s'adapter aux nouvelles attentes des clients, en particulier le désir de nature et d'authenticité qui sont au cœur de la réussite du tourisme vert. D'où la création d'activités de cyclotourisme, de festivals culturels, de loisirs proches de la nature, de rencontre avec les populations locales, par exemple à la ferme.

Il est même permis de se demander, au vu du recul des glaciers alpins et des difficultés d'enneigement croissantes chaque hiver, si la saison estivale ne deviendra pas dans quelques décennies la saison la plus profitable…

29 France métropolitaine • Septembre 2018

La modernisation de l'agriculture française

ANALYSER DES DOCUMENTS

45 min
20 points

INTÉRÊT DU SUJET • L'agriculture française est devenue en un demi-siècle l'une des plus productives du monde, ce qui a transformé les paysages agricoles.

DOCUMENT 1 La modernisation de l'agriculture française

La modernisation concerne en premier l'organisation des terres agricoles. Les modifications que connaît l'Ouest illustrent parfaitement la dynamique générale. Jusqu'en 1950, la petite propriété reste majoritaire de la Normandie jusqu'à la frontière espagnole. À partir de cette date, les exploitations se concentrent rapidement sous l'effet de l'exode rural et des politiques de remembrement[1]. Les paysans qui restent achètent ou louent massivement les nombreuses terres laissées libres. Les parcelles sont redécoupées, les haies sont arrachées. En France métropolitaine, la taille moyenne des exploitations triple en 50 ans. [...]

Parallèlement, l'autoconsommation diminue, la polyculture traditionnelle décline et la spécialisation s'affirme : production laitière en Normandie ou élevage hors-sol en Bretagne.

La modernisation concerne aussi les techniques agricoles. Le tracteur se généralise à partir des années 1950 (60 000 en 1946, 1 500 000 en 1979), les engrais chimiques sont couramment utilisés. De nouvelles semences plus productives voient le jour et il devient possible de sélectionner scientifiquement les races de l'élevage. [...]

Mais depuis plusieurs années, la course aux rendements[2] montre ses limites. Le revenu paysan stagne, et de nombreuses exploitations sont surendettées. [...] Les conséquences écologiques du modèle agricole intensif paraissent aussi de plus en plus dommageables. L'utilisation massive d'engrais et de pesticides contribue ainsi à la pollution des eaux de surface, des nappes phréatiques et du bord de mer.

D'après V. Adoumié, *Géographie de la France*, Hachette, 2015.

1. Remembrement : redistribution spatiale des terres entre les paysans, ce qui entraîne l'agrandissement des champs.
2. Rendement : quantité de produit récolté sur une surface cultivée.

DOCUMENT 2 **Un paysage agricole de Bretagne (commune de Naizin, Morbihan)**

Site Internet sur l'atlas des paysages, Morbihan.

S'ENTRAÎNER

DOCUMENT 1

▶ **1.** Citez trois progrès techniques qui ont permis d'augmenter les productions agricoles. *(3 points)*

▶ **2.** Relevez deux conséquences de la modernisation de l'agriculture pour les agriculteurs. *(4 points)*

▶ **3.** Reproduisez le tableau et complétez-le sur votre copie ; associez les mots soulignés à la définition qui convient. *(3 points)*

1.	Élevage en milieu artificiel
2.	Production de plusieurs cultures au sein d'une exploitation
3.	Production d'une seule catégorie de plante ou d'une seule espèce animale

DOCUMENTS 1 ET 2

▶ **4.** Décrivez et expliquez les transformations récentes des paysages agricoles. *(5 points)*

▶ **5.** Quels sont les risques liés à la modernisation de l'agriculture et les solutions adoptées pour réduire ces risques ? *(5 points)*

LES CLÉS DU SUJET

Comprendre les documents

La modernisation de l'agriculture française

- **Nature du document**
  Un texte scientifique tiré d'un manuel universitaire (source fiable), 2015
- **Auteur**
  Vincent Adoumié, un géographe reconnu
- **Thème**
  Les principaux éléments de la modernisation de l'agriculture française
- **Contexte**
  L'agriculture française s'est profondément modernisée depuis un demi-siècle, mais cette modernisation arrive à ses limites.

Un paysage agricole de Bretagne (commune de Naizin, Morbihan)

- **Nature du document**
  Une photographie aérienne oblique avec légende
- **Source**
  Le site Internet de l'*Atlas des paysages du Morbihan*, un département breton. Outil institutionnel fiable
- **Thème**
  Un paysage agricole présentant à l'échelle locale des éléments de modernisation
- **Contexte**
  La modernisation agricole impacte les paysages ruraux, la forme des parcelles, le nombre de bâtiments.

Répondre aux questions

▶ **1.** Cherche le mot clé « technique » dans le texte.
▶ **2.** La question concerne les agriculteurs et non les espaces agricoles.
▶ **4.** Prends soin de bien centrer le propos sur les paysages et d'utiliser les deux documents.
▶ **5.** La partie sur les solutions nécessite des connaissances tirées du cours de ton professeur.

29 CORRIGÉ GUIDÉ

▶ **1.** Les trois progrès techniques qui ont permis d'augmenter les productions agricoles sont :

– la généralisation du tracteur, c'est-à-dire la mécanisation ;

– l'utilisation croissante des engrais chimiques (chimisation) ;

– l'utilisation de nouvelles semences et la sélection de nouvelles races d'élevage plus productives.

▶ **2.** La modernisation de l'agriculture a eu deux conséquences pour les agriculteurs : la diminution de leur nombre et leur endettement. La baisse du nombre des agriculteurs est liée à la nécessité d'acquérir des exploitations de plus grandes dimensions pour que la mécanisation soit rentable. Leur endettement résulte de l'augmentation des investissements nécessaires (machines, engrais, semences).

▶ **3.**

1. Élevage hors-sol	Élevage en milieu artificiel
2. Polyculture	Production de plusieurs cultures au sein d'une exploitation
3. Spécialisation	Production d'une seule catégorie de plante ou d'une seule espèce animale

▶ **4.** Les paysages agricoles se sont profondément transformés depuis 1950. Les parcelles ont été redécoupées, les haies arrachées. C'est la fin du bocage traditionnel en Bretagne. Le document 2 montre la prédominance de champs de grandes dimensions aux formes géométriques. Les haies ne sont que des survivances. Les bâtiments agricoles modernes, de type silos ou bâtiments d'élevage hors-sol, se sont multipliés. Parallèlement, à côté des anciennes fermes sont apparues des habitations récentes.

Ces transformations des paysages sont liées à la modernisation des systèmes productifs agricoles depuis 1950. La mécanisation et la chimisation ont nécessité des exploitations plus grandes, obtenues par remembrement au profit de formes géométriques, et une spécialisation poussée des cultures ou élevages, au détriment de la polyculture traditionnelle, afin de rentabiliser les investissements consentis.

▶ **5.** La modernisation de l'agriculture ne va pas sans risques. Les investissements nécessaires ont conduit à l'endettement massif de la profession, étranglée entre le secteur amont (matériel, banque) et aval (agroalimentaire, distribution). Les conséquences écologiques sont également de plus en plus sensibles : pollutions des sols et des nappes phréatiques, crises alimentaires (maladie de la vache folle).

GAGNE DES POINTS
Fais deux paragraphes : un sur les risques et un sur les solutions.

La réduction de ces risques passe par une aide accrue aux agriculteurs, notamment dans la cadre de la Politique agricole commune (PAC) de l'Union européenne, voire le contrôle des prix imposés par la grande distribution aux producteurs. Sur le plan environnemental, une agriculture raisonnée, voire biologique, permettrait une plus grande maîtrise des produits phytosanitaires et donc de la pollution qu'ils entraînent.

30 Pondichéry • Mai 2017

Les espaces productifs industriels français et la mondialisation

MAÎTRISER LES DIFFÉRENTS LANGAGES

45 min
20 points

S'ENTRAÎNER

INTÉRÊT DU SUJET • Le déclin industriel français impacte durement les territoires. Les fermetures d'usines affectent surtout les villes petites et moyennes, ce qui aggrave les disparités spatiales.

▶ **1.** Rédigez un texte structuré d'une vingtaine de lignes montrant que la mondialisation transforme les espaces productifs français. Vous traiterez au choix : espaces productifs industriels *ou* espaces productifs agricoles *ou* espaces productifs touristiques *ou* espaces productifs d'affaires. Vous pouvez vous appuyer sur un exemple étudié en classe.

▶ **2.** En utilisant la légende, localisez et nommez sur la carte :
– un grand port maritime ;
– deux métropoles.
Placez sur la carte la principale façade maritime française ouverte sur le monde et reportez le figuré choisi en légende.

Territoire français et mondialisation : quelques aspects

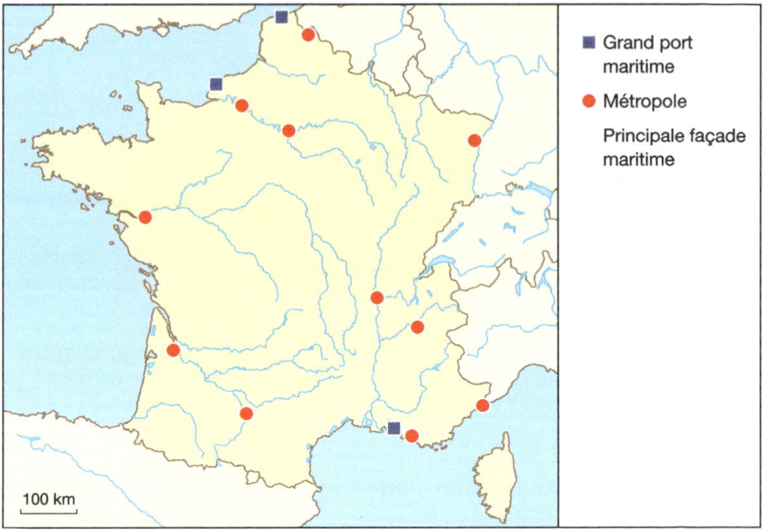

LES CLÉS DU SUJET

Traiter le sujet de développement construit (▶ 1)

- On traitera ici les espaces productifs industriels.
- N'oublie pas de mettre en rapport les espaces industriels et la mondialisation qui force leur évolution.

Décrire et expliquer les mutations des espaces productifs industriels français sous l'effet de la mondialisation

1. Commence par poser la question centrale du déclin industriel français.
2. Analyse ensuite les mutations des espaces industriels français sous l'effet de la compétition internationale.
3. Décris enfin les formes métropolitaines de l'industrie actuelle.

Réaliser la tâche graphique (▶ 2)

- Utilise des couleurs différentes pour le port et la façade maritime (bleu) et les métropoles (rouge). N'oublie pas de compléter la légende !
- Contente-toi de ce qui est demandé pour prendre les points : il vaut mieux garder du temps pour organiser le texte structuré.

30 CORRIGÉ GUIDÉ

▶ **1.** Face à la mondialisation, la France est-elle en voie de désindustrialisation ? En effet, l'industrie française ne crée plus que 12,5 % de la valeur ajoutée nationale et 0,5 million d'emplois industriels ont été détruits depuis 2007 ! L'industrie française manque de compétitivité. Néanmoins, les espaces industriels ont évolué pour s'adapter à la concurrence internationale.

• La mondialisation a entraîné le déclin des activités industrielles traditionnelles dans les régions du Nord et de l'Est. Mais de nouvelles activités, liées aux investissements directs étrangers, s'y sont développées. Les espaces littoraux ont bénéficié de la maritimisation de l'économie (ports de Marseille, Le Havre et Dunkerque) : les activités industrielles ont fleuri dans les zones industrialo-portuaires, malgré une forte concurrence européenne et mondiale.

> **GAGNE DES POINTS**
> Tu peux compléter ton développement par un schéma simple (hexagone) pour illustrer ton propos.

• En outre, la France conserve des atouts grâce à ses métropoles, en développant les activités en clusters et pôles de compétitivité. La région parisienne est la première région industrielle française, devant Lyon.

▶ **2.**

NB : Sur la carte ci-dessous, toutes les localisations ont été renseignées, mais contente-toi de celles qui sont demandées.

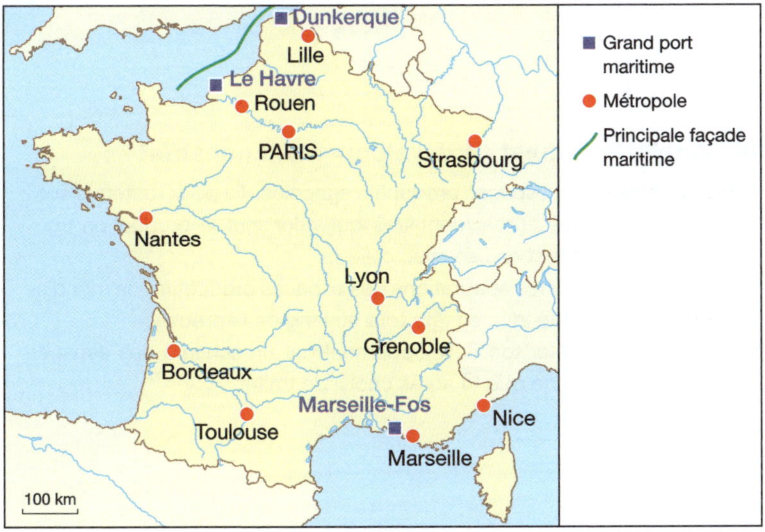

S'ENTRAÎNER

Les transformations des espaces productifs agricoles français

MAÎTRISER LES DIFFÉRENTS LANGAGES

45 min
20 points

INTÉRÊT DU SUJET • En dehors de l'image traditionnelle d'une agriculture performante mais coupable de tous les excès, les espaces productifs agricoles sont eux aussi marqués par leur insertion dans la mondialisation.

Rédigez un texte structuré d'une vingtaine de lignes décrivant les transformations d'un espace productif français pour s'adapter à la mondialisation (cet espace peut être un espace productif agricole *ou* un espace productif industriel *ou* un espace productif touristique *ou* un espace productif d'affaires). Vous pourrez vous appuyer éventuellement sur un exemple étudié en classe.

LES CLÉS DU SUJET

Analyser le sujet de développement construit

- On traitera ici les espaces productifs agricoles. Tu peux toutefois évoquer les industries agroalimentaires qui valorisent la production agricole, mais seulement en lien avec celle-ci.
- Le sujet porte sur les adaptations des espaces productifs à la mondialisation. Garde cette idée en tête tout au long de l'épreuve !
- Tu peux compléter ton développement par un schéma des espaces productifs en France que tu auras choisi de traiter.

Organiser ses idées

Décrire et expliquer les transformations des espaces productifs agricoles français sous l'effet de la mondialisation.

1. Montre d'abord la puissance de l'agriculture française à l'échelle mondiale.
2. Montre ensuite comment les espaces agricoles français se sont spécialisés afin d'être plus compétitifs dans la mondialisation.
3. Décris enfin comment la mondialisation affecte différemment les espaces, en fonction de leur degré d'insertion.

31 CORRIGÉ GUIDÉ

Bien loin de l'image éternelle du paysan français et d'une ruralité rassurante, le monde agricole est au contraire traversé par de fortes tensions liées à l'insertion des espaces productifs agricoles dans la mondialisation.

• La France est toujours une grande puissance agricole, deuxième dans l'Union européenne (UE) et quatrième exportateur mondial, mais encore première pour la productivité. L'agriculture ne représente que 2,3 % du PIB (mais 6,5 % si l'on ajoute les industries agroalimentaires) pour 3 % de la population active. Les produits bruts de l'agriculture sont transformés par de puissantes industries agroalimentaires, secteur fortement exportateur, notamment au travers de grands groupes transnationaux, comme Danone.

• La politique agricole commune, instituée par l'UE, et la mondialisation ont poussé les agriculteurs à la modernisation de leur système de production. L'agriculture productiviste est fortement consommatrice de matériels, d'intrants (engrais, produits phytosanitaires), de techniques (irrigation, suivi satellite), de capitaux, de recherche (semences hybrides, agronomie). La recherche de la compétitivité a poussé à une spécialisation des espaces productifs.

GAGNE DES POINTS
Dessine un petit schéma hexagonal rappelant les grands espaces agricoles. Les deux heures de l'épreuve te laissent un temps suffisant.

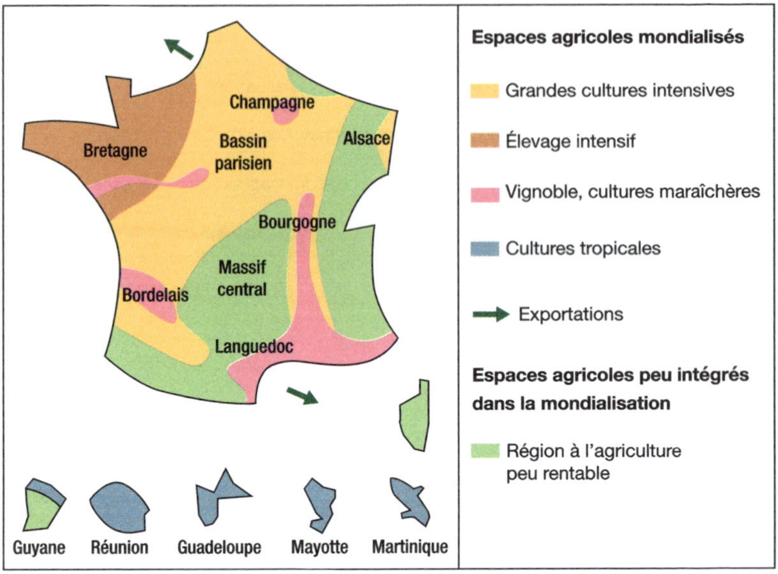

Chaque terroir valorise ses avantages comparatifs : grande culture à dominante céréalière dans le bassin parisien, élevage intensif en Bretagne, viticulture en Bourgogne, dans le Bordelais, en Champagne. L'agriculture productiviste a cependant conduit à des excès : pollutions, surconsommation d'eau, crises sanitaires (maladie de la vache folle ou grippe aviaire).

• Les régions les plus intégrées dans la mondialisation, compétitives et exportatrices (grande céréaliculture, élevage industriel, vignobles de renom), comptent des exploitations de grandes dimensions, aux revenus souvent élevés, mais exposées à la concurrence étrangère, celle du poulet brésilien par exemple. Les espaces peu insérés dans les réseaux de la mondialisation, en revanche, se marginalisent progressivement. Les exploitations sont de plus petites dimensions, les revenus plus faibles, les cultures moins spécialisées (polyculture). Certains de ces espaces connaissent cependant parfois une certaine revitalisation, à travers le développement de labels, de filières courtes ou du tourisme vert.

> **GAGNE DES POINTS**
> En fonction de l'exemple étudié en cours, il est recommandé de développer ses caractéristiques dans ce paragraphe, soit dans les espaces intégrés, soit dans les régions marginalisés.

Les espaces productifs agricoles français sont donc mis sous forte tension par les processus mondialisés, qui en accentuent les différences, les spécialités, les inégalités.

32 Centres étrangers • Juin 2019

Les évolutions des espaces de faible densité

ANALYSER DES DOCUMENTS

45 min
20 points

INTÉRÊT DU SUJET • Les territoires du Massif central sont souvent perçus comme désertés et dépourvus d'atouts dans une économie moderne. Découvre que rien n'est plus faux !

S'ENTRAÎNER

DOCUMENT 1 **De nouveaux enjeux pour le Cantal**

Le Cantal, un territoire sans demandeur d'emploi ? Avec un taux de chômage de 6,3 % au troisième trimestre 2016, le département affiche le taux le plus faible de France devant la Lozère [...].

Ces bons chiffres devraient ravir les acteurs économiques. Mais la réalité est plus contrastée. Car le département, dont la préfecture est l'une des rares à ne pas être reliée à l'autoroute, est sujet au déclin démographique – il a perdu 9 % de ses habitants entre 1982 et 2010 – et à un vieillissement de sa population.

Si certains secteurs d'activité, comme le transport ou le bâtiment, peinent à recruter, les services publics, eux, sont en décroissance, nuance Éric Debuire, secrétaire général départemental de la CGT, installé dans le Cantal depuis 2000. « Le département a perdu six bureaux de postes, cinq trésoreries principales, une agence EDF doit fermer en juin, le ferroviaire est à l'abandon... », détaille le syndicaliste. « Nous sommes dans une zone rurale peuplée de personnes âgées, ayant un revenu très bas, qui a besoin d'une politique de services publics de proximité. »

Pour les élus, l'enjeu principal est d'attirer de nouveaux habitants, en leur proposant une offre complète. « Il leur faut insister sur la qualité de vie dans le territoire et sur la qualité des services liés par exemple à la scolarité des enfants ou aux nouveaux usages numériques », explique Laurent Rieutort, directeur de l'Institut d'Auvergne du développement des territoires. Salons spécialisés, dispositif WorK2Be pour trouver du travail au conjoint d'un nouvel arrivant, accompagnement des porteurs de projets... Les outils se sont multipliés pour transmettre un même message : « Le Cantal embauche ! » Et, depuis 2003, ils ont permis à 96 familles de s'installer dans le département.

Surtout, la clé pour le territoire est de parvenir à retenir ses jeunes. Faute d'offre universitaire suffisante dans le département, nombre d'étudiants vont suivre un cursus ailleurs. Et trouvent, ensuite, un emploi sur place. [...]

Solène Lhénoret, « Dans le Cantal, trouver trente salariés ce n'est pas évident », Lemonde.fr, 24 mars 2017.

DOCUMENT 2 **Image utilisée dans le cadre d'une opération de communication menée par le département du Cantal en 2017**

Cantalauvergne.com.

DOCUMENT 1

▶ **1.** Relevez quatre éléments qui, d'après cet article, montrent que la situation du Cantal est révélatrice de celle que connaissent les espaces de faible densité.

DOCUMENT 2

▶ **2.** Quelles catégories de population le Cantal cherche-t-il à retenir et à attirer ? Pourquoi ?

DOCUMENTS 1 ET 2

▶ **3.** Relevez une phrase du document 1 permettant d'expliquer le message du document 2.

▶ **4.** À l'aide de l'exemple du Cantal et de vos connaissances, montrez qu'un espace de faible densité possède des atouts et peut les valoriser.

LES CLÉS DU SUJET

Comprendre les documents

De nouveaux enjeux pour le Cantal

- **Nature du document**
  Un article du quotidien *Le Monde* daté du 24 mars 2017
- **Auteur**
  Solène Lhénoret, une journaliste
- **Thème**
  Les difficultés du Cantal et les politiques de l'emploi
- **Contexte**
  La désertification du territoire et les contraintes de la faible densité

Image utilisée dans le cadre d'une opération de communication menée par le département du Cantal en 2017

- **Nature du document**
  Image promotionnelle tirée d'un site Internet, 2017
- **Auteur**
  Le département du Cantal
- **Thème**
  Le dynamisme et la qualité de vie dans un département de faible densité
- **Contexte**
  Le Cantal cherche à valoriser ses atouts en conciliant activités et qualité de vie.

Répondre aux questions

▶ **1.** N'oublie pas d'insérer les éléments entre guillemets, car ils sont tirés du texte.

▶ **2.** Quels sont les deux personnages représentés ?

▶ **3.** Il faut chercher dans la deuxième partie du texte, qui est celle des atouts, et non dans la première, qui évoque les difficultés.

▶ **4.** Il faudra d'abord définir ce que sont les espaces de faible densité, puis évoquer leurs atouts. Autant que possible, efforce-toi d'intégrer des exemples provenant des documents.

32 CORRIGÉ **GUIDÉ**

▶ **1.** Quatre éléments montrent que la situation du Cantal est révélatrice de celle que connaissent les espaces de faible densité :
– le « déclin démographique » ;
– le « vieillissement de sa population » ;
– la « décroissance [des] services publics » ;
– une population aux « revenus très bas ».

▶ **2.** D'après le document 2, le Cantal cherche à retenir, voire à attirer, les jeunes ménages avec enfants. On le voit sur l'image avec la similitude des vêtements de l'homme et de l'enfant : il s'agit d'un père et de son fils de quelques années. En effet, les ménages avec de jeunes enfants permettent, d'une part, de rajeunir la population du Cantal qui est vieillissante, mais également de maintenir les services publics, par exemple les écoles.

▶ **3.** Le document 1 dit bien qu'il faut « insister sur la qualité de vie dans le territoire et sur la qualité des services liés par exemple à la scolarité des enfants ou aux nouveaux usages numériques ».

C'est bien le message véhiculé par l'image du document 2 : une sieste père/fils en pleine nature, qui évoque une certaine qualité de vie (mentionnée en légende de l'image), loin de la vie parisienne, par exemple ; la présence d'un petit enfant, qui est en âge scolaire ; le QR code et le site Internet montrent que les nouveaux usages numériques sont présents et permettront d'accompagner les « porteurs de projet ».

GAGNE DES POINTS
Ne te contente pas de relever la phrase, explique comment l'image fait appel aux mêmes éléments.

▶ **4.** La France compte près de quatre millions d'habitants dans les espaces de faible densité (moins de 30 hab./km²), dont un demi-million dans les espaces désertifiés (moins de 10 hab./km²). Longtemps considérés comme des territoires sans intérêt et voués au déclin, ces espaces ruraux de faible densité sont redevenus attractifs pour des populations qui rejettent le mode de vie urbain ou périurbain.

• Si les pratiques anciennes, tel l'élevage extensif, sont en voie de disparition, des systèmes agricoles intégrés se sont souvent développés, tournés vers l'exportation (Champagne). Avec l'émergence du développement durable, l'espace rural est perçu de façon plus positive. La sylviculture se développe (bois de construction, biocombustibles). De même les énergies renouvelables : l'éolien et le solaire profitent d'une surface au sol abondante. Les espaces de faible densité sont enfin le théâtre privilégié du tourisme vert (nature, patrimoines locaux, séjours à la ferme, parcs naturels nationaux et régionaux).

• Les politiques publiques tentent de faire valoir ces atouts, comme c'est le cas dans le Cantal, où les acteurs régionaux, comme l'Institut d'Auvergne du développement des territoires, s'efforcent d'attirer de nouveaux habitants, à grand renfort de campagnes de communication, qui en vantent le faible taux de chômage ou la qualité de vie.

Loin d'être des espaces systématiquement en difficulté, les espaces de faible densité présentent des atouts sérieux dans la France du XXIe siècle.

33 Amérique du Sud • Novembre 2018

Évolutions différentes des espaces de faible densité

ANALYSER DES DOCUMENTS

45 min
20 points

INTÉRÊT DU SUJET • Les territoires de faible densité se sont vidés de leurs habitants, témoins d'un exode rural datant de deux siècles. Mais la tendance s'est récemment inversée.

DOCUMENT 1 Le retour au village ?

Une école qui ferme, des commerces ou un bureau de poste qui baissent le rideau et c'est tout un village qui perd son âme. Et, bien souvent, par la suite, une partie de ses habitants. Ce scénario noir, le monde rural – qui représente 18 500 communes, soit 59 % du terroir métropolitain – l'a connu pendant des années, traversant une longue période de déclin, de 1975 à 1990, puis de stagnation démographique. Mais, depuis 2006, la tendance s'est inversée […]. Les citadins sont de plus en plus nombreux à venir s'installer à la campagne. 450 000 personnes ont ainsi quitté une agglomération de plus de 100 000 habitants entre 2006 et 2011. Sur cette période, 36 000 Parisiens, plus de 4 000 Lyonnais et plus de 2 000 Marseillais, Lillois ou Bordelais ont quitté leur ville chaque année pour des contrées plus vertes.

Envie de changer de vie, besoin de nature ou, bien souvent aussi, la nécessité de fuir les prix prohibitifs[1] de l'immobilier dans les grandes villes, les motivations de ce « retour au village » sont nombreuses.

Site du journal *Le Parisien*, 4 août 2015.

1. Prix prohibitifs : prix considérés comme trop élevés.

DOCUMENT 2 **L'évolution démographique de quelques communes rurales françaises**

Communes	Éloignement des services	Population				
		Type de population	Densité de population	Nombre d'habitants		
				En 1968	En 1999	En 2014
Grandrieu (Lozère)	important	âgée	très faible	1 044	773	750
Planches (Orne)	important	âgée	très faible	307	201	200
Thervay (Jura)	services proches	jeune	faible	364	361	381

D'après Observatoire-des-territoires.gouv.fr.

S'ENTRAÎNER

DOCUMENT 1

▶ **1.** Quel lien est établi entre l'évolution des services et l'évolution du nombre d'habitants dans les campagnes ? *(4 points)*

▶ **2.** Indiquez les trois raisons qui, dans le texte, expliquent l'installation de citadins à la campagne. *(6 points)*

DOCUMENT 2

▶ **3.** Tous les espaces de faible densité connaissent-ils la même évolution démographique ?
Justifiez votre réponse. *(6 points)*

DOCUMENTS 1 ET 2

▶ **4.** Expliquez en quelques lignes pourquoi les espaces de faible densité connaissent des évolutions démographiques différentes. *(4 points)*

LES CLÉS DU SUJET

Comprendre les documents

Le retour au village ?

- **Nature du document**
  Un article du quotidien *Le Parisien*, paru le 4 août 2015
- **Auteur**
  Un(e) journaliste dont le nom n'est pas mentionné
- **Thème**
  Les évolutions démographiques récentes des espaces de faible densité
- **Contexte**
  Les territoires de faible densité connaissent un certain renouveau démographique.

L'évolution démographique de quelques communes rurales françaises

- **Nature du document**
  Un tableau statistique
- **Source**
  Le site Internet de l'Observatoire des territoires, un organisme institutionnel
- **Thème**
  L'évolution démographique de trois communes rurales de faible densité
- **Contexte**
  L'évolution démographique est corrélée à la proximité de services.

Répondre aux questions

▶ **1.** Cherche un connecteur de conséquence : *donc, ainsi, par la suite…*

▶ **2.** Repère le mot clé : raisons, causes, motivations, facteurs…

▶ **3.** Pour chaque exemple, tu peux tracer une courbe sommaire au brouillon, pour comparer plus facilement les évolutions.

▶ **4.** Tous les espaces de faible densité n'évoluent pas de façon similaire. Explique pourquoi en développant deux types d'espaces.

33 CORRIGÉ GUIDÉ

▶ **1.** Le document 1 établit un lien direct entre l'évolution des services et celle de la population résidente. Lorsque les services de base disparaissent, la population diminue. Ce « village qui perd son âme », c'est la sociabilité villageoise qui perd ses lieux de prédilection, mais aussi, l'obligation d'aller plus loin chercher les services nécessaires.

▶ **2.** Depuis 2006, toutefois, « la tendance s'est inversée » en raison de :
– l'envie de changer de vie : les villes obligent à une vie stressante (« métro, boulot, dodo »), dont les populations souhaitent se détourner ;
– le besoin de nature : la campagne offre aux citadins ce qu'ils recherchent ;
– la nécessité de fuir les prix prohibitifs de l'immobilier qui chassent les catégories populaires et moyennes vers la périphérie ou le rural.

Les facteurs attractifs (nature) se combinent donc aux facteurs répulsifs (fuite des villes) pour inverser la tendance au dépeuplement rural.

▶ **3.** Tous les espaces de faible densité ne connaissent pas la même évolution démographique. Grandrieu en Lozère et Planches dans l'Orne ont perdu entre le quart et le tiers de leurs habitants, entre 1968 et 2014. Leurs populations sont à présent âgées, ce qui témoigne du départ des jeunes et de la faible natalité. L'éloignement des services en est la cause principale.

> **GAGNE DES POINTS**
> Ne te contente pas de citer les chiffres : donne-leur du sens en calculant des proportions ou des pourcentages.

Dans le village de Thervay, la population est pratiquement stable entre 1968 et 1999, mais surtout connaît un regain de 1999 à 2014 (361 → 381, + 5,5 %). La population est restée plus jeune, en raison de la proximité des services.

▶ **4.** Ainsi, tous les espaces de faible densité n'évoluent pas de façon identique. Certes, ils partagent tous des caractéristiques attractives, liées à leur caractère rural, à la faible densité, à la nature, perçue comme positive. Ils bénéficient également des facteurs répulsifs des grandes villes, que ce soit la cherté de l'immobilier ou le stress de la vie urbaine.
Mais le rural profond, éloigné des villes, ne connaît qu'une stabilisation de sa population. L'éloignement des services ne permet pas de renouveau démographique. Le rural proche des villes, à l'inverse, bénéficie d'un desserrement urbain, d'autant plus si les villages sont proches d'axes de communication permettant des migrations pendulaires et l'accès relativement aisé aux services : c'est le cas de Thervay.

> **INFO +**
> Thervay est à moins de 30 km de Besançon.

S'ENTRAÎNER

L'exemple des Saisies dans le Beaufortain

ANALYSER DES DOCUMENTS

45 min
20 points

INTÉRÊT DU SUJET • Ce sujet est une étude de cas sur un territoire de faible densité en milieu montagnard. Tu vas y découvrir les activités anciennes et nouvelles qui ont permis aux populations de s'adapter à un milieu contraignant.

DOCUMENT 1 Les Saisies, une station de ski à 1650 mètres d'altitude dans le Beaufortain (Alpes)

ph© Jarry-Tripelon/Onlyfrance.fr

DOCUMENT 2 Le Beaufortain, entre tourisme et agriculture

Après la vie en alpage[1] et la rentrée des foins en été, l'automne arrive avec les multiples travaux d'entretien dans les prairies et la descente progressive des troupeaux que la neige pousse progressivement dans les étables[2].

En hiver, les agriculteurs gèrent leur troupeau mais certains profitent aussi de cette période pour travailler dans le tourisme : ils seront alors pisteurs[3], perchmen[4] ou moniteurs de ski, au même titre que leurs parents partaient travailler en usine dans la vallée.

C'est ce que l'on appelle la pluriactivité. […]

L'été, dans la montagne, les bergers et les fromagers[5] racontent avec passion leur vie et celle de leur troupeau aux promeneurs curieux.

À côté de ces métiers liés à la saisonnalité, de nombreux éleveurs ont également su diversifier leurs exploitations pour un accueil touristique été comme hiver, en aménageant des gîtes dans les anciennes granges.

Jaimelebeaufort.fr, 2016.

1. Alpage : pâturage de haute altitude.
2. Étables : dans les fermes, parties des bâtiments réservées à l'élevage des vaches.
3. Pisteurs : personnes chargées de tracer et de sécuriser les pistes de ski.
4. Perchmen : pluriel de perchman qui est un conducteur de remontées mécaniques.
5. Fromagers : ils produisent du fromage de Beaufort.

DOCUMENT 1

▶ **1.** Où se situe la station de ski des Saisies ? *(2 points)*

▶ **2.** Relevez les contraintes naturelles qui expliquent le faible peuplement de la région du Beaufortain. *(4 points)*

DOCUMENT 2

▶ **3.** Citez les activités qu'exercent les habitants du Beaufortain en été et en hiver. *(4 points)*

▶ **4.** Expliquez pourquoi les habitants du Beaufortain exercent plusieurs activités. *(4 points)*

DOCUMENTS 1 ET 2

▶ **5.** Montrez que malgré le faible peuplement, le Beaufortain est une région dynamique. *(6 points)*

LES CLÉS DU SUJET

Comprendre les documents

Les Saisies, une station de ski dans le Beaufortain

- **Nature du document** : Une photographie aérienne oblique
- **Thème** : La station de ski des Saisies, dans les Alpes
- **Contexte** : L'organisation de l'espace montagnard

Le Beaufortain, entre tourisme et agriculture

- **Nature du document** : Texte extrait d'un site Internet, 2016
- **Auteur** : Une coopérative laitière du Beaufortain
- **Thème** : Les activités des populations du Beaufortain
- **Contexte** : L'évolution de l'activité paysanne en milieu montagnard

Répondre aux questions

▶ **1.** Les éléments de localisation figurent dans le titre du document.

▶ **2.** Le peuplement a une origine ancienne : les contraintes d'hier ne sont donc pas nécessairement celles d'aujourd'hui.

▶ **3.** Classe les activités entre hiver et été. Développe sans recopier.

▶ **4.** Cette question peut être éclairée par la réponse à la question **3**.

▶ **5.** La réponse doit s'appuyer sur les connaissances acquises en cours et les exemples fournis par les documents.

34 CORRIGÉ GUIDÉ

▶ **1.** La station de ski des Saisies se situe dans le Beaufortain, un massif des Alpes. C'est une station d'altitude : 1 650 mètres.

▶ **2.** Les contraintes naturelles sont liées à la montagne : l'altitude entraîne un climat plus froid, qui limite la saison végétative ; les précipitations s'y réalisent sous forme de neige qui entrave les déplacements. La pente contrarie également les activités agricoles et provoque l'étagement de la végétation. Selon l'orientation de la vallée, il peut exister un versant au soleil (adret) et un versant à l'ombre (ubac), plus froid.

INFO +
Dans les Alpes, une élévation de 100 mètres correspond à une perte d'un peu moins d'un degré Celsius, en raison de la baisse de pression atmosphérique.

▶ **3.** Les habitants du Beaufortain exercent des activités très différentes selon qu'elles sont estivales ou hivernales. En été, les activités sont liées à l'agriculture et à l'élevage : vie sur les alpages et fabrication du fromage, rentrée des foins pour alimenter les bêtes en hiver. En hiver, le travail agricole se poursuit à l'étable, mais de nouvelles activités se sont développées, liées au tourisme de sports d'hiver : pisteurs, perchmen, moniteurs de ski. Certaines activités touristiques (gîtes) sont actives toute l'année.

▶ **4.** La pluriactivité montagnarde est liée à la saisonnalité de l'activité agricole. L'été, l'élevage bovin et la fabrication du fromage occupaient les paysans, alors que l'hiver en montagne laissait des loisirs que les populations consacraient jadis à des activités artisanales, puis industrielles. Aujourd'hui, l'activité hivernale touristique a remplacé le travail à l'usine. Le milieu montagnard, aux ressources plus rares, contraignait les hommes à une pluriactivité.

INFO +
Le Beaufort est un célèbre fromage de vache à pâte dure. Il bénéficie d'une appellation d'origine protégée (AOP).

▶ **5.** Le Beaufortain est un massif des Alpes du Nord. Cet espace est marqué par les contraintes naturelles de la haute montagne, comme le froid lié à l'altitude et la pente, qui complique et étage l'agriculture. Le peuplement est relativement faible et concentré dans les vallées. Cependant, l'exode rural, autrefois actif, est à présent stoppé. Il s'agit donc d'un espace de faible densité.

Mais le Beaufortain est aussi une région dynamique, qui a su valoriser les avantages de sa situation géographique. Comme beaucoup de régions de haute montagne proches de grandes villes (Lyon, Genève, mais aussi Paris), le Beaufortain a bénéficié du développement des sports d'hiver, à partir des années 1960. De nombreuses stations d'altitude se sont développées, comme Les Saisies, à partir de noyaux villageois anciens. Des activités touristiques hivernales mais aussi estivales (hébergement en gîtes) ont dynamisé l'emploi toute l'année, compensant le déclin industriel des vallées alpines. Les activités agricoles traditionnelles se sont renouvelées, notamment à travers la production du fromage de Beaufort, aujourd'hui appellation d'origine protégée.

Les espaces de faible densité et leurs atouts

MAÎTRISER LES DIFFÉRENTS LANGAGES

45 min
20 points

INTÉRÊT DU SUJET • La faible densité a été longtemps associée à un espace peu dynamique, souvent à fortes contraintes. Mais ces espaces présentent les atouts et les ferments d'un nouveau dynamisme.

▶ **1.** En vous appuyant sur des exemples vus en classe, rédigez un développement construit, d'environ vingt lignes, montrant que les espaces français de faible densité disposent d'atouts qu'ils mettent en valeur pour dépasser leurs contraintes. (*15 points*)

▶ **2.** L'inégale répartition de la population française

a) Pour chaque élément de la légende, choisissez un figuré adapté. (*1 point*)

b) En respectant les figurés choisis précédemment, complétez la carte. (*3 points*)

c) Nommez dans la légende l'espace de faible densité de population représenté par un cercle en gras. (*1 point*)

L'inégale répartition de la population française

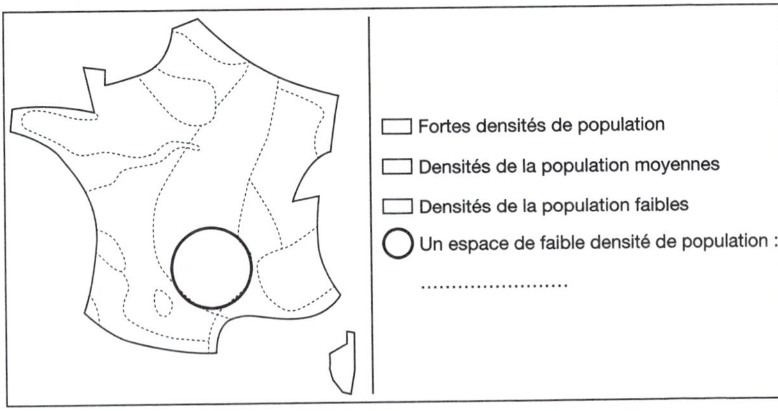

LES CLÉS DU SUJET

Traiter le sujet de développement construit (▶ 1)

• Reste nuancé dans ton propos : les espaces de faible densité ne sont ni des déserts sans avenir, ni des territoires moteurs dans l'économie mondialisée.

• Ton professeur t'a présenté dans l'année un exemple d'espace de faible densité : il faut absolument l'utiliser pour illustrer tes idées.

Présenter les espaces de faible densité dans la France mondialisée du XXIe siècle

❶ Il faut d'abord définir précisément ce que sont les espaces de faible densité.

❷ Tu pourras ensuite analyser leurs contraintes.

❸ Il faut enfin montrer comment ils mettent leurs atouts en valeur.

Réaliser la tâche graphique (▶ 2)

• Un figuré est une façon de représenter une information sur une carte. Par exemple, un carré bleu ou une flèche rouge.

• Pour figurer les densités plus ou moins fortes, il faut une montée en valeur des couleurs : par exemple, jaune – orange – rouge, le rouge représentant les plus fortes.

S'ENTRAÎNER

35 CORRIGÉ GUIDÉ

▶ **1.** • La France compte 42 % de communes de faible densité (moins de 30 hab./km²) et 10 % dans des espaces désertifiés (moins de 10 hab./km²) : elles rassemblent près de 4 millions d'habitants, dont un demi-million dans les espaces désertifiés. Ce sont des lieux où les hommes sont rares, plus rares qu'ailleurs. Toutefois, depuis une trentaine d'années, on observe un renouveau migratoire – faible mais réel – du rural isolé, surtout quand il n'est pas trop éloigné d'un pôle urbain. Les espaces ruraux de faible densité sont redevenus attractifs pour des populations qui rejettent le mode de vie périurbain.

INFO +
Le rural isolé correspond à l'espace rural non soumis à l'influence d'une aire urbaine.

• La faible densité représente certes un coût pour le fonctionnement des sociétés. La présence d'équipements publics (hôpitaux, écoles) n'est pas toujours rentable. Les sociétés, plus âgées, sont plus souvent dépendantes du versement des retraites ou pensions. Toutefois, la reprise démographique produit des sociétés plus dynamiques : anciens habitants demeurés sur place, migrants partis puis revenus vivre au pays, nouveaux résidents permanents ou secondaires.

> **CONSEIL**
> Utilise des connecteurs logiques pour faire progresser ton raisonnement (*certes, toutefois*...).

• Si les pratiques anciennes, tel l'élevage extensif, sont en voie de disparition, des systèmes agricoles intégrés se sont souvent développés, tournés vers l'exportation (Champagne). Avec l'émergence du développement durable, l'espace rural est perçu de façon plus positive. La sylviculture se développe (bois de construction, biocombustibles). De même les énergies renouvelables : l'éolien et le solaire profitent d'une surface au sol abondante. Les espaces de faible densité sont enfin le théâtre privilégié du tourisme vert (nature, patrimoines locaux, séjours à la ferme, parcs naturels nationaux et régionaux).

Loin d'être des espaces systématiquement en difficulté, les espaces de faible densité présentent des atouts sérieux dans la France du XXIe siècle.

> **GAGNE DES POINTS**
> Une phrase de conclusion est toujours bienvenue.

▶ **2.**

L'inégale répartition de la population française

- Fortes densités de population
- Densités de la population moyennes
- Densités de la population faibles
- ○ Un espace de faible densité de population : Massif central

> **CONSEIL**
> Rappelle-toi la localisation des métropoles et celle de la diagonale du vide.

L'aménagement du Grand Ouest

ANALYSER DES DOCUMENTS

45 min
20 points

INTÉRÊT DU SUJET • Cette étude de cas montre comment les infrastructures de transport organisent le territoire du Grand Ouest, mais aussi les oppositions que leur installation suscite dans les populations.

DOCUMENT 1 Le projet d'aéroport du Grand Ouest à Notre-Dame-des-Landes

Aujourd'hui nul ne sait quand les travaux de cette infrastructure, destinée à remplacer l'actuel aéroport de Nantes, pourront être mis en œuvre. Les voix des opposants n'ont cessé de se faire entendre. Plus d'une centaine d'entre eux se sont même installés sur la zone d'aménagement différé (ZAD[1]), rebaptisée « zone à défendre ».

Cécile Rialland-Juin, géographe à l'université d'Angers : « Dans les années 1960, cette zone était faiblement peuplée et l'agriculture n'était pas considérée comme prioritaire. Toutes les conditions étaient réunies pour que l'aéroport se fasse. »

Les paysans concernés vont pourtant s'organiser contre le projet et s'engager dans les luttes sociales et la défense de l'environnement. « Entre-temps, l'étalement urbain a fait son œuvre et de plus en plus de pavillons ont poussé autour de Notre-Dame-des-Landes », poursuit Cécile Rialland. Cette hausse de la population riveraine ne pouvait que mener au conflit.

« Notre-Dame-des-Landes, du projet local à l'enjeu national », *La Croix*, 28 janvier 2016.

1. ZAD (Zone d'aménagement différé) : zone mise en réserve afin d'être aménagée.

DOCUMENT 2 **Aménager l'Ouest français**

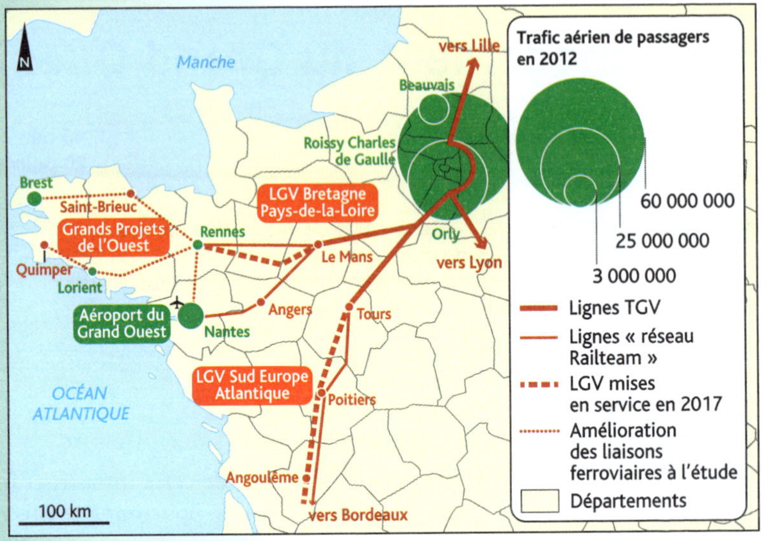

D'après rapport UAF 2012, RFF 2012 et geoconfluences.ens-lyon.fr.

▶ **1.** Quelle « infrastructure » est évoquée dans la première ligne du texte ? *(2 points)*

▶ **2.** En vous aidant de la carte, localisez ce projet d'infrastructure. *(2 points)*

▶ **3.** Quels aménagements sont réalisés dans l'ouest de la France ? Deux réponses attendues. *(4 points)*

▶ **4.** Pourquoi ce projet d'infrastructure permettrait-il d'équilibrer le trafic aérien de passagers en France ? *(4 points)*

▶ **5.** Expliquez les difficultés rencontrées par le projet en identifiant les opposants et leurs motivations. *(8 points)*

LES CLÉS DU SUJET

Comprendre les documents

Le projet d'aéroport du Grand Ouest à Notre-Dame-des-Landes

- **Nature du document**
  Un article du quotidien *La Croix*, publié le 28 janvier 2016
- **Auteur**
  Un(e) journaliste dont le nom n'est pas mentionné
- **Thème**
  Le projet d'aéroport de Notre-Dame-des-Landes, dit Aéroport du Grand Ouest
- **Contexte**
  Ce projet d'aéroport a été finalement abandonné en 2018.

Aménager l'Ouest français

- **Nature du document**
  Carte thématique du Grand Ouest, réalisée avec des données 2012-2017
- **Source**
  Le célèbre site Internet de géographie Géoconfluences, et des données institutionnelles
- **Thème**
  La comparaison du trafic aérien et du réseau ferroviaire
- **Contexte**
  Les deux lignes à grande vitesse Sud Europe Atlantique et Bretagne Pays-de-la-Loire sont aujourd'hui en service.

Répondre aux questions

▶ **4.** Analyse le déséquilibre du trafic aérien sur la carte.

▶ **5.** Développe ta réponse en l'organisant en plusieurs petits paragraphes, sans te limiter aux opposants et à leurs motivations.

36 CORRIGÉ GUIDÉ

▶ **1.** L'infrastructure évoquée est celle de l'aéroport international du Grand Ouest, situé à Notre-Dame-des-Landes, destiné à remplacer l'actuel aéroport de Nantes.

▶ **2.** Cet aéroport devait être construit sur la commune de Notre-Dame-des-Landes, à 25 km au nord-ouest de la métropole de Nantes, capitale de la région Pays de la Loire.

▶ **3.** Deux aménagements sont réalisés dans l'Ouest français : il s'agit du prolongement, achevé en 2017 depuis Tours et Le Mans, de deux lignes à grande vitesse (LGV). La LGV Sud Europe Atlantique relie Paris à Bordeaux en deux heures, et la LGV Bretagne Pays de la Loire met Rennes à une heure et demie de Paris. Ces aménagements permettent d'améliorer l'intégration du Grand Ouest au territoire français, et à la région parisienne en particulier.

▶ **4.** Le projet d'aéroport du Grand Ouest partait du constat que l'actuel aéroport de Nantes est saturé. Or, le trafic aérien de passagers du Grand Ouest (Nantes, Rennes, Brest) totalise moins de cinq millions de personnes par an, soit douze fois moins que le seul aéroport parisien de Roissy Charles-de-Gaulle : il y a donc sans doute des besoins en la matière ! On peut constater, toutefois, que l'aménagement d'un nouvel aéroport semble presque contradictoire avec la création de nouvelles LGV : sur de telles distances (moins de 500 km), le train est plus compétitif que l'avion. Reste le trafic international…

> **GAGNE DES POINTS**
> Utilise les données figurant sur la carte et donne-leur du sens en calculant un rapport.

▶ **5.** Le projet de construction de l'aéroport international du Grand Ouest à Notre-Dame-des-Landes a été envisagé dès « les années 1960 ». Avec l'essor des régions littorales atlantiques, et Nantes en particulier, l'une des agglomérations les plus dynamiques de France, le développement d'infrastructures de transport modernes paraît aller de soi.

- Pourtant, cette dynamique positive, avec la poussée de la couronne périurbaine, a conduit de nombreux habitants à s'installer près de la zone d'aménagement différé de Notre-Dame-des-Landes. Ces personnes sont réticentes à l'idée de devenir riveraines d'un aéroport, avec les nuisances sonores que cela implique.

> **CONSEIL**
> Réinvestis des notions provenant d'autres parties du programme : ici, la couronne périurbaine.

- Par ailleurs, le succès des préoccupations écologiques dans la population se traduit aussi par le soutien aux agriculteurs locaux, peu désireux de céder des terres qui ont pris de la valeur avec la proximité des zones périurbaines. L'arrivée de militants écologistes et d'extrême gauche, qui ont transformé la ZAD en « zone à défendre », permet de comprendre la radicalisation de l'opposition, le retard pris par le projet puis son abandon.

> **GAGNE DES POINTS**
> Étoffe le développement avec quelques connaissances tirées de l'actualité.

Les inégalités entre les territoires français

MAÎTRISER LES DIFFÉRENTS LANGAGES

45 min
20 points

INTÉRÊT DU SUJET • Les inégalités sont au cœur du débat politique en France. Elles affectent en effet les territoires français et les populations qui y vivent. Mais des politiques correctives sont menées pour les réduire.

▶ **1.** Rédigez un développement construit d'environ vingt lignes montrant les inégalités entre les territoires français et expliquant les moyens mis en œuvre pour les réduire. Vous pouvez prendre appui sur un exemple étudié en classe. *(13 points)*

▶ **2.** Utilisez des repères sur une carte.
Sur la carte ci-après *(7 points)* :
a) Localisez et nommez deux mers ou océans qui bordent la France.
b) Localisez, à l'aide d'un figuré adapté, la France métropolitaine.
c) Localisez et nommez quatre États membres de l'Union européenne ayant une frontière commune avec la France.
d) Localisez et nommez la ville française qui abrite une institution européenne.
e) Expliquez le choix du figuré utilisé pour représenter les flux transfrontaliers.
f) Complétez la légende.

La France : un territoire intégré à l'Union européenne

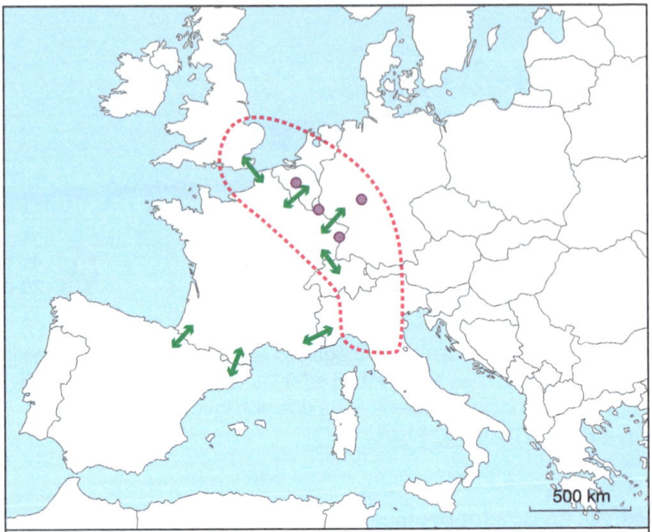

Légende

- (rectangle blanc) France métropolitaine
- (pointillés rouges) ....
- .... Villes siège d'une institution européenne
- (flèche verte à double sens) Flux transfrontaliers

Explication du choix du figuré des flux transfrontaliers :

....

LES CLÉS DU SUJET

Traiter le sujet de développement construit (▶ 1)

- Les inégalités sont multiples (sociales, économiques, spatiales) et visibles à toutes les échelles (nationale, régionale, locale).
- Utilise dans ton devoir l'exemple étudié en classe avec ton professeur.

Présenter les différentes inégalités entre les territoires français

❶ Commence par présenter les différents types d'inégalités, sans oublier de varier les échelles.

❷ Évoque ensuite les acteurs qui tentent de réduire ces inégalités et donne un exemple des politiques d'aménagement territorial menées à cet effet.

Réaliser la tâche graphique (▶ 2)

• Un figuré est une façon de représenter une information sur une carte. Par exemple, un carré bleu ou une flèche rouge. Choisis pour chaque élément demandé une couleur bien distincte : bleu, rouge, noir, etc.

• N'oublie pas de compléter la légende et d'y écrire ton explication des flux transfrontaliers.

37 CORRIGÉ GUIDÉ

▶ **1.** Les inégalités entre territoires peuvent être sociales, économiques et spatiales. Elles sont perceptibles à toutes les échelles.

• À l'échelle régionale, les régions méridionales et septentrionales sont les plus défavorisées socialement. C'est à l'échelle communale et infra-communale que les inégalités sociales sont cependant les plus grandes. Les communes qui comptent le plus de personnes pauvres sont les villes-centres des grandes aires urbaines. L'aire urbaine de Paris concentre 20 % des Français vivant en dessous du seuil de pauvreté.

Les territoires présentent aussi des inégalités économiques. Les régions les plus dynamiques sont les régions atlantiques, méridionales, alpines, et l'Île-de-France, tandis que les moins dynamiques sont la Lorraine et la « diagonale du vide ». À une autre échelle, la croissance profite aux capitales régionales beaucoup plus qu'aux villes petites et moyennes.

Enfin, les territoires présentent des inégalités spatiales. Elles se mesurent dans l'accès des populations aux services (supermarché, école, établissement de soins). Là encore, les inégalités sont croissantes et mesurables à toutes les échelles. Les différences sont importantes entre les grands espaces urbanisés et le reste du territoire.

• Les différents acteurs (État, collectivités territoriales, Union européenne) mettent en œuvre des politiques de compensation des inégalités, par le biais de transferts sociaux, subventions ou politiques d'aménagement. Ainsi, l'Union européenne finance des aménagements avec les fonds structurels et d'investissement européens ; l'État développe les lignes à grande vitesse pour désenclaver les territoires ; les départements versent des aides sociales.

> **CONSEIL**
> Donne quelques exemples de ces politiques d'aménagement vues en classe avec ton professeur.

▶ **2.** *Les autres villes siège d'une institution européenne sont, d'ouest en est, Bruxelles, Luxembourg et Francfort.*

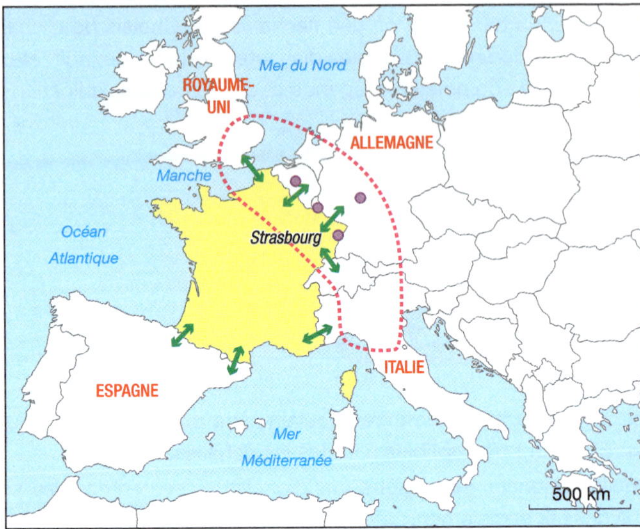

Légende

France métropolitaine

Mégalopole européenne

Strasbourg Villes siège d'une institution européenne

Flux transfrontaliers

Explication du choix du figuré des flux transfrontaliers :

Flux pendulaires de travailleurs frontaliers

38 France métropolitaine • Septembre 2017

Les territoires ultramarins français : l'exemple de la Réunion

ANALYSER DES DOCUMENTS

45 min
20 points

S'ENTRAÎNER

INTÉRÊT DU SUJET • L'outremer français présente des caractéristiques spécifiques, souvent contraignantes. Cette étude de cas sur l'île de la Réunion le montre. Différents acteurs tentent d'y remédier.

DOCUMENT 1 L'aménagement de l'île de la Réunion

Depuis la départementalisation de 1946, la Réunion s'est profondément transformée. Sa population, qui a plus que triplé, atteint aujourd'hui 837 000 habitants, installés pour la plupart sur la bande littorale. Dans ce contexte de croissance démographique soutenue, d'urbanisation et de périurbanisation accélérées, l'espace insulaire demeure très fortement contraignant. Plusieurs grands chantiers, financés par l'État, la Région et l'Union européenne, visent à améliorer les déplacements à l'intérieur de l'île, question importante pour les pouvoirs publics réunionnais. L'essor de la mobilité des insulaires a abouti à de réelles menaces d'engorgement de l'axe littoral qui risquent de compromettre les efforts de développement. Deux projets gigantesques doivent améliorer la route du littoral (avec une nouvelle voie en partie souterraine). Ces grands travaux s'ajoutent à d'autres aménagements qui viennent tout juste d'être achevés. L'ouverture de la « route des Tamarins » en 2009 à l'ouest du territoire a amélioré le trafic routier sur l'axe principal et favorise l'aménagement des espaces situés à mi-hauteur en forte croissance démographique. Dans le même temps, ces travaux constituent un moteur pour la croissance et l'emploi.

À côté de cette orientation récente, l'île s'est dotée en 2007 d'un nouvel outil s'inscrivant dans le droit fil du développement durable : le parc national de la Réunion, qui vise à favoriser une agriculture et une filière bois « de qualité » et le tourisme dans un territoire unique au monde qui a été inscrit en août 2010 au patrimoine mondial de l'Unesco.

D'après Yves Colombel, Daniel Oster (dir.), *La France, territoires et aménagement face à la mondialisation*, Nathan, 2014.

DOCUMENT 2 **L'île de la Réunion**

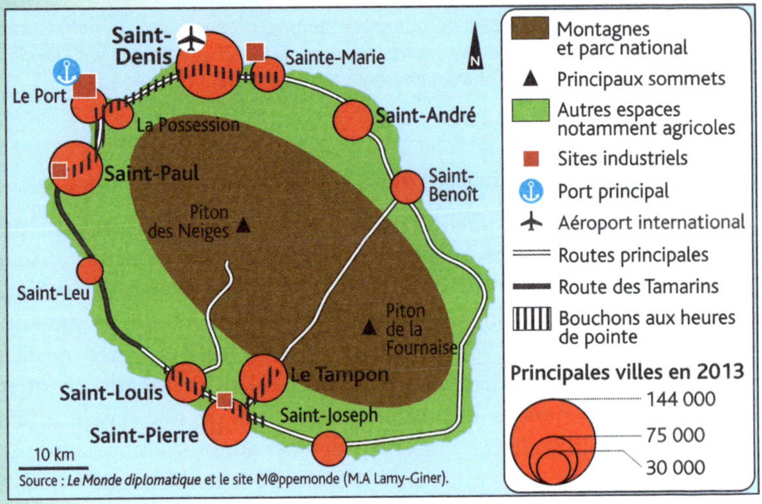

Source : *Le Monde diplomatique* et le site M@ppemonde (M.A Lamy-Giner).

▶ **1.** Dans le document 1, relevez deux informations qui montrent que l'île de la Réunion connaît une importante croissance démographique. *(4 points)*

▶ **2.** Identifiez, à partir des documents, les espaces qui concentrent les populations et les activités économiques. *(4 points)*

▶ **3.** Présentez, à l'aide des documents, une conséquence de cette concentration des hommes et des activités. *(5 points)*

▶ **4.** Quels aménagements sont envisagés pour répondre à cette situation ? *(4 points)*

▶ **5.** À l'aide du document 1, citez les trois acteurs qui financent les grands aménagements de l'île. *(3 points)*

LES CLÉS DU SUJET

Comprendre les documents

L'aménagement de l'île de la Réunion

- **Nature du document**
  Un extrait d'un manuel d'enseignement supérieur, paru en 2014
- **Auteur**
  Une équipe de géographes enseignant en classes préparatoires
- **Thème**
  Thèmes spécifiques à l'outremer, et d'autres communs avec la métropole
- **Contexte**
  L'aménagement du territoire réunionnais

L'île de la Réunion

- **Nature du document**
  Une carte de synthèse réalisée à partir de données de 2013
- **Source**
  Le Monde Diplomatique, journal hebdomadaire et *M@ppemonde*, célèbre revue électronique de géographie, fondée par Roger Brunet
- **Thème**
  Les milieux, le peuplement, les réseaux de transport
- **Contexte**
  Cette carte permet de visualiser les thèmes abordés dans le doc. 1.

Répondre aux questions

▶ **2.** L'essentiel de la réponse figure dans le texte, mais tu peux apporter des précisions issues de la carte pour gagner des points.

▶ **4.** Attention à ne pas utiliser le dernier paragraphe du texte, qui ne répond pas au problème de congestion évoqué.

38 CORRIGÉ GUIDÉ

▶ **1.** Le texte montre que l'île de la Réunion connaît une croissance démographique importante : « Sa population, qui a plus que triplé [depuis 1946], atteint aujourd'hui 837 000 habitants » ; c'est « un contexte de croissance démographique soutenue, d'urbanisation et de périurbanisation accélérées ».

▶ **2.** La plupart des habitants de la Réunion sont installés « sur la bande littorale ». L'espace littoral exigu concentre les agglomérations humaines, de Saint-Benoît à l'est au Saint-Joseph au sud. Le Sud-Est ne comprend pas de villes en raison du déversement des laves du Piton de la Fournaise.

▶ **3.** La carte montre bien que, du fait de la concentration littorale et des contraintes de relief, la circulation se fait en anneau le long du littoral : les migrations pendulaires génèrent des encombrements massifs aux heures de pointe, entraînant pollution et pertes de temps, notamment de Saint-Paul à Sainte-Marie et au sud autour de Saint-Pierre.

▶ **4.** Pour répondre à cette situation problématique, les pouvoirs publics ont lancé de vastes projets d'aménagement. Ces grands travaux comprennent notamment la « route des Tamarins », entre Saint-Paul et Saint-Louis, qui semble avoir amélioré le trafic routier. Deux autres projets sont également prévus pour désengorger la route du littoral.

> **INFO +**
> Le chantier de la « nouvelle route du littoral » (NRL), vise à désengorger l'espace le plus fréquenté de l'île.

▶ **5.** Trois acteurs, à des échelles différentes, financent ces grands aménagements : l'État, la région (qui est en même temps un département d'outre-mer) et l'Union européenne. Celle-ci intervient au titre des fonds européens d'aide aux régions ultrapériphériques (RUP), dont fait partie la Réunion.

39 France métropolitaine • Juin 2018

Les territoires ultramarins français : problèmes spécifiques et aménagements

MAÎTRISER LES DIFFÉRENTS LANGAGES

45 min
20 points

INTÉRÊT DU SUJET • L'outremer français présente des caractéristiques spécifiques, souvent contraignantes, qui semblent parfois oubliées par la métropole. Différents acteurs tentent cependant d'y remédier, avec des succès inégaux.

S'ENTRAÎNER

▶ **1.** Rédigez un développement construit d'environ vingt lignes pour montrer les problèmes spécifiques rencontrés par les territoires ultramarins français et les aménagements réalisés pour tenter d'y remédier. Vous pouvez prendre appui sur un exemple étudié en classe. *(13 points)*

▶ **2.** L'organisation du territoire français *(7 points)*
Sur la carte et la légende ci-après :
- Complétez la légende des figurés A, B, C et D en choisissant des couleurs adaptées pour montrer les inégalités de dynamisme des quatre espaces.
- Coloriez la carte à l'aide de la légende.
- Complétez la légende en indiquant l'information qui correspond au figuré hachuré.
- Localisez et nommez quatre aires urbaines de votre choix.
- Expliquez le choix du figuré pour les façades maritimes.

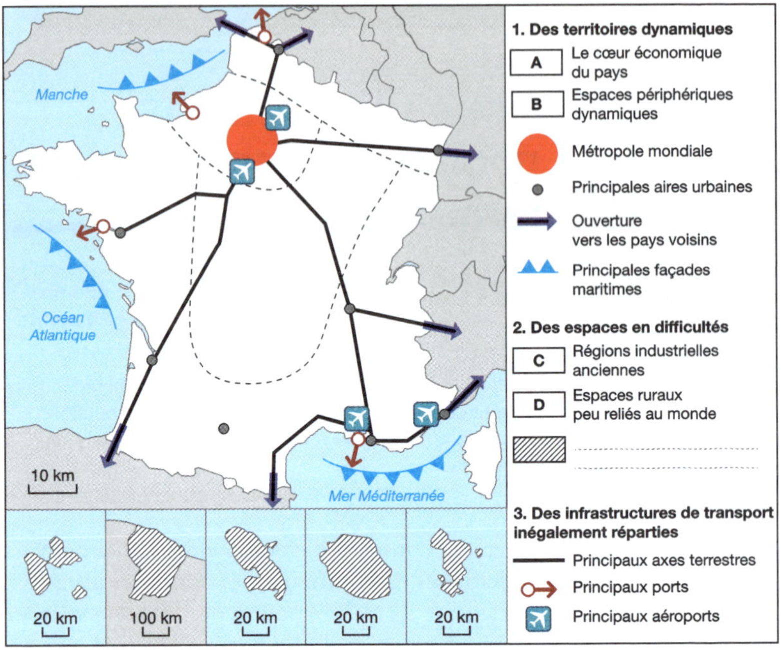

LES CLÉS DU SUJET

Traiter le sujet de développement construit (▶ 1)

- Le sujet invite à construire un développement en deux parties.
- Utilise dans ton devoir l'exemple étudié en classe avec ton professeur. N'hésite pas à en faire un croquis sommaire si cela est possible, car ce sera fortement valorisé.

Montrer les problèmes spécifiques de l'outremer français et les politiques pour y remédier

INTRODUCTION Présente rapidement la diversité des territoires ultramarins.

❶ Expose dans ton 1er paragraphe les problèmes spécifiques qui affectent les territoires ultramarins. Pour chacun, donne un exemple rapide.

❷ Présente ensuite les acteurs (locaux, national, européen) qui tentent d'y remédier, au moyen d'aménagements dont tu donneras là aussi des exemples.

Réaliser la tâche graphique (▶ 2)

• La tâche est en deux temps : compléter la légende en choisissant des couleurs adaptées, puis colorier la carte en fonction des couleurs choisies. Attention, ne te trompe pas de zone à colorier !

• La légende oppose des espaces dynamiques et des espaces en difficulté. Tu peux choisir des couleurs chaudes (jaune, orange, rouge) pour les premiers, des couleurs froides (bleu, vert) pour les seconds. Un marron peut être utilisé pour les régions anciennement industrialisées, qui sont d'anciennes régions dynamiques.

39 CORRIGÉ GUIDÉ

▶ **1.** Répartis sur tous les océans, les territoires ultramarins français présentent une grande diversité de statuts (DROM, COM, POM…), de climats et de populations. Ils comptent 2,7 millions d'habitants (2,1 millions pour les seuls DROM).

• Ces territoires partagent des contraintes. Ils souffrent de handicaps spécifiques, que l'Union européenne a rassemblés sous le vocable d'ultrapériphérie. Souvent insulaires (Guadeloupe, Réunion…) et soumis à des risques naturels importants (volcanisme et cyclones dans les Antilles et à la Réunion), ils ont une superficie généralement faible, ce qui les prive de ressources naturelles importantes, excepté le nickel en Nouvelle-Calédonie. Ils sont donc dépendants pour leur approvisionnement, mais leur éloignement de la métropole et leur isolement entraîne des surcoûts importants. Les économies ultramarines, subventionnées par l'État, sont fragiles (chômage).

CONSEIL
Attention, des territoires ont une superficie importante, comme la Guyane. Pense à nuancer ton propos.

• Les acteurs à tous les niveaux tentent d'atténuer ces contraintes par des aménagements ou des politiques. La politique de continuité territoriale, mise en œuvre par l'État, prend en charge les surcoûts liés à la distance ; la politique de convergence de l'UE se traduit par des subventions européennes.

Les aménagements s'efforcent d'améliorer l'accessibilité, et donc la compétitivité de l'outremer, à travers la construction ou la rénovation de ports, d'aéroports, ou de routes. Ainsi, la « nouvelle route du littoral », à la Réunion, en voie d'achèvement, doit décongestionner l'axe principal de l'île, entre le port et la capitale.

GAGNE DES POINTS
Développe un exemple d'aménagement vu en cours.

▶ 2.

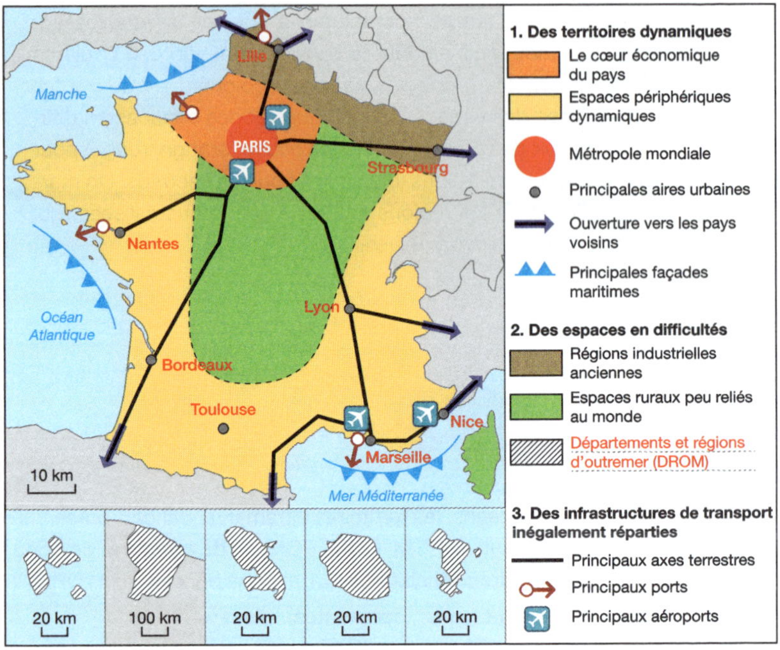

Le figuré des façades maritimes est un symbole d'interface qui insiste sur les connexions de la France au reste du monde.

Les effets des politiques de coopération européenne sur les territoires français

MAÎTRISER LES DIFFÉRENTS LANGAGES

45 min
20 points

INTÉRÊT DU SUJET • Les politiques de l'Union européenne sont souvent mal perçues dans l'opinion française. Pourtant, elles ont d'importants effets positifs sur nos territoires, notamment transfrontaliers.

▶ **1.** Rédigez un développement construit d'une vingtaine de lignes montrant que les politiques de coopération de l'UE transforment les territoires français. Vous pourrez vous appuyer sur l'exemple d'une région transfrontalière ou sur un exemple d'aménagement de votre choix. *(15 points)*

▶ **2.** Utilisez des repères sur une carte (voir page suivante).
Sur la carte et la légende :

a) Complétez la légende en choisissant un figuré pour chacun des deux éléments suivants (*1 point*) :

• deux pays parmi les 6 membres fondateurs de la construction européenne ;

• deux pays ayant rejoint plus tardivement la construction européenne.

b) À l'aide des figurés, complétez la carte en localisant et nommant les quatre pays retenus. (*2 points*)

c) Localisez et nommez la ville où se situe le Parlement européen. (*1 point)*

d) Localisez et nommez une façade maritime de l'UE. *(1 point)*

L'Union européenne, un nouveau territoire de référence et d'appartenance

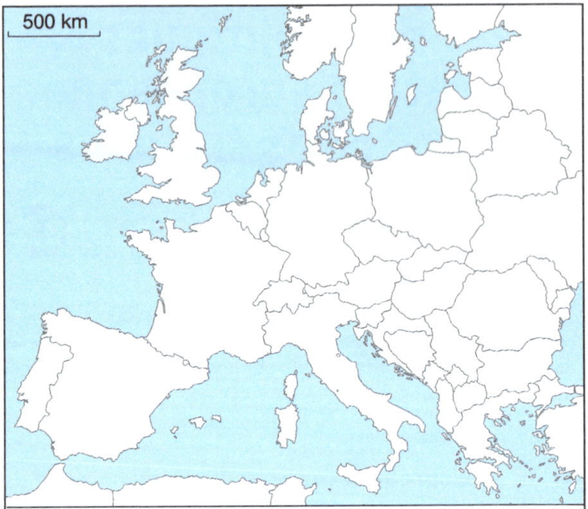

Légende

- ☐ Deux pays fondateurs de la construction européenne
- ☐ Deux pays ayant rejoint plus tardivement la construction européenne
- ● Parlement européen
- ▲▲ Façade maritime de l'Union européenne

LES CLÉS DU SUJET

Traiter le sujet de développement construit (▶ 1)

- Tu dois montrer que les politiques de coopération de l'Union européenne transforment les territoires français. L'UE est ainsi le « nouveau territoire de référence et d'appartenance » (intitulé du programme).
- Tu peux t'appuyer sur l'exemple d'une région transfrontalière (c'est le cas ici) ou sur un exemple d'aménagement de ton choix.

Montrer comment la construction européenne produit de nouveaux territoires intégrés à l'échelle européenne

1. Présente d'abord les politiques de coopération européennes, sectorielles et territoriales.

2. Développe ensuite l'exemple des régions frontalières du Nord-Est français.

3. Élargis enfin ton propos en présentant les eurorégions.

Réaliser la tâche graphique (▶ 2)

• Il faut compléter la légende en choisissant des couleurs adaptées, puis colorier la carte en fonction des couleurs choisies.
• Choisis de préférence des pays que tu connais bien et de dimensions suffisantes. Il serait par exemple peu visible de colorier le Luxembourg et Malte ! Et tu auras ainsi plus de place pour les nommer.

40 CORRIGÉ GUIDÉ

▶ **1.** • La construction européenne a mis en place des politiques de coopération. Certaines sont sectorielles, comme l'Europe de la défense ou de l'aéronautique, avec la réussite d'Airbus. D'autres sont territoriales et témoignent des flux d'hommes, de marchandises, de capitaux, d'informations qui transforment les territoires français, en particulier dans les régions frontalières, qui ont connu un retournement géographique majeur : de périphériques, espaces de confrontation, elles sont devenues centrales, espaces de coopération. C'est notamment le cas des régions frontalières du nord et de l'est de la France.

• Ces interfaces profitent aujourd'hui, dans un contexte pacifié, d'une frontière qui unit davantage qu'elle ne sépare. En Alsace, 35 % des entreprises sont ainsi à participation étrangère. Les flux de travailleurs frontaliers reflètent ce différentiel entre des économies dynamiques (Belgique, Luxembourg, Allemagne ou Suisse) et des régions françaises à fort taux de chômage.

• L'UE a ainsi permis la création d'eurorégions, qui associent des régions frontalières appartenant à des pays différents. La « Grande région » (autrefois eurorégion « Saar-Lor-Lux »), par exemple, est un « groupement européen de coopération territoriale » (GECT) qui rassemble le Luxembourg, la Wallonie belge, la région Lorraine en France, ainsi que la Moselle et Meurthe-et-Moselle, et les Länder allemands de Sarre et de Rhénanie-Palatinat.

CONSEIL
Analyse l'exemple d'eurorégion vu avec ton professeur.

▶ 2.

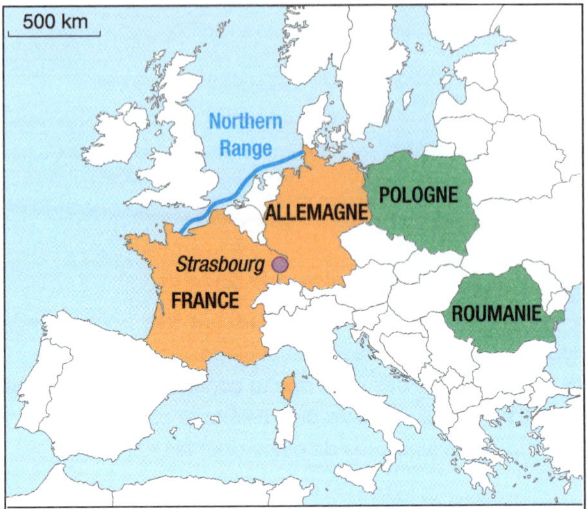

Légende

- Deux pays fondateurs de la construction européenne
- Deux pays ayant rejoint plus tardivement la construction européenne
- Parlement européen
- Façade maritime de l'Union européenne

REMARQUE
La dernière question peut prêter à confusion. Tu peux te contenter d'indiquer la façade atlantique ou méditerranéenne, mais le Northern Range est plus précis et adapté.

L'axe indopacifique

ANALYSER DES DOCUMENTS

45 min
20 points

INTÉRÊT DU SUJET • L'outremer fait de la France une puissance mondiale, présente sur tous les océans, notamment dans l'espace indopacifique, où se jouent des questions internationales brûlantes.

DOCUMENT 1 La France et l'axe indopacifique

La France est une grande puissance de l'indopacifique à travers tous ces territoires, la Nouvelle-Calédonie, Wallis-et-Futuna, la Polynésie française, Mayotte et La Réunion. [...] C'est plus d'un million et demi de nos concitoyens qui sont dans cette large région, ce sont plus de 8 000 de nos militaires qui portent notre défense nationale, nos intérêts, c'est plus des trois quarts de notre présence maritime, nous qui sommes la deuxième puissance maritime du monde. [...] Dans cette région du globe, la Chine est en train de construire sa supériorité pas à pas. [...] [Il est donc désormais indispensable d'en faire] un partenaire pour cette région. Nous devons travailler avec elle pour augmenter les échanges et en tirer toutes les opportunités. [...]

Avec le choix du peuple britannique de quitter l'Union européenne, la France devient le dernier pays européen dans le Pacifique. [...] Pour toutes ces raisons, je crois à l'axe indopacifique. Il y a un axe Paris – New Delhi – Canberra qui se prolonge de Papeete à Nouméa, et à travers tous nos territoires, afin d'assurer la liberté de circulation dans les mers et dans les airs. Nous avons un rôle à jouer avec l'Australie pour articuler nos défenses, notre cyber-sécurité, et lutter contre le terrorisme. [...] Nous avons des alliés, l'Inde, la Malaisie, Singapour, les Philippines et le Japon. [...]

Cette stratégie indopacifique est également une stratégie économique indispensable pour la Nouvelle-Calédonie pour en faire un territoire exportateur dans cette région comme vers l'Europe ou d'autres régions du globe et pour réussir à porter une ambition commerciale.

D'après le discours du président de la République, Emmanuel Macron, à Nouméa, le 5 mai 2018, www.elysee.fr.

DOCUMENT 2 **La présence géopolitique et militaire de la France dans le monde**

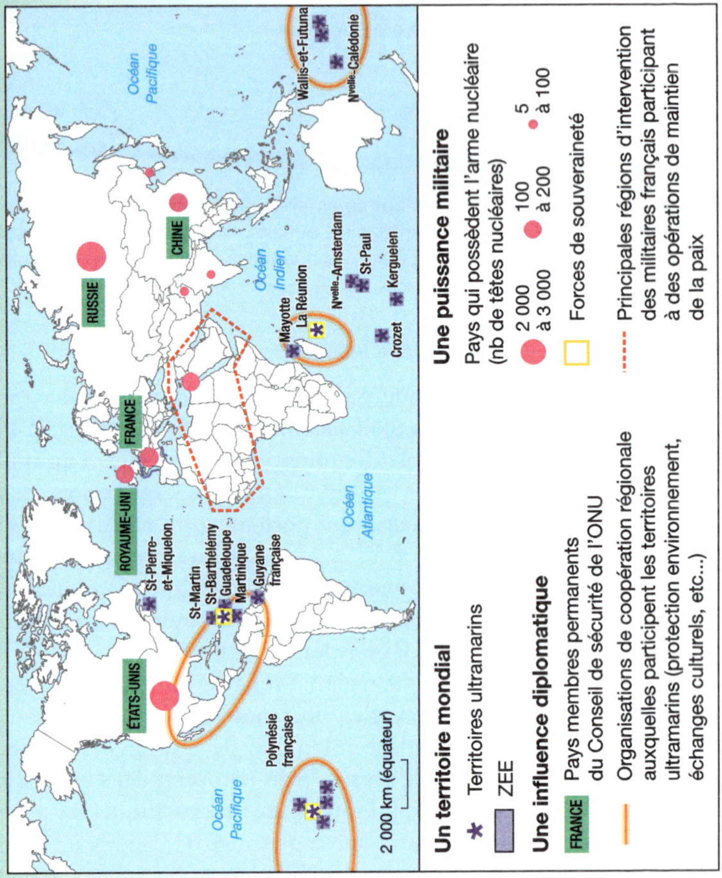

DOCUMENT 1

▶ **1.** Nommez les trois grandes puissances évoquées par les capitales Paris-New Delhi-Canberra. *(3 points)*

▶ **2.** Sur quoi s'appuie actuellement la France pour maintenir sa puissance dans la région indopacifique ? *(4 points)*

▶ **3.** Que permet d'assurer et de développer l'axe indopacifique ? *(3 points)*

▶ **4.** Citez des exemples du rôle que la Nouvelle-Calédonie doit jouer dans la région indopacifique. *(2 points)*

DOCUMENT 2

▶ **5.** Donnez un élément qui montre la présence géopolitique ou militaire de la France en Afrique, en Océanie et en Amérique (une réponse attendue par continent). *(3 points)*

DOCUMENTS 1 ET 2

▶ **6.** Expliquez pourquoi la France est une puissance géopolitique et militaire dans le monde. *(5 points)*

LES CLÉS DU SUJET

Comprendre les documents

La présence géopolitique et militaire de la France dans le monde

- **Nature du document**
  Une carte de synthèse
- **Thème**
  La présence territoriale, diplomatique et militaire de la France dans le monde
- **Contexte**
  La France a les attributs d'une puissance de rang mondial.

La France et l'axe indopacifique

- **Nature du document**
  Un texte extrait d'un discours prononcé le 5 mai 2018
- **Auteur**
  Le président de la République française, Emmanuel Macron
- **Thème**
  La stratégie indopacifique de la France et le rôle de la Nouvelle-Calédonie
- **Contexte**
  Ce document n'est pas à la même échelle que le doc. 1. Il est centré sur l'axe indopacifique.

Répondre aux questions

▶ **2.** Les éléments de la puissance française dans la région se situent dans le premier paragraphe. Tu peux citer le texte entre guillemets.

▶ **3.** Quels sont les objectifs de cette stratégie indopacifique ?

▶ **4.** Donne deux exemples, car il y a deux points à prendre.
▶ **5.** Cite un élément pour chaque zone, donc trois au total.
▶ **6.** Outre tes connaissances personnelles, tu peux utiliser la légende du document 2 pour t'aider.

41 CORRIGÉ **GUIDÉ**

▶ **1.** L'axe Paris-New Delhi-Canberra représente l'axe France-Inde-Australie, dont ces trois villes sont les capitales.

▶ **2.** Pour maintenir sa puissance dans la région indopacifique, la France s'appuie sur ses territoires ultramarins (« la Nouvelle-Calédonie, Wallis-et-Futuna, la Polynésie française et La Réunion »), sa population (« 1,5 million de nos concitoyens »), ses forces armées (« 8 000 de nos militaires »), sa « présence maritime » (« deuxième puissance maritime du monde » derrière les États-Unis).

▶ **3.** L'axe indopacifique prôné par le président Macron doit permettre « d'assurer la liberté de circulation dans les mers et dans les airs », mais aussi d'« articuler nos défenses, notre cyber-sécurité, et lutter contre le terrorisme », notamment face à la Chine, qui est en train d'y « construire sa supériorité ».

▶ **4.** Dans la région indopacifique, la Nouvelle-Calédonie doit jouer un rôle important : territoire français, elle permet de maintenir la présence territoriale et maritime du pays ; elle doit également jouer un rôle commercial et devenir « un territoire exportateur ».

▶ **5.** La France est présente en Afrique, par exemple à travers ses opérations de lutte antiterroriste dans la zone saharo-sahélienne (opération *Barkhane*) ; en Océanie, la France maintient des forces de souveraineté en Polynésie, prépositionnées à Papeete ; de même, en Amérique centrale, en Guadeloupe. La France est donc partout présente.

▶ **6.** La France est une puissance géopolitique et militaire qui compte dans le monde. Ses territoires ultramarins lui assurent une présence sur tous les océans du globe, avec des forces de souveraineté prépositionnées et une marine de guerre qui demeure la 2e du monde en capacité d'intervention. Membre permanent du Conseil de sécurité de l'ONU, investie dans de très nombreuses organisations internationales de niveau mondial et régional, puissance nucléaire, pourvue de la 2e ZEE mondiale, la France demeure une puissance au rayonnement géopolitique et militaire de premier plan.

La France, une influence mondiale

MAÎTRISER LES DIFFÉRENTS LANGAGES

45 min
20 points

INTÉRÊT DU SUJET • La France est un cas particulier : depuis un demi-siècle, sa puissance décline, mais son rayonnement persiste dans un certain nombre de domaines. Cela fait d'elle « une puissance moyenne à rayonnement mondial ».

▶ **1.** Sous la forme d'un développement construit d'une vingtaine de lignes, expliquez l'influence culturelle, géopolitique et économique de la France dans le monde. *(15 points)*

▶ **2.** Sur le planisphère suivant : *(5 points)*
– colorez en rouge et nommez la Polynésie française ;
– nommez l'océan Pacifique ;
– colorez en vert et nommez la France métropolitaine ;
– nommez un État voisin de la France métropolitaine ;
– nommez l'Asie.

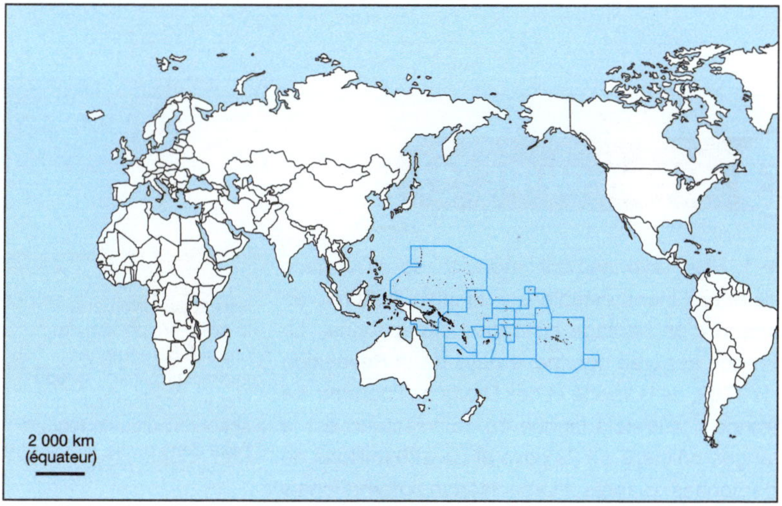

LES CLÉS DU SUJET

Traiter le sujet de développement construit (▶ 1)

• L'énoncé propose trois catégories : l'influence culturelle, l'influence géopolitique, l'influence économique. Le plus efficace est de suivre le plan proposé en consacrant un petit paragraphe à chaque catégorie.

• Il faut veiller à citer quelques chiffres et à donner des exemples précis des idées développées.

Détailler les outils de l'influence française dans le monde

❶ Présente d'abord les éléments culturels (le *soft power* à la française).

❷ Développe ensuite les atouts géopolitiques, notamment territoriaux, diplomatiques et militaires (le *hard power*).

❸ Fais ensuite le point des éléments économiques. Tu pourras achever cette partie en montrant le déclin relatif de la puissance économique française.

Réaliser la tâche graphique (▶ 2)

• La tâche est simple et ne comprend pas de légende. Attention cependant à la projection, centrée sur l'espace indopacifique !

• Certaines couleurs sont imposées (rouge, vert), d'autres sont libres : tu peux utiliser le bleu (pour l'océan) ou le noir (pour le pays et le continent). Pour l'Asie, veille à écrire assez gros pour ne pas confondre le continent avec un grand pays, comme la Chine ou la Russie.

42 CORRIGÉ GUIDÉ

▶ **1.** • Le rayonnement mondial de la France demeure incontestable sur le plan culturel, en raison d'un héritage historique exceptionnel. La France apparaît comme le pays de la Révolution de 1789, de la liberté et des Droits de l'homme. Le français, autrefois langue du colonisateur, est la langue officielle de 29 pays et de 220 millions de personnes d'après l'Organisation internationale

CONSEIL
Fais apparaître dans la première phrase de chaque paragraphe l'adjectif (culturel, géopolitique, économique) qui annonce au correcteur l'axe de la partie.

de la francophonie. La France reste enfin la patrie d'un certain art de vivre qui fascine les élites du monde entier, à travers la gastronomie, la mode, le luxe, les arts et la littérature.

• C'est aussi l'héritage historique qui explique la permanence d'une influence géopolitique mondiale. Les territoires ultramarins assurent à la France une présence stratégique planétaire et la deuxième ZEE mondiale. Membre permanent du Conseil de sécurité de l'ONU, la France conserve un droit de veto sur les affaires mondiales. Son réseau diplomatique – le troisième au monde – est l'outil d'une diplomatie autonome, appuyée sur une puissance militaire nucléaire et équipée d'armements de pointe : avion omnirôle Rafale, porte-avions nucléaire *Charles-de-Gaulle*, fréquemment engagés (Libye, Côte d'Ivoire, Centrafrique, Sahel, Irak-Syrie...).

• C'est peut-être sur le plan économique que l'influence française montre des limites. Sixième PIB mondial et troisième de l'Union européenne, l'économie française, riche et diversifiée, est encore une des grandes économies du monde actuel. Cependant, les parts de marché de l'industrie française diminuent en raison d'une moindre compétitivité. Depuis 2000 et plus encore depuis la crise de 2008, ce recul semble s'accélérer.

S'ENTRAÎNER

▶ **2.**

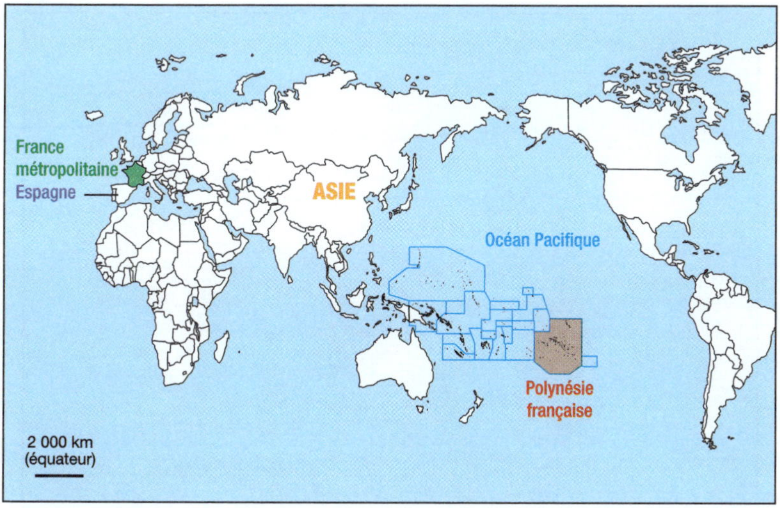

43 Pondichéry • Mai 2018

L'influence de l'Union européenne dans le monde

MAÎTRISER LES DIFFÉRENTS LANGAGES

45 min
20 points

INTÉRÊT DU SUJET • L'Union européenne constitue l'un des trois pôles de puissance mondiaux. Pourtant, sa puissance souffre de limites évidentes.

▶ **1.** Rédigez un développement construit d'une vingtaine de lignes montrant à la fois l'influence de l'Union européenne dans le monde et les limites de son rayonnement. *(15 points)*

▶ **2.**

L'Union européenne dans le commerce mondial

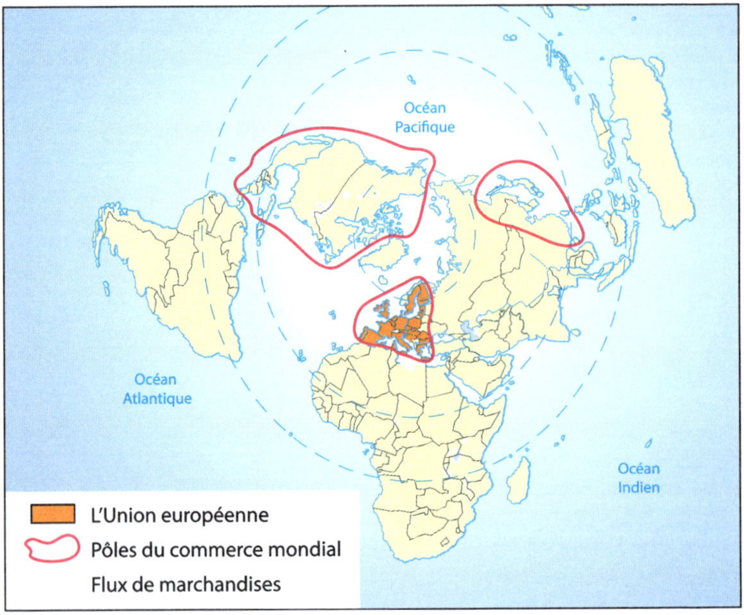

Complétez la carte et la légende *(5 points)* :
– nommez sur la carte les trois pôles du commerce mondial ;
– dans la légende, choisissez un figuré pour représenter les flux de marchandises ;
– puis placez sur la carte les principaux flux de marchandises du commerce mondial.

LES CLÉS DU SUJET

Traiter le sujet de développement construit (▶ 1)

• L'énoncé t'invite à construire un développement en deux paragraphes. N'oublie pas d'équilibrer les deux parties de ta réponse.
• Essaie de citer des chiffres pour démontrer tes idées.

Réaliser un bilan (positif et négatif) de l'influence de l'UE dans le monde

❶ Présente dans un 1er paragraphe les éléments d'influence.

❷ Développe dans un 2nd paragraphe les limites de cette influence dans le monde aujourd'hui.

Réaliser la tâche graphique (▶ 2)

• On se contentera de quelques flux majeurs. Il faut commencer par les flux entre les trois grands pôles mondiaux, puis compléter par quelques exemples de flux secondaires (le pétrole du Golfe persique, les échanges Chine-Amérique latine…).
• Veille à varier l'épaisseur des flèches représentant les flux en fonction de leur importance.

43 CORRIGÉ GUIDÉ

▶ **1.** • L'Union européenne (UE) est un espace de production de niveau mondial, au 3e rang derrière les États-Unis et la Chine, avec environ 18,5 % de la richesse produite. C'est un ensemble ouvert, fortement inséré dans les processus de mondialisation, qui réalise 31 % du commerce mondial, et le 1er espace touristique mondial, avec 55 % des touristes internationaux. Ses firmes transnationales (1/3 des 500 premières mondiales) jouent un rôle considérable, notamment *via* les investissements directs à l'étranger. Avec 448 millions d'habitants à fort niveau de vie et haut niveau d'éducation, l'UE est un marché de consommation majeur et une zone de paix, au moins entre ses membres, garantie par des États de droit. Ses valeurs (démocratie, Droits de l'homme) en font une puissance culturelle, une puissance normative, une puissance du *soft power*, comme en témoignent les multiples élargissements à l'Est, mais aussi la politique européenne de voisinage.

• Toutefois, le modèle européen peine aujourd'hui à s'affirmer dans le monde, plusieurs facteurs limitant son rayonnement. L'Europe connaît un vieillissement de sa population, qui engendre des problèmes de financement (retraite, dépendance). En même temps, les migrations internationales posent des difficultés (crise des réfugiés de 2015). Sa croissance économique manque de dynamisme : les pays émergents sont en phase de rattrapage et l'Union a décroché face aux États-Unis. Seuls l'Allemagne et quelques pays du nord de l'Europe semblent échapper à ce relatif déclin économique.

CONSEIL
Introduis la 2e partie de ton raisonnement par un connecteur logique qui établit l'opposition.

Par ailleurs, les divisions entre membres de l'UE rendent peu lisible sa politique étrangère et son projet de puissance. L'UE n'a pas tous les attributs de la puissance : son *hard power* est déficient. Plus qu'une puissance européenne, il y a « des puissances en Europe », au 1er rang desquelles la France.

▶ **2.**

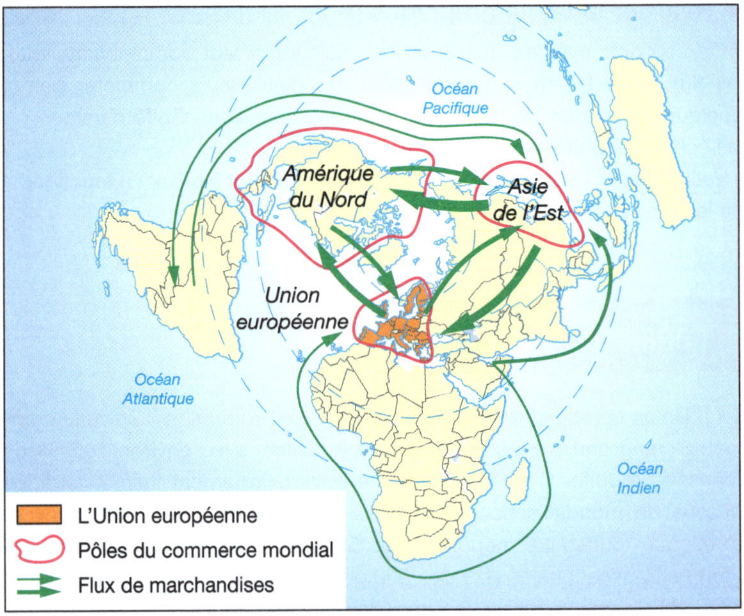

Varie l'épaisseur des flèches représentant les flux selon leur importance.

Aider les personnes handicapées

ENSEIGNEMENT MORAL ET CIVIQUE

25 min
10 points

INTÉRÊT DU SUJET • Les Français sont égaux en droit. Mais le handicap rend l'exercice des droits plus difficile. Les valides ont le devoir d'aider les invalides afin que ces derniers puissent, eux aussi, jouir de la liberté.

DOCUMENT 1 Un exemple d'action menée par une association

27 octobre 2014.

En début de semaine, Gilles Ducoudré, président de l'association « Engagement Citoyen pour le Montargois[1] » (ECM) a adressé par lettre recommandée un courrier à M. X, directeur de la société Y (société de transport en commun) afin d'obtenir de lui des réponses claires quant aux raisons qui empêchent l'usage des transports publics de l'agglomération aux personnes handicapées. Les difficultés sont telles que la plupart des personnes en fauteuil roulant de notre ville restent cloîtrées chez elles.

Pourtant, des stations sont adaptées et le réseau de 18 bus équipés pourrait d'ores et déjà leur permettre de nombreux déplacements… Les raisons invoquées pour justifier le refus des chauffeurs de les prendre en charge sont toutes plus fausses les unes que les autres… L'association ECM ne baisse pas les bras et continuera à travailler pour que les droits des personnes handicapées soient respectés dans notre ville.

D'après www.montargois.fr, octobre 2014.

1. Montargois : région de Montargis (Loiret, 45).

DOCUMENT 2 Affiche de l'Association des Paralysés de France

www.apf.org

DOCUMENT 1

▶ **1.** Pour quelle raison G. Ducoudré adresse-t-il un courrier à la société Y ?

DOCUMENT 2

▶ **2.** Quels sont les éléments qui permettent de faire le lien avec la République française ?

▶ **3.** Expliquez le message de l'affiche.

DOCUMENTS 1 ET 2

▶ **4.** Montrez que les associations ECM (Engagement Citoyen pour le Montargois) et APF (Association des Paralysés de France) défendent la même valeur républicaine.

LES CLÉS DU SUJET

Comprendre les documents

Un exemple d'action menée par une association

- **Nature du document**
  Un message informatif, 2014
- **Auteur**
  Une association locale d'entraide
- **Thème**
  La dénonciation des manquements d'une société de transport envers les personnes handicapées

Affiche de l'Association des Paralysés de France

- **Nature du document**
  Une affiche de sensibilisation au handicap
- **Auteur**
  Une association d'aide aux paralysés en France
- **Thème**
  La revendication du droit à la circulation

Répondre aux questions

▶ **1.** Qui refuse de prendre en charge les personnes handicapées ?

▶ **2.** Quelle est la devise et quel est le symbole de la France ? Où retrouves-tu un rappel de la première ? Qui est assis dans le fauteuil ? À quel détail reconnais-tu le personnage ?

▶ **3.** Quel mot de la devise de la France a été remplacé par un autre ? En quoi ce mot peut-il traduire une même idée ?

▶ **4.** Aide-toi de la devise de l'affiche et recherche dans le document 1 les situations qui correspondent aux valeurs de la République.

44 CORRIGÉ GUIDÉ

▶ **1.** M. Ducoudré adresse un courrier à la société Y pour dénoncer les difficultés rencontrées avec les chauffeurs des transports publics par les personnes en fauteuil roulant.

▶ **2.** Les éléments de l'affiche qui permettent de faire le lien avec la République française sont les deux premiers mots de la devise nationale : « Liberté, égalité » ; la femme assise dans le fauteuil est Marianne que l'on reconnaît à son bonnet phrygien.

CONSEIL
Décris l'affiche en utilisant le vocabulaire que tu as appris sur ce thème.

▶ **3.** Le message de l'affiche comprend trois mots. Ceux-ci rappellent que les personnes paralysées ont le droit, comme tous les Français, à la liberté et à l'égalité. Ils doivent pouvoir circuler avec leur fauteuil, pour aller où ils veulent. La fraternité peut être utile ; mais l'affiche explique que celle-ci doit se traduire par un accès aux personnes en fauteuil à tous les lieux de vie.

▶ **4.** Les associations ECM et APF défendent les mêmes valeurs d'égalité et de liberté. L'affiche met en évidence les deux mots de la devise républicaine, lesquels invitent à se souvenir du troisième, la fraternité ; l'ECM demande à ce que les personnes handicapées de Montargis puissent être libres d'aller où elles veulent et qu'elles soient ainsi les égales des autres citoyens ; elle suggère que les chauffeurs aient le sens de la fraternité.

Le harcèlement en milieu scolaire, sur Internet

ENSEIGNEMENT MORAL ET CIVIQUE

25 min
10 points

INTÉRÊT DU SUJET • Les réseaux sociaux sont faits pour rapprocher les personnes, pas pour les discriminer ou les blesser. Les plus jeunes peuvent aider à lutter contre le harcèlement.

DOCUMENT 1 Prix « Non au harcèlement » 2018, catégorie meilleure affiche

L'affiche « Les maux d'ados » a été réalisée par des élèves du collège Jean Moulin à Sannois (académie de Versailles).

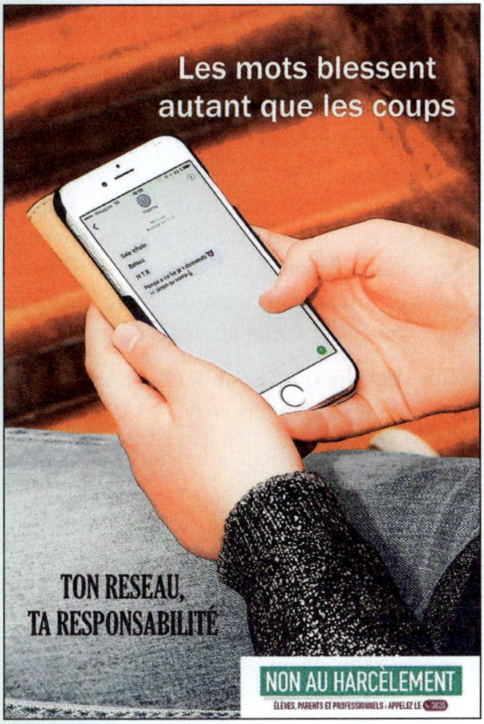

Doc. Collège Jean Moulin-Sannois- prix « Non au harcèlement », 2018.

DOCUMENT 2 **Loi sur le harcèlement et le cyberharcèlement (extrait)**

Article 222-33-2-2 du Code pénal

Le fait de harceler une personne par des propos ou comportements répétés ayant pour objet ou pour effet une dégradation de ses conditions de vie se traduisant par une altération de sa santé physique ou mentale est puni d'un an d'emprisonnement et de 15 000 € d'amende lorsque ces faits ont causé une incapacité totale de travail inférieure ou égale à huit jours ou n'ont entraîné aucune incapacité de travail. [...]

Les faits mentionnés au premier et au quatrième alinéas sont punis de deux ans d'emprisonnement et de 30 000 € d'amende : [...]

2° Lorsqu'ils ont été commis sur un mineur de quinze ans ; [...]

4° Lorsqu'ils ont été commis par l'utilisation d'un service de communication au public en ligne ou par le biais d'un support numérique ou électronique ; [...]

www.legifrance.gouv.fr.

▶ **1.** Choisissez et recopiez sur votre copie la bonne réponse.
Le harcèlement est :

a) Une inégalité de traitement fondée sur un critère prohibé par la loi comme l'origine, le sexe, l'âge... ou dans un domaine visé par la loi comme l'emploi, le logement...

b) Une violence répétée qui peut être verbale, physique ou psychologique. Cette violence se retrouve aussi au sein de l'école. Elle est le fait d'un ou de plusieurs élèves à l'encontre d'une victime qui ne peut se défendre.

c) Un acte par lequel une personne oblige une autre personne à lui remettre d'elle-même un objet ou une somme d'argent lui appartenant, sous la menace d'opérer à son égard si elle ne s'exécute pas des actes violents.

▶ **2.** Êtes-vous libre de dire ou de publier tout ce que vous voulez sur les réseaux sociaux ? Justifiez votre réponse.

▶ **3.** Expliquez la phrase de l'affiche « Les mots peuvent blesser autant que les coups ».

▶ **4.** Chaque jour, votre meilleur ami se moque et insulte un élève de votre classe lorsqu'il est au collège. Il vous envoie avec son téléphone portable une publication dans laquelle il se moque de cet élève. Vous décidez de lui répondre de manière responsable dans un message d'environ dix lignes en vous engageant contre le harcèlement.

LES CLÉS DU SUJET

Comprendre les documents

Prix « Non au harcèlement » 2018, catégorie meilleure affiche
- **Nature du document** : Une affiche de sensibilisation
- **Auteur** : Des collégiens dans le cadre d'un concours
- **Thème** : La dénonciation du harcèlement *via* les réseaux sociaux

Loi sur le harcèlement et le cyberharcèlement (extrait)
- **Nature du document** : Article de loi, document officiel
- **Auteur** : Le pouvoir législatif
- **Thème** : Le harcèlement

Répondre aux questions

▶ **1.** Pour renforcer ta réponse, tu peux citer un extrait de la loi qui correspond à la formule que tu choisis.

▶ **2.** Tu peux utiliser des exemples que tu connais pour expliquer ta réponse. Tu peux aussi citer un extrait de la loi qui te paraît pertinent.

▶ **3.** Pour bien répondre, pense à une situation où les paroles d'une autre personne t'ont fait du mal.

45 CORRIGÉ GUIDÉ

▶ **1.** La bonne réponse est la deuxième proposition : le harcèlement est « une violence répétée qui peut être verbale, physique ou psychologique. Cette violence se retrouve aussi au sein de l'école. Elle est le fait d'un ou de plusieurs élèves à l'encontre d'une victime qui ne peut se défendre. » « L'altération de la santé physique et mentale » définie par la loi (doc. 1) est bien une « violence physique ou psychologique ».

▶ **2.** Je ne suis pas libre de publier ce que je veux sur les réseaux sociaux. En effet, je ne peux pas diffuser des informations ou des photos qui nuiraient à autrui, lui feraient subir des souffrances. Je n'ai pas le droit de « dégrader les conditions de vie » d'une autre personne en la harcelant.

▶ **3.** « Les mots peuvent blesser autant que les coups » est une expression qui signifie qu'insulter autrui, se moquer de son image, d'un handicap ou d'une faiblesse provoquent des souffrances aussi douloureuses qu'un coup de pied ou de poing. Les mots peuvent effrayer, vexer, humilier ; ils peuvent provoquer une gêne ou une honte qui rendent plus malheureux que la douleur physique.

▶ **4.** *A m'envoie des photos de B, une fille timide de la classe dont il se moque.*

CONSEIL
N'hésite pas à écrire des formules de politesse pour introduire et conclure ton message. Tu montres ainsi que tu respectes bien la mise en situation.

Cher A,

J'ai bien reçu les photos de B mais elles ne m'ont pas fait rire. Les diffuser est cruel autant qu'injuste. Personne ne mérite qu'on se moque de son physique ou de sa façon d'être parce qu'elle est différente. Imagine que toute la classe fasse la même chose à tes dépens !

Non seulement je désapprouve ton attitude, mais j'ai décidé avec C et D de créer un atelier d'information contre le harcèlement. La documentaliste du CDI nous a déjà proposé son aide pour réunir de la documentation dans la presse et des exemples de drames provoqués par les moqueries répétées contre une personne fragile comme B.

Avec le professeur de technologie, nous allons aussi fabriquer un petit film pour illustrer le problème. Je sais que tu aimes ce genre d'activités et je te propose de rejoindre notre équipe. Tu as beaucoup de bonnes idées et ce serait bien de les mettre au service de la lutte contre le harcèlement. Ta participation ne serait pas seulement un moyen de te faire pardonner ; elle serait un bel exemple à donner à tous.

Nous comptons sur toi. Tu sais où nous retrouver.

À très bientôt.

46 Amérique du Nord • Juin 2019

L'impôt sur le revenu et la solidarité nationale

ENSEIGNEMENT MORAL ET CIVIQUE

25 min
10 points

S'ENTRAÎNER

INTÉRÊT DU SUJET • Dans une société française toujours plus fracturée, les inégalités sociales doivent être compensées par la solidarité nationale. La progressivité de l'impôt sur le revenu y contribue.

DOCUMENT 1 Cinq célibataires sans enfant payent en 2018 l'impôt sur leurs revenus de 2017

	Revenus de l'année 2017	Impôt sur le revenu à payer en 2018
Paul Duchemin	9 000 euros	0 euro
Dominique Martin	27 000 euros	2 029 euros
Cristina Viala	40 000 euros	5 093 euros
Sophie Lefranc	90 000 euros	19 515 euros
Ali Abdellatifi	160 000 euros	46 860 euros

Jusqu'en janvier 2019, les Français payaient chaque année leurs impôts sur les revenus de l'année précédente.

Simulation à partir du site Impots.gouv.fr.

DOCUMENT 2 La solidarité nationale

L'engagement de l'État en matière de solidarité remonte essentiellement au lendemain de la crise économique des années 1930 et de la Seconde Guerre mondiale. Il prend la forme de l'État-providence : l'intervention de l'État dans la vie économique et sociale apparaît nécessaire afin de lutter contre la pauvreté et les inégalités et d'assurer la cohésion nationale.

Cette prise de conscience est inscrite dans le préambule de la Constitution française de 1946 (repris par celle de 1958) qui garantit le droit au travail, la protection de la santé, l'accès à l'instruction, la sécurité matérielle. [...] Concrètement, elle est à l'origine de la création de plusieurs institutions de protection sanitaire et sociale, reposant sur des systèmes d'assurance obligatoire organisés par l'État : la Sécurité sociale est créée dès 1945 ; c'est également dans les années d'après-guerre qu'est mise en place l'assurance-chômage. La solidarité nationale est notamment financée par l'impôt sur le revenu, qui repose sur une redistribution des richesses, chaque citoyen y contribuant en fonction de ses moyens.

Conseil national des politiques de lutte contre la pauvreté et l'exclusion sociale, 19 septembre 2014.

DOCUMENT 1

▶ **1.** D'après ce document, pour quelle raison les Français ne paient-ils pas tous un même montant pour l'impôt sur le revenu ?

DOCUMENT 2

▶ **2.** Recopiez la phrase du texte qui justifie que les Français ne payent pas tous un même montant pour l'impôt sur le revenu.

▶ **3.** Relevez trois dispositifs pouvant contribuer à lutter contre la pauvreté et les inégalités.

DOCUMENTS 1 ET 2

▶ **4.** Un de vos amis ne comprend pas pourquoi certains paient des impôts et d'autres moins ou pas du tout. Il trouve cela contraire au principe d'égalité. Vous lui expliquez pourquoi l'impôt sur le revenu est un outil permettant de combattre les inégalités.

LES CLÉS DU SUJET

Comprendre les documents

Cinq célibataires sans enfant payent en 2018 l'impôt sur leurs revenus de 2017

- **Nature du document**
  Un tableau de données (simulation)
- **Source**
  Le site du ministère des Finances : impots.gouv.fr
- **Thème**
  L'impôt sur le revenu
- **Contexte**
  La progressivité de l'impôt permet de lutter contre les inégalités sociales

La solidarité nationale

- **Nature du document**
  Un texte explicatif publié en 2014
- **Auteur**
  Le Conseil national des politiques de lutte contre la pauvreté et l'exclusion sociale, un organisme officiel
- **Thème**
  La solidarité nationale
- **Contexte**
  L'engagement de l'État pour la solidarité nationale depuis les années 1930

Répondre aux questions

▶ **3.** Par « dispositifs », on entend des éléments techniques.

▶ **4.** Veille à mettre ta réponse en situation. Sur le fond, commence par expliquer pourquoi l'imposition est progressive et non simplement proportionnelle, puis développe les aspects liés à la solidarité.

46 CORRIGÉ GUIDÉ

▶ **1.** D'après le document 1, les Français ne paient pas tous un même montant pour l'impôt sur le revenu. Cela ne tient pas à leur situation familiale : le document précise en effet qu'ils sont tous célibataires et sans enfant. En revanche, leurs revenus sont très différents les uns des autres : ils varient de 9 000 à 160 000 € : Ali Abdellatifi gagne presque 18 fois ce que gagne Paul Duchemin. C'est ce qui explique le montant très différent de leur impôt.

CONSEIL
Donne du sens aux chiffres du document en calculant un rapport approximatif.

▶ **2.** La phrase du document 2 qui justifie que les Français ne payent pas tous un même montant pour l'impôt sur le revenu est : « La solidarité nationale est notamment financée par l'impôt sur le revenu, qui repose sur une redistribution des richesses, chaque citoyen y contribuant en fonction de ses moyens. »

▶ **3.** Trois dispositifs cités dans le document 2 peuvent contribuer à lutter contre la pauvreté et les inégalités :

GAGNE DES POINTS
Explique, d'après tes connaissances, chaque dispositif.

- La Sécurité sociale : chacun cotise en fonction de ses revenus pour payer les frais de santé de ceux qui sont malades ; les risques sont mutualisés et les pauvres bénéficient des cotisations de tous.
- L'assurance-chômage : une cotisation payée sur les salaires permet à ceux qui se retrouvent sans emploi de percevoir des allocations.
- L'impôt sur le revenu : un impôt non proportionnel mais progressif, qui prélève d'autant plus que les revenus sont importants, permet de lutter contre les inégalités en prélevant aux plus riches pour financer les prestations sociales perçues par les plus pauvres.

▶ **4.** « C'était pas mal, le cours d'EMC, non ? » Mon ami Robin semble pourtant bien renfrogné. « M'ouais… N'empêche que je ne vois pas bien pourquoi certains Français payent des impôts et d'autres en payent moins ou pas du tout ! Mon père n'arrête pas de râler en disant que les impôts lui prennent tout ce qu'il gagne ! »
Je ris et lui réponds : « Si les impôts lui prennent tout ce qu'il gagne, comment se fait-il que vous viviez dans une si belle maison ?

La République française défend un certain nombre de valeurs, dont l'égalité et la solidarité. Mais l'égalité ne consiste pas à ce que tout le monde paie les mêmes impôts. Une famille pauvre n'a pas les moyens de payer beaucoup d'impôts ; une famille aisée a la capacité d'en payer davantage. C'est la raison pour laquelle l'impôt sur le revenu n'est pas proportionnel, mais progressif : plus on gagne, plus le taux d'imposition est élevé.

Et puis, cela permet de redistribuer les richesses et ainsi faire preuve de solidarité en luttant contre les inégalités de revenus entre Français. La République est une République sociale. La lutte contre la pauvreté, par exemple, est une question de principe, de dignité humaine. C'est le choix qu'a fait le peuple français en 1945, et encore en 1958. »

47 Amérique du Nord • Juin 2017

La laïcité à l'école

ENSEIGNEMENT MORAL ET CIVIQUE

25 min
10 points

INTÉRÊT DU SUJET • Vivre ensemble suppose le respect des mêmes droits et devoirs. La conviction religieuse ne doit pas empiéter sur le quotidien de ceux qui ne la partagent pas. La laïcité garantit la liberté et l'égalité de tous les croyants.

S'ENTRAÎNER

DOCUMENT 1 Affiche défendant le principe de la laïcité

Cette affiche a été récompensée par le Prix de la laïcité de la République française en 2015.

École BRASSART campus de Tours – Création : Léo Dupuy

Lemonde.fr, 8 janvier 2016.

DOCUMENT 2 **Charte de la laïcité à l'école (2013)**

Art. 1. La France est une République indivisible, laïque, démocratique et sociale. Elle assure l'égalité devant la loi, sur l'ensemble de son territoire, de tous les citoyens. Elle respecte toutes les croyances.
Art. 2. La République laïque organise la séparation des religions et de l'État. L'État est neutre à l'égard des convictions religieuses ou spirituelles. Il n'y a pas de religion d'État.
Art. 14. Dans les établissements scolaires publics, les règles de vie des différents espaces, précisées dans le règlement intérieur, sont respectueuses de la laïcité. Le port de signes ou tenues par lesquels les élèves manifestent ostensiblement une appartenance religieuse est interdit.

▶ **1.** Montrez que l'affiche et la Charte de la laïcité défendent la liberté d'avoir ou non une religion en France.

▶ **2.** Expliquez ce que signifie, dans le document 2, l'expression « séparation des religions et de l'État ».

▶ **3.** En début d'année, pour se présenter chacun leur tour durant l'heure de vie de classe de leur collège public, Sophie, Étienne, Manuella, Yves, Tanguy, Ismaël, Théo et Dounia doivent réaliser un portrait qui sera affiché dans la salle de cours. Ils se demandent s'ils peuvent se présenter en classe en évoquant leur religion. Quelles réponses proposent les documents 1 et 2 ?

LES CLÉS DU SUJET

Comprendre les documents

Affiche défendant le principe de la laïcité

- **Nature du document**
  Une affiche de sensibilisation
- **Auteur**
  Un étudiant d'une école d'art graphique
- **Thème**
  L'égalité citoyenne prime sur les différences religieuses
- **Contexte**
  La remise en cause de la laïcité dans le cadre des attentats de 2015

Charte de la laïcité à l'école (2013)

- **Nature du document**
  Un document officiel faisant loi
- **Auteur**
  Le ministère de l'Éducation nationale
- **Thème**
  Les règles de la laïcité
- **Contexte**
  La multiplication des incidents confessionnels dans les écoles

Répondre aux questions

▶ **1.** Le nom d'une religion est-il privilégié dans l'affiche ? Que respecte la France selon l'article 1 du document 2 ? Au nom de quelle valeur ?

▶ **2.** La réponse est à extraire des deux phrases qui suivent l'expression. Utilise-les pour formuler ton explication.

▶ **3.** Que signifie le mot « ostensiblement » dans l'article 14 ? Utilise la Déclaration des droits de l'homme : elle inspire la Charte de la laïcité.

47 CORRIGÉ GUIDÉ

▶ **1.** Par le collage qui fait apparaître les noms des grandes religions (chrétienne, musulmane, hindoue, protestante, etc.) ou l'absence de foi (« Athéo » évoque l'athéisme, c'est-à-dire le fait de croire qu'il n'existe aucun dieu), l'affiche met toutes les croyances sur le même plan. Au nom de l'égalité, l'article 1 proclame le respect de chacune d'entre elles.

▶ **2.** L'idée de « séparation des religions et de l'État » signifie que les autorités politiques n'interviennent pas dans les affaires des communautés religieuses. En tant qu'État, la France ne s'identifie à aucune croyance. Aux citoyens, elle n'impose aucune des règles propres à une confession religieuse.

> **INFO +**
> La loi de séparation des Églises et de l'État qui institue la laïcité date du 9 décembre 1905.

▶ **3.** Dans le cadre de l'heure de vie de classe, des élèves sont invités à se présenter et à faire un portrait d'eux-mêmes. Mais peuvent-ils évoquer leur foi ?

Le débat est animé. La Charte de la laïcité n'interdit-elle pas de le faire ? L'article 14 n'autorise pas d'exprimer son appartenance religieuse, rappelle Étienne. Dans un État laïc, renchérit Dounia, la religion relève de la vie privée.

Tanguy n'est pas d'accord. Seuls les signes ostentatoires sont interdits par la Charte. Le port d'une croix ou d'une main de Fatima, s'il est discret, est permis, assure Manuella. Les élèves peuvent dire ce qu'ils pensent du moment qu'ils n'imposent pas leurs traditions aux autres. La Déclaration des droits de l'homme nous garantit la liberté de croyance et d'expression, rappelle Sophie ; la Charte dit que nous sommes libres et égaux. Nous devons seulement respecter le règlement du collège.

Le groupe finit par conclure que chacun peut évoquer sa croyance à partir du moment où il ne fait pas de sa foi une arme de prosélytisme et un moyen de contester les règles de vie commune.

> **INFO +**
> Le prosélytisme est l'attitude d'une personne qui cherche à convertir autrui à ses convictions.

L'utilité de la loi en démocratie

ENSEIGNEMENT MORAL ET CIVIQUE

25 min
10 points

INTÉRÊT DU SUJET • La liberté, l'égalité et la fraternité sont les valeurs de la démocratie. Leur proclamation ne suffit pas à protéger les citoyens des personnes malveillantes. La loi doit dicter le droit et les règles à respecter.

DOCUMENT 1 Campagne contre le mal-logement de la Fondation Abbé Pierre

ph © Ronan Merot

Source : site Internet de la Fondation Abbé Pierre, 2015 (consulté le 2 octobre 2019).

DOCUMENT 2 Le gouvernement déclare la guerre aux marchands de sommeil

Présentation de la loi

#LoiElan

MINISTÈRE DE LA COHÉSION DES TERRITOIRES ET DES RELATIONS AVEC LES COLLECTIVITÉS TERRITORIALES

Évolution du logement, de l'aménagement et du numérique

Pilier 3 : Lutter contre les marchands de sommeil

QU'EST-CE QU'UN MARCHAND DE SOMMEIL ?

Ce sont des marchands de misère, des propriétaires qui abusent de leurs locataires en louant (très chers et en connaissance de cause) des logements indignes.

CE QUI VA CHANGER AVEC LA LOI ELAN ?

Le Gouvernement a déclaré la guerre aux marchands de sommeil. La loi ELAN prévoit ainsi l'instauration des mêmes sanctions financières que pour les trafiquants de drogue. Elle prévoit :

- la présomption de revenus tirés des activités frauduleuses, pour les taper au portefeuille même quand ils ont organisé leur insolvabilité ;
- la confiscation systématique de leurs biens et des indemnités d'expropriation ;
- l'impossibilité d'acquérir de nouveaux biens pendant 10 ans, au lieu de 5 ans auparavant, notamment aux enchères ;
- l'obligation pour les syndics et les agences de les dénoncer.

Ministère de la Cohésion des territoires et des Relations avec les collectivités territoriales

Source : infographie de la loi ELAN promulguée le 27 novembre 2018. Extrait du site www.cohesion-territoires.gouv.fr

DOCUMENT 1

▶ **1.** À quelle principale difficulté sont confrontées les personnes évoquées dans cette campagne de la Fondation Abbé Pierre ?

▶ **2.** Quels objectifs sont poursuivis par la campagne publicitaire de cette fondation ?

DOCUMENT 2

▶ **3.** Quelles pratiques la loi ELAN condamne-t-elle ?

DOCUMENTS 1 ET 2

▶ **4.** Montrez que cette loi met en œuvre la fraternité, l'une des valeurs républicaines.

▶ **5.** À partir de cet exemple, expliquez à un camarade à quoi sert la loi dans une démocratie.

LES CLÉS DU SUJET

Comprendre les documents

Campagne contre le mal-logement de la Fondation Abbé Pierre

- **Nature du document** : Affiche, message informatif militant
- **Auteur** : Fondation Abbé Pierre, association d'aide
- **Thème** : Dénonciation du mal-logement

Le gouvernement déclare la guerre aux marchands de sommeil

- **Nature du document** : Infographie, document informatif
- **Auteur** : Le gouvernement
- **Thème** : La loi ELAN

Répondre aux questions

▶ **1.** D'après la photographie, qu'est-ce qui fait 6 m^2 pour vivre ? La réponse est dans le titre du document.

▶ **2.** Pourquoi montrer l'espace de vie de l'homme ? Pourquoi l'afficher sur un abribus ? À quoi est invitée la personne qui regarde l'affiche ?

▶ **3.** Contre qui la loi est-elle faite ? Propose une définition de « marchand de sommeil ».

▶ **4.** Qu'est-ce que la « fraternité » ? Par quel synonyme remplacer ce mot ? Qu'est-ce qu'un syndic ou une agence ? Quelle obligation leur est faite ?

▶ **5.** Utilise les menaces qui pèsent sur les mauvais propriétaires et leurs complices. Pour te montrer convaincant auprès de ton camarade, imagine un exemple de loi qui concerne les jeunes ou appuie-toi sur une loi étudiée avec ta classe.

48 CORRIGÉ GUIDÉ

▶ **1.** La difficulté à laquelle les personnes évoquées dans cette campagne sont confrontées est la disposition d'un logement minuscule où elles ne peuvent pas vivre dignement.

▶ **2.** La campagne vise d'abord à sensibiliser le public en comparant la taille du logement à celle d'un abribus. Elle l'invite ensuite à agir (« agissons »), en soutenant la fondation, par exemple, ou en demandant aux autorités de lutter contre les propriétaires abusifs.

▶ **3.** La loi ELAN condamne la location volontaire (« en connaissance de cause ») de logements inhabitables (« indignes ») à des prix excessifs (« abusifs »).

▶ **4.** La « fraternité » se traduit par la solidarité entre les citoyens, leur entraide. La loi ELAN oblige ceux qui sont informés d'abus (syndics, agences) de dénoncer les propriétaires à la justice. Ils deviennent ainsi solidaires des victimes.

> **RAPPEL**
> La loi est votée par les députés et sénateurs, qui sont les représentants des citoyens. Elle est l'expression des règles que veut la majorité et rend chaque citoyen solidaire de tous.

▶ **5.** Vois comme la loi ELAN menace les mauvais propriétaires de lourdes sanctions financières ou la confiscation de leurs biens, ceux qui les font vivre. Ce sont là de véritables armes de dissuasion. Par l'obligation qui leur est faite de dénoncer les marchands de sommeil, la loi menace aussi ceux qui laissent faire. Les risques d'abus sont ainsi réduits au maximum. Il faut que tu comprennes qu'en imposant des règles sous peine de sanctions, la loi est une garantie de respect d'autrui. Prends l'exemple du code de la route : en établissant des règles identiques pour tous, la loi permet de mieux partager l'espace public entre les usagers et en punissant d'une amende ou d'un retrait du permis de conduire les contrevenants, elle réduit la tentation de commettre des imprudences. Expression de la volonté générale, la loi assure la liberté, l'égalité et aussi la fraternité entre les citoyens.

49 France métropolitaine • Juin 2018

Le règlement intérieur d'un collège

ENSEIGNEMENT MORAL ET CIVIQUE

25 min
10 points

S'ENTRAÎNER

INTÉRÊT DU SUJET • L'école n'est pas en dehors de la République. Les mêmes lois et les mêmes principes s'y appliquent. Le règlement intérieur est là pour y veiller dans tous les collèges de France, y compris le tien.

DOCUMENT 1 À quoi sert un règlement intérieur ?

Le règlement intérieur fixe l'ensemble des règles de vie dans l'établissement. Par exemple, il édicte[1] les horaires d'entrée et de sortie et précise les conditions d'exercice de la liberté d'expression des élèves, les conditions d'accès et les usages de l'établissement. [...]

Les règles sont rédigées par la direction de l'établissement, en concertation avec les autres membres de la communauté éducative [...].

C'est sur ce document que vous saurez ce qui est interdit ou non. L'interdiction de certains vêtements (casquette, short, etc.) peut être prévue ainsi que les sanctions qui s'y rattachent. C'est aussi dans ce document que sont autorisés ou non le téléphone portable, les baladeurs, les casques... Le principe demeure que ce qui n'est pas interdit par le règlement intérieur est permis, si, bien entendu, cela est aussi permis à l'extérieur. [...]

Le règlement intérieur garantit la liberté d'information et d'expression, les principes de laïcité et de pluralisme, le cadre disciplinaire applicable à chaque établissement, l'interdiction de certaines pratiques comme le bizutage, et prévoit les sanctions applicables.

Centre d'information et de documentation jeunesse (CIDJ), 2016.

1. Édicte : impose.

DOCUMENT 2 **Extrait du règlement intérieur d'un collège**

Le règlement intérieur met en application :
- La liberté d'information et d'expression.
- Le principe de neutralité politique, idéologique et religieuse.
- Le respect des principes de laïcité et de pluralisme.
- Le devoir de tolérance et le respect d'autrui.
- Les garanties de protection contre toute agression physique ou morale et contre toutes discriminations. Il en découle pour chacun le devoir de n'user d'aucune forme de violence.
- L'égalité des chances et de traitement entre filles et garçons.

Site Internet du collège de Rousset (Bouches-du-Rhône).

▶ **1.** Relevez deux valeurs de la République auxquelles font référence les deux documents.

▶ **2.** Nommez un texte qui garantit ces valeurs pour tous les citoyens.

▶ **3.** Reproduisez sur votre copie le tableau ci-dessous. À partir des deux documents, complétez le tableau en donnant deux interdictions et deux garanties présentes dans un règlement intérieur.

Le règlement intérieur interdit…	Le règlement intérieur garantit…
•..	•.. ....
•..	•.. ....

▶ **4.** Vous accueillez dans votre collège des élèves de CM2. À un écolier qui vous dit que « connaître le règlement intérieur ne sert pas à grand-chose », vous répondez en lui montrant ce qui fait l'intérêt du règlement et la nécessité de bien le connaître.
Votre réponse ne comportera aucune information d'identité ou de signature.

LES CLÉS DU SUJET

Comprendre les documents

À quoi sert un règlement intérieur ?

- **Nature du document**
  Un texte d'information publié en 2016
- **Auteur**
  Le Centre d'information et de documentation jeunesse, une association loi 1901 patronnée par le ministère de l'Éducation nationale
- **Thème**
  Les fonctions du règlement intérieur d'un collège
- **Contexte**
  Le rôle du CIDJ est d'offrir à tous les jeunes un accès égal à l'information nécessaire à leur autonomie.

Extrait du règlement intérieur d'un collège

- **Nature du document**
  Le règlement intérieur d'un collège, publié sur Internet
- **Auteur**
  Le collège de Rousset (Bouches-du-Rhône)
- **Thème**
  Les principes républicains garantis par le règlement intérieur du collège
- **Contexte**
  L'école n'applique pas des règles différentes de celles de la République.

Répondre aux questions

▶ **1.** Les grandes valeurs de la République sont contenues dans sa devise « liberté, égalité, fraternité », à laquelle on peut ajouter « laïcité ».

▶ **2.** Tu as le choix entre plusieurs textes : privilégie le plus récent.

▶ **3.** Inutile de disserter sur ces exemples d'interdiction et de garantie : relève simplement les informations nécessaires.

▶ **4.** Veille à te mettre en situation, en donnant dans ton texte quelques éléments de mise en scène. Sur le fond, attache-toi à montrer que les valeurs de la République se traduisent dans le règlement intérieur. Il est fortement conseillé de construire rapidement un plan au brouillon pour identifier les parties principales de ton argumentation.

49 CORRIGÉ GUIDÉ

▶ **1.** La liberté et la laïcité sont des valeurs de la République présentes dans les deux documents : la liberté aux lignes 15 (doc. 1) et 2 (doc. 2) ; la laïcité aux lignes 16 (doc. 1) et 4 (doc. 2).

CONSEIL
Tu peux citer les lignes des documents pour justifier ta réponse.

▶ **2.** De nombreux textes, tout au long de l'histoire de la France, ont affirmé ces grands principes (liberté, égalité, fraternité, puis laïcité). On peut citer la Déclaration des droits de l'homme et du citoyen du 26 août 1789 ou, plus récemment, la Constitution de 1958, qui est la base de notre système politique et qui garantit ces valeurs aujourd'hui.

▶ **3.**

Le règlement intérieur interdit…	Le règlement intérieur garantit…
• toute forme de violence	• la protection contre toute agression physique ou morale
• certaines pratiques comme le bizutage	• l'égalité des chances et de traitement entre filles et garçons

▶ **4.** C'est la journée d'accueil des CM2 : les futurs élèves de sixième viennent visiter le collège. Notre classe les reçoit et le professeur leur explique les grands principes du règlement intérieur. L'un des CM2 se penche vers moi et me souffle, l'air complice :

GAGNE DES POINTS
Quelques lignes pour introduire le sujet et te mettre en situation sont bienvenues.

« Connaître le règlement intérieur ne sert pas à grand-chose.

– Tu te trompes, lui dis-je. Le règlement intérieur regroupe des règles de vie commune. Il donne d'abord des renseignements pratiques : ne veux-tu pas savoir à quelle heure tu sors du collège ? ou si tu peux utiliser ton téléphone dans la cour pendant la récréation ? Préfères-tu être puni pour avoir fait quelque chose d'interdit et découvrir après coup cette interdiction ?

Le règlement te dit aussi quels sont tes droits. Par exemple, si un grand de troisième te brutalise, tu sais que c'est interdit et que tu es protégé par ce règlement qui bannit le bizutage. Mais le règlement te dit également que ces droits correspondent à des devoirs : tu dois respecter les autres comme les autres doivent te respecter.

Un règlement intérieur te donne donc les recettes pour vivre ensemble.

– Pourtant, ce n'est pas très long, le règlement intérieur », me répond le futur élève de sixième. Il me fait rire.

« C'est que, répliquais-je, tout ce qui n'est pas interdit est permis, à condition que cela soit aussi permis à l'extérieur de l'établissement. Tu sais, la loi est la même pour tous et les règles du collège ne sont pas différentes de celles qui s'appliquent au-dehors.

CONSEIL
N'hésite pas à réutiliser des mots clés ou expressions tirés des documents.

En tant que collégiens, on se forme à devenir plus tard des citoyens responsables. Tes professeurs t'apprendront les grandes valeurs de la République et tu verras que ce sont les mêmes que celles que tu auras appris à respecter dans le collège. Le collège, c'est une République en miniature ! »

« Un peu de silence, dans le fond ! » C'est le professeur qui nous rappelle à l'ordre. Il ne peut pas savoir que je viens d'expliquer l'intérêt du règlement intérieur à mon petit voisin.

50 Pondichéry • Mai 2017

Organisation des pouvoirs et principes démocratiques sous la Ve République

ENSEIGNEMENT MORAL ET CIVIQUE

25 min
10 points

INTÉRÊT DU SUJET • Le « vivre ensemble » n'est possible que dans le respect de règles qui permettent à tous d'être entendus et de participer. La démocratie est le gouvernement par le peuple pour le peuple.

DOCUMENT 1 **La composition de l'Assemblée nationale au soir des élections du 17 juin 2012**

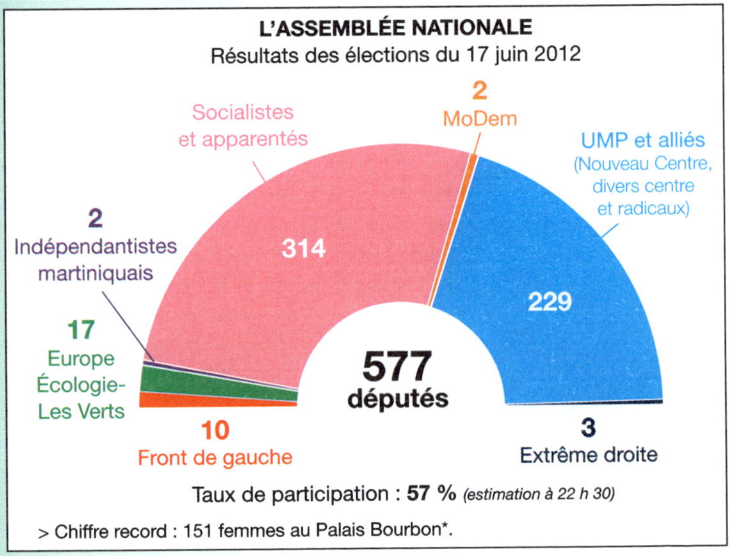

Infographie du journal *L'Est républicain*, 17 juin 2012.

* Le Palais Bourbon est le lieu où siège l'Assemblée nationale.

DOCUMENT 2 **Extraits de la Constitution de la Ve République**

Article 1er

La France est une République indivisible, laïque, démocratique et sociale. Elle assure l'égalité devant la loi de tous les citoyens sans distinction d'origine, de race ou de religion. […] La loi favorise l'égal accès des femmes et des hommes aux mandats électoraux et fonctions électives, ainsi qu'aux responsabilités professionnelles et sociales.

Article 3

La souveraineté nationale appartient au peuple qui l'exerce par ses représentants et par la voie du référendum. […] Le suffrage peut être direct ou indirect dans les conditions prévues par la Constitution. Il est toujours universel, égal et secret.

Article 4

Les partis et groupements politiques concourent à l'expression du suffrage. Ils se forment et exercent leur activité librement. Ils doivent respecter les principes de la souveraineté nationale et de la démocratie. La loi garantit les expressions pluralistes des opinions et la participation équitable des partis et groupements politiques à la vie démocratique de la Nation.

▶ **1.** Quel problème pose le taux de participation aux élections du 17 juin 2012 indiqué dans le document 1 ?

▶ **2.** À l'aide d'exemples du document 1, montrez que des opinions différentes s'expriment au sein de l'Assemblée nationale, comme le prévoit la Constitution (document 2).

▶ **3.** Que révèle le nombre de femmes élues (document 1) sur la représentation des femmes à l'Assemblée nationale et dans la vie politique ?

▶ **4.** À l'aide des documents et de vos connaissances, montrez que l'élection et la composition de l'Assemblée nationale mettent en œuvre les principes démocratiques de la République et indiquez ce qui pourrait être amélioré.

LES CLÉS DU SUJET

Comprendre les documents

La composition de l'Assemblée nationale le 17 juin 2012

- **Nature du document**
  Une infographie, image didactique
- **Auteur**
  L'Est Républicain, quotidien généraliste
- **Thème**
  La répartition des sièges de député
- **Contexte**
  Les élections législatives qui font suite à l'élection de François Hollande à la présidence de la République

Extrait de la Constitution de la Ve République

- **Nature du document**
  Texte officiel, fondement du régime politique
- **Auteur**
  Le peuple français. Les inspirateurs en sont Michel Debré et Charles de Gaulle.
- **Thème**
  L'organisation des pouvoirs et les principes de la République

Répondre aux questions

▶ **1.** Que signifie « participer » aux élections ?

▶ **2.** Quel principe est énoncé dans la seconde partie de l'article 4 (doc. 2) ? Comment sont représentés les partis (doc. 1) ?

▶ **3.** Calcule le pourcentage de femmes à l'Assemblée nationale.

▶ **4.** Organise ta réponse en deux temps : montre le respect des principes que tu énonceras d'abord ; propose ensuite des réformes en t'appuyant sur la question 3 et tes connaissances.

50 CORRIGÉ GUIDÉ

▶ **1.** Selon le taux de participation, 43 % des électeurs n'ont pas utilisé leur droit d'exprimer leur préférence. Cette abstention pose problème, car ces citoyens n'étant pas représentés à l'Assemblée nationale, leur opinion ne sera pas défendue.

> **INFO +**
> L'abstentionniste est un électeur qui ne s'exprime pas. Les raisons de son silence sont inconnues. Elles sont à distinguer de celles du vote blanc qui exprime un refus des candidats en lice.

▶ **2.** Selon l'article 4 de la Constitution, la représentation des opinions doit être pluraliste. Ce pluralisme est figuré par les sept couleurs présentes dans le document 1. Des députés de droite (par exemple, UMP), du centre (MoDem) ou de gauche (PS, Front de gauche) traduisent ces différences d'opinion.

▶ **3.** Les femmes ne représentent que 26 % des députés. Elles sont sous-représentées par rapport à leur part dans la société qui est de 52 %.

▶ **4.** Selon la Constitution, les grands principes démocratiques de la République sont la laïcité, la solidarité, l'égalité de tous devant la loi (art. 1er), la souveraineté du peuple (art. 3), la liberté d'expression, le droit de vote pour tous et le pluralisme (art. 4).

> **CONSEIL**
> Dans tes réponses, n'hésite pas à reprendre les termes de la question.

Ces principes se traduisent à l'Assemblée par la représentation de partis différents (au moins sept en 2012), des hommes ou des femmes, tous égaux pour débattre et voter les lois. Ces députés parlent au nom de tous les citoyens français. Mais certains parmi ces derniers sont sous-représentés (par exemple, les femmes ou ceux qui se revendiquent de partis d'extrême droite), voire pas du tout (par exemple, les jeunes). Ce défaut peut entraîner l'abstention.

Le renforcement de la parité homme-femme, une représentation plus proportionnelle, l'instauration d'une représentation des plus jeunes, la reconnaissance du vote blanc ou de l'abstention pourraient être améliorés. Le vote pourrait être rendu obligatoire *[D'autres réponses possibles]*. Toutes ces réformes seraient à décider par les députés ou par référendum.

> **INFO +**
> La loi de 1999 instaure déjà la parité, mais elle manque encore d'efficacité. L'idée d'introduire une part de proportionnelle dans l'élection des députés est régulièrement évoquée.

S'ENTRAÎNER

L'égalité hommes-femmes en France

ENSEIGNEMENT MORAL ET CIVIQUE

25 min
10 points

INTÉRÊT DU SUJET • En vertu des principes d'égalité contenus dans la Constitution de la Ve République, l'égalité entre les hommes et les femmes doit être promue. Les choses ont ainsi bien avancé de nos jours, même si des progrès restent à accomplir.

Depuis 1982, le 8 mars est officiellement reconnu, en France, comme la journée des droits des femmes. Votre collège profite de cette journée pour organiser une exposition pour rappeler qu'en France, hommes et femmes disposent de droits égaux mais que des inégalités persistent. Voici deux panneaux issus de cette exposition.

DOCUMENT 1 **Quelques étapes dans la mise en œuvre d'une égalité de droits entre hommes et femmes en France**

1907 : la loi accorde aux femmes mariées la libre disposition de leur salaire.
1924 : les programmes de l'enseignement secondaire sont les mêmes pour les filles et les garçons.
1944 : droit de vote et d'éligibilité aux femmes.
1946 : le principe de l'égalité entre les femmes et les hommes dans tous les domaines est désormais inscrit dans la Constitution.
1965 : loi de réforme des régimes matrimoniaux qui autorise les femmes à exercer une profession sans autorisation de leur mari et à gérer leurs biens propres.
1972 : le principe de l'égalité de salaires entre les femmes et les hommes est inscrit dans la loi.
2000 : loi favorisant l'égal accès des femmes et des hommes aux mandats électoraux.

Panneau réalisé par les élèves.

DOCUMENT 2 **Les inégalités professionnelles aujourd'hui**

Par rapport aux hommes, les femmes gagnent…
- 27,5 % de moins dans le secteur des services où elles sont 88 % à travailler.
- 21,8 % de moins lorsqu'elles sont cadres.

Leurs emplois sont les plus précaires et les moins bien rémunérés puisqu'elles représentent 62 % des emplois non qualifiés.

Panneau réalisé par les élèves (les données chiffrées sont issues de Franceinfo.fr, 17 septembre 2014).

DOCUMENT 1

▶ **1.** De quand date l'affirmation du principe d'égalité complète entre hommes et femmes en France ? *(1 point)*

▶ **2.** Pourquoi, selon vous, a-t-il été nécessaire d'adopter ensuite de nouvelles lois sur l'égalité hommes-femmes ? *(1 point)*

DOCUMENT 2

▶ **3.** À partir du document, montrez que des inégalités persistent dans le domaine professionnel. *(2 points)*

▶ **4.** Proposez au moins deux explications au maintien d'inégalités professionnelles entre hommes et femmes. *(2 points)*

DOCUMENTS 1 ET 2

▶ **5.** Rédigez un texte de quelques lignes de conclusion à l'exposition expliquant en quoi les inégalités entre les hommes et les femmes vont à l'encontre des valeurs de la République française. *(4 points)*

LES CLÉS DU SUJET

Comprendre les documents

Quelques étapes dans la mise en œuvre d'une égalité de droits entre hommes et femmes en France

- **Nature du document** Une chronologie
- **Auteur** Des élèves d'un collège fictif
- **Thème** La mise en œuvre de l'égalité hommes-femmes en France
- **Contexte** Les inégalités persistantes entre les hommes et les femmes dans la société française

Les inégalités professionnelles aujourd'hui

- **Nature du document** Des données statistiques publiées en 2014
- **Auteur** Des élèves d'un collège fictif. Les données chiffrées proviennent du site Internet de la radio France Info.
- **Thème** Les inégalités professionnelles hommes-femmes

Répondre aux questions

▶ **1.** Recherche le mot clé « principe d'égalité ».

▶ **3.** Réponds sans recopier le texte du document.

▶ **4.** Inspire-toi du document pour expliquer le maintien de ces inégalités et développe un peu ta réponse par des connaissances personnelles.

▶ **5.** Commence par rappeler les inégalités, puis montre leur contradiction avec les valeurs de la République dès l'origine. Termine en rappelant les évolutions récentes qui tendent à réduire ces inégalités.

51 CORRIGÉ GUIDÉ

▶ **1.** L'affirmation du principe d'égalité complète entre hommes et femmes en France date de la Constitution de 1946.

▶ **2.** Après 1946, de nouvelles lois en faveur de l'égalité hommes-femmes ont été adoptées. En effet, les inégalités étaient véritablement incrustées dans tous les aspects de la vie civile, professionnelle, politique, rendant ainsi nécessaires des lois spécifiques à tel ou tel domaine. Par exemple, la loi de 1965 autorise les femmes à exercer une profession sans l'autorisation de leur mari.

▶ **3.** Des inégalités persistent dans le domaine professionnel. Par exemple, les femmes gagnent 27,5 % de moins que les hommes dans le secteur des services ; elles exercent également des emplois plus précaires, car « elles représentent 62 % des emplois non qualifiés ».

CONSEIL
Utilise ta propre formulation et mets les citations du texte entre guillemets.

▶ **4.** Le maintien d'inégalités professionnelles entre hommes et femmes peut s'expliquer par le fait que les femmes exercent souvent les emplois « les plus précaires », « 62 % des emplois non qualifiés » : la faible qualification n'est pas favorable à une réduction des inégalités.

La persistance des inégalités provient aussi et surtout de la résistance des mentalités : les femmes sont encore souvent perçues comme moins performantes et moins impliquées que les hommes : leur accès aux postes à responsabilités est par conséquent plus difficile.

▶ **5.** Avec beaucoup de retard, en 1944, la France donnait le droit de vote aux Françaises. Et le préambule de la Constitution de 1946 affirmait enfin l'égalité entre les hommes et les femmes comme une valeur fondamentale de la République. Le mot « égalité », deuxième terme de la devise de la France, n'est-il pas inscrit au frontispice de nos mairies ? Proclamer l'égalité entre tous les citoyens est en effet au cœur du projet républicain depuis la Révolution française et la Déclaration des droits de l'homme et du citoyen du 26 août 1789 : il aura fallu plus d'un siècle et demi pour que « tous les hommes », mais aussi toutes les femmes, « naissent et demeurent libres et égaux en droits ».

GAGNE DES POINTS
Utilise dès que tu peux des connaissances personnelles précises, qui montreront que tu as étudié la question et que tu ne tires pas tout des documents.

Depuis, de nombreuses lois ont complété cette déclaration de principe afin de mettre la réalité en conformité avec celle-ci. L'évolution vers une égalité réelle est en marche : ainsi, à poste égal, les inégalités de salaire hommes-femmes sont tombées à 9 %. Néanmoins, les mentalités évoluent lentement et du chemin reste à parcourir pour parvenir à une égalité entre hommes et femmes effective dans la vie courante.

S'ENTRAÎNER

52 Nouvelle-Calédonie • Décembre 2018

Devenir français

ENSEIGNEMENT MORAL ET CIVIQUE

25 min
10 points

INTÉRÊT DU SUJET • La citoyenneté garantit les droits et les devoirs des Français. On peut l'obtenir par la naissance ou naturalisation. Devenir français impose des conditions qu'une cérémonie d'accueil officielle valide.

DOCUMENT 1 Cérémonie d'accueil dans la citoyenneté française

Olivier Jacob, secrétaire général de la préfecture du Nord, sous-préfet de l'arrondissement de Lille, a présidé une cérémonie d'accueil dans la citoyenneté française ce jeudi 9 février 2017 en préfecture.

Il a remis un extrait de leur décret de naturalisation à 57 personnes domiciliées dans l'arrondissement de Lille, qui ont obtenu récemment la nationalité française par décret (39) ou par mariage (18). Les naturalisés se sont également vus remettre un livret d'accueil dans la citoyenneté française qui rappelle les droits et devoirs des citoyens français et contenant la Déclaration des droits de l'homme et du citoyen, la Charte des droits et devoirs du citoyen, un extrait de l'hymne national français et un extrait de la Constitution de 1958.

Ces citoyens, âgés de 20 à 78 ans, sont originaires de 28 pays […] : Algérie, Maroc, Tunisie, Burkina Faso, République démocratique du Congo, Cameroun, Gabon, Guinée, Rwanda, Sénégal, Madagascar, Niger, Taïwan, Liban, Brésil, Mexique, Chili, Ukraine, Russie, Kazakhstan, Portugal, Roumanie, Albanie, Hongrie, Pays-Bas, Moldavie, Pologne et Italie.

D'après Nord.gouv.fr.

DOCUMENT 2 **Une étrangère qui accède à la citoyenneté française**

Pascal Bonnière/Photo PQR/La Voix du Nord/MaxPPP

▶ **1.** Comment un étranger peut-il obtenir la nationalité française ?

▶ **2.** Décrivez la scène photographiée. Citez deux symboles républicains visibles sur la photographie.

▶ **3.** Vous êtes chargé de présenter la citoyenneté française à un correspondant étranger en visite dans votre établissement. En vous aidant des documents et de vos connaissances, en quelques lignes, comment lui expliqueriez-vous les valeurs, les principes et les symboles de la citoyenneté française ?

S'ENTRAÎNER

LES CLÉS DU SUJET

Comprendre les documents

Cérémonie d'accueil dans la citoyenneté française

- **Nature du document** : Le témoignage d'une cérémonie
- **Auteur** : Nord.gouv.fr, le service Internet de la préfecture du Nord
- **Thème** : La naturalisation de 57 personnes

Une étrangère qui accède à la citoyenneté française

- **Nature du document** : Une photographie faisant témoignage
- **Auteur** : Le photographe de la préfecture du Nord
- **Thème** : La naturalisation d'une personne

Répondre aux questions

▶ **1.** Le document 1 propose les réponses. Cherche la définition d'un « décret » et utilise-la pour expliciter ta réponse.

▶ **2.** Quelle est la fonction d'un préfet ? Localise les symboles sur la photographie et donnes-en une courte description.

▶ **3.** Rappelle les principes qui définissent une démocratie ; utilise la devise de la France. Sers-toi des réponses apportées à la question 2. La photographie propose d'autres symboles : précise leur signification.

52 CORRIGÉ GUIDÉ

▶ **1.** Une personne étrangère peut obtenir la nationalité française lorsqu'il (ou elle) se marie avec un(e) Français(e) ; elle le peut aussi par « décret » (décision d'un détenteur du pouvoir exécutif, par exemple un préfet).

▶ **2.** La scène représente une femme qui vient d'acquérir la citoyenneté française. Elle pose pour une photographie qui fera souvenir de cet événement. Elle se tient à côté d'un représentant de l'État : le préfet. Dans ses mains, elle tient une pochette qui contient son certificat de nationalité et des informations sur ses pouvoirs et ses obligations. Derrière eux, on discerne trois symboles républicains : le drapeau bleu-blanc-rouge, emblème de la France républicaine ; le buste de Marianne, incarnation de la République ; le drapeau européen (12 étoiles sur fond bleu), emblème de la communauté d'États respectueux de la Déclaration européenne des droits de l'homme.

GAGNE DES POINTS
Décris la photographie en expliquant le sens de chaque détail relevé. Sois précis dans la description : localise tout ce que tu décris.

▶ **3.** Être citoyen français, c'est être membre d'un pays qui respecte les principes de la démocratie. La souveraineté populaire lui attribue le droit de voter et de participer à la vie politique du pays. Il peut se présenter à une élection. La devise « Liberté, égalité, fraternité » et la Déclaration des droits de l'homme et du citoyen lui accordent l'ensemble des libertés fondamentales (expression, réunion, croyance) et lui assurent l'égalité en droit avec tous ses concitoyens. Elle lui impose aussi des devoirs : le respect de la loi, la solidarité, la contribution aux causes communes (devoir fiscal, défense nationale).

Le vote, droit et devoir civique

ENSEIGNEMENT MORAL ET CIVIQUE

25 min
10 points

INTÉRÊT DU SUJET • La vitalité d'une démocratie représentative comme la République française dépend de la participation du peuple aux élections. Le vote est donc un enjeu majeur.

DOCUMENT 1 Campagne pour l'inscription sur les listes électorales de la mairie de Besançon (2011)

© Ville de Besançon/DR

DOCUMENT 2 **Témoignage sur le vote de Sophie, 21 ans, étudiante**

« Je n'ai jamais voté mais je vais le faire aux municipales. J'ai acquis une maturité qui me permet de prendre conscience de ce qui se passe dans mon pays. Avant je ne me sentais pas concernée. »

« Certaines choses me préoccupent : la vie commence vraiment à devenir chère, des choses sont mises en place pour les jeunes mais on n'en voit pas vraiment le bout.

Je sais que ce n'est pas mon vote qui va changer la donne, mais je me dis qu'au moins j'aurai participé, et là je pourrai dire : "j'ai voté, je ne suis pas d'accord." »

Agence France-Presse, mars 2014.

▶ **1.** Quel devoir du citoyen est abordé dans les deux documents ?

▶ **2.** Donnez une raison pour laquelle la mairie de Besançon a organisé cette campagne.

▶ **3.** Relevez un argument donné par Sophie (document 2) pour expliquer son nouvel intérêt pour la vie politique.

▶ **4.** « Ça ne sert à rien d'aller voter ! » dit un élève. Quels arguments pouvez-vous avancer afin de le convaincre d'aller voter ? Développez votre argumentation en quelques lignes.

LES CLÉS DU SUJET

Comprendre les documents

Campagne pour l'inscription sur les listes électorales de la mairie de Besançon (2011)

- **Nature du document** : Une affiche promotionnelle publiée en 2011
- **Auteur** : La mairie de Besançon
- **Thème** : L'inscription sur les listes électorales
- **Contexte** : La lutte contre l'abstention, en augmentation constante

Témoignage sur le vote de Sophie, 21 ans, étudiante

- **Nature du document** : Un témoignage de 2014
- **Auteur** : Une étudiante de 21 ans, citée par l'Agence France-Presse
- **Thème** : L'intérêt de voter
- **Contexte** : Le vote permet de peser sur la vie municipale.

Répondre aux questions

▶ **2.** 2012 a été une année d'élections : présidentielle puis législatives.

▶ **3.** Relève l'argument général donné dans le premier paragraphe.

▶ **4.** Il est préférable de mettre ta réponse en situation, comme si tu répondais à ce camarade fictif. Commence par rappeler que le vote est un droit, mais aussi un devoir civique ; explique ensuite qu'il est le fruit d'une lutte historique ; montre enfin qu'il fait vivre la démocratie.

53 CORRIGÉ **GUIDÉ**

▶ **1.** Le devoir du citoyen abordé dans les deux documents est celui de voter. C'est en même temps un droit et un devoir.

▶ **2.** La mairie de Besançon a organisé cette campagne de sensibilisation à la nécessité d'aller voter à l'attention des jeunes, parce que ces derniers ne font pas toujours la démarche de s'inscrire sur les listes électorales. Leur participation au vote est sollicitée, comme celle de l'ensemble des citoyens, pour faire vivre la démocratie. Cette campagne s'est déroulée à l'approche de l'année 2012, où se sont tenues les élections, présidentielle puis législatives.

GAGNE DES POINTS
Développe ta réponse sur le plan des principes (démocratie), avant de la contextualiser (2012).

▶ **3.** Sophie explique son nouvel intérêt pour la vie politique par l'acquisition d'une certaine « maturité », une prise de « conscience de ce qui se passe dans (son) pays ». Face aux problèmes du quotidien qu'elle rencontre, le vote lui permet de participer à la vie démocratique, de donner son avis en glissant un bulletin dans l'urne.

▶ **4.** Tu dis que cela ne sert à rien d'aller voter, mais rappelle-toi que le vote est non seulement un droit attaché à ta personne de citoyen français (et européen), mais aussi un devoir civique. Évidemment, l'abstention n'est pas sanctionnée, mais il est dans notre intérêt à tous d'aller voter.

N'oublie pas que le droit de vote a été conquis par notre peuple, tout au long de son histoire : le suffrage universel n'a été obtenu qu'en 1848 pour les hommes. Les femmes ont dû attendre 1944, soit près d'un siècle après. Si nos ancêtres se sont battus pour obtenir ce droit, c'est afin de faire entendre leur voix et de pouvoir décider de leur avenir politique.

GAGNE DES POINTS
Utilise le vocabulaire scientifique que tu as appris sur ce thème.

La France est une démocratie ; cela veut dire que le peuple est souverain. C'est par le vote que se manifeste cette souveraineté du peuple : il lui permet de choisir ceux qui vont gouverner le pays. Le vote est même le seul moyen d'expression entièrement légitime du peuple, précisément parce que tous les citoyens peuvent voter. Un taux d'abstention trop fort pourrait mettre en péril notre démocratie en laissant une porte ouverte à un régime qui ne correspondrait pas à l'intérêt général.

54 Asie • Juin 2017

Le rôle des citoyens dans la défense nationale

ENSEIGNEMENT MORAL ET CIVIQUE

25 min
10 points

INTÉRÊT DU SUJET • Malgré la professionnalisation de l'armée et la fin du service national en 1997, la Défense nationale est l'affaire de tous. La défense de la France ne peut se concevoir en démocratie sans l'adhésion de tous les Français.

DOCUMENT 1 Le parcours de citoyenneté

La formation de tous les jeunes aux enjeux de la défense et de la citoyenneté repose, depuis la loi du 28 octobre 1997 suspendant le service militaire, sur un parcours de citoyenneté. Ce dernier comporte trois étapes obligatoires :

1. L'enseignement de défense, lors de la scolarité (ministère de l'Éducation nationale)	2. Le recensement à 16 ans en mairie (collectivités locales)	3. La Journée défense et citoyenneté – JDC (ministère de la Défense)

Direction du service national, plaquette de présentation, administration centrale, 2015, d'après le site www.ac-poitiers.fr.

DOCUMENT 2 **La défense nationale**

La défense et la sécurité nationale sont l'affaire de tous les Français ; elles requièrent leur confiance dans l'action que mènent les pouvoirs publics et la certitude que ces derniers mettent tout en œuvre pour garantir l'indépendance de la France et assurer la protection de sa population. L'élaboration et la mise en œuvre de la stratégie de défense et de sécurité nationale associent, sous l'autorité du président de la République, l'ensemble des pouvoirs publics, ce qui garantit que cette stratégie exprime la volonté de la Nation. […] Sa présentation au Parlement en assoit la légitimité et ouvre un nécessaire débat public sur des choix qui engagent la Nation.

Livre blanc sur la Défense, 2013,
www.ladocumentationfrancaise.fr.

▶ **1.** Montrez à l'aide du document 1 que les jeunes Français sont impliqués dans la défense nationale en rappelant les trois étapes du parcours de citoyenneté.

▶ **2.** En vous appuyant sur les deux documents, identifiez au moins quatre acteurs participant à la défense nationale.

▶ **3.** Vous allez devoir participer à la Journée défense et citoyenneté. En vous appuyant sur vos connaissances et les documents, rédigez un paragraphe d'une dizaine de lignes où vous expliquerez pourquoi chaque Française et chaque Français a un rôle dans la défense nationale.

LES CLÉS DU SUJET

Comprendre les documents

Le parcours de citoyenneté

- **Nature du document**
  Une plaquette de présentation datée de 2015
- **Auteur**
  La direction du service national
- **Thème**
  Le parcours de citoyenneté
- **Contexte**
  Depuis 1997, le service national est devenu un parcours de sensibilisation à la défense.

La défense nationale

- **Nature du document** : Un texte extrait du *Livre blanc sur la Défense*, 2013
- **Auteur** : Le ministère de la Défense
- **Thème** : La Défense est l'affaire de tous.
- **Contexte** : Le *Livre blanc* présente la doctrine officielle de défense de la France.

Répondre aux questions

▶ **1.** Ne te contente pas de citer ces trois étapes : fais des phrases pour montrer que tu ne fais pas que recopier le document.

▶ **3.** N'oublie pas d'apporter certaines de tes connaissances pour obtenir la totalité des points.

54 CORRIGÉ GUIDÉ

▶ **1.** Les jeunes Français sont impliqués dans la défense nationale à travers le parcours de citoyenneté. Celui-ci comporte trois étapes qui sont obligatoires et qui concernent donc tous les jeunes :

• l'enseignement de défense lors de la scolarité, notamment à travers l'enseignement moral et civique (EMC) au collège ;

• le recensement à 16 ans, une opération qui se fait à la mairie du lieu de résidence ;

• la Journée défense et citoyenneté (JDC), à laquelle un jeune doit participer entre sa 16e et sa 25e année.

GAGNE DES POINTS
Développe chaque étape, notamment la première, que tu as déjà vécue.

▶ **2.** De multiples acteurs participent à la défense nationale :

• le ministère de l'Éducation nationale, à travers l'enseignement moral et civique dispensé au collège ;

• les collectivités territoriales, comme les communes qui se chargent d'effectuer le recensement ;

- les pouvoirs publics, en particulier le président de la République, qui élaborent et mettent en œuvre la stratégie de défense ;
- la nation, enfin, c'est-à-dire tous les citoyens qui la composent : la défense est l'affaire de tous.

INFO +
On aurait pu citer le ministère de la Défense, ou les soldats de l'armée française.

▶ **3.** La défense nationale désigne l'ensemble des moyens et actions mis en œuvre pour garantir l'indépendance nationale, la sécurité du territoire et des populations.

- Participer à la défense nationale fait partie des devoirs de chaque citoyen, tout comme être défendu fait partie de ses droits. Tous les jeunes Français, garçons et filles, sont sensibilisés à ce devoir lors du parcours de citoyenneté, établi depuis la loi de 1997 suspendant le service militaire.
- Certains citoyens peuvent jouer un rôle directement en s'engageant au service de la défense nationale. Les autres jouent également un rôle fondamental par l'élection des représentants chargés de la stratégie de défense nationale.

L'engagement envers la nation est constitutif du pacte républicain. Chaque Française et chaque Français y ont un rôle à jouer.

CONSEIL
Conclus en rappelant les termes du sujet.

55 France métropolitaine • Juillet 2019

L'engagement des citoyens dans la vie de leur commune

ENSEIGNEMENT MORAL ET CIVIQUE

25 min
10 points

S'ENTRAÎNER

INTÉRÊT DU SUJET • Dans une France marquée par l'abstention et le rejet de la politique, les institutions locales tentent de promouvoir une démocratie participative susceptible de favoriser l'engagement citoyen.

DOCUMENT **Dépliant de présentation des budgets participatifs de la ville de Floirac (2019)**

© Service communication de la Ville de Floirac

www.ville-floirac33.fr/la-democratie-participative.

▶ **1.** Identifiez la source et les destinataires de ce dépliant.

▶ **2.** Qui peut proposer des projets ? Qui peut voter ?

▶ **3.** Expliquez quel est l'objectif recherché par la ville de Floirac.

▶ **4.** Citez deux autres formes d'engagement des citoyens dans la vie démocratique.

▶ **5.** Vous allez à la rencontre des habitants de votre quartier pour qu'ils s'engagent dans la vie de la commune. Rédigez un texte pour les convaincre.

LES CLÉS DU SUJET

Comprendre le document

Dépliant de présentation des budgets participatifs de la ville de Floirac

- **Nature du document**
  Un dépliant d'information, 2019
- **Auteur**
  La mairie de Floirac, en Gironde
- **Thème**
  La présentation aux habitants des budgets participatifs de la commune
- **Contexte**
  La démocratie locale permet d'associer davantage les citoyens.

Répondre aux questions

▶ **2.** Qui peut proposer ? La réponse est dans l'en-tête du document. Qui peut voter ? Une rubrique du document s'intitule ainsi.

▶ **3.** L'objectif est indiqué dans le document. Essaie de développer ta réponse en montrant l'intérêt de cette implication.

▶ **4.** Cette question ne concerne pas nécessairement Floirac, ni même l'échelle locale.

▶ **5.** Imagine la structure de ton texte (plan) et sa mise en forme (appel à l'engagement) au brouillon. Ne rédige rien avant d'avoir tout organisé.

55 CORRIGÉ GUIDÉ

▶ **1.** Le document est publié par la ville de Floirac, en Gironde (33), sur le site Internet de la commune. Le Conseil municipal s'adresse ainsi aux citoyens habitant Floirac.

▶ **2.** Le dépliant précise que les projets émanent « directement des citoyens ». La décision de réaliser ou non les projets présentés dépend d'une « votation » à laquelle peuvent participer tous les « résidents floiracais âgés de plus de 9 ans ». Il s'agit donc d'un corps de votants restreint aux résidents de la commune, mais plus large que celui des seuls citoyens (âgés de plus de 18 ans).

GAGNE DES POINTS
Développe ta réponse en montrant les spécificités du groupe de votants.

▶ **3.** L'objectif de la ville de Floirac est de promouvoir la démocratie locale en faisant vivre ses aspects participatifs. Elle souhaite favoriser « l'implication des habitants dans la vie locale ». Cette implication est aujourd'hui une condition nécessaire (mais pas toujours suffisante) pour faire avancer les projets locaux. En effet, la société civile française est particulièrement dynamique, et parfois même contestataire. L'implication des citoyens dans les processus de décision est un moyen de désamorcer une partie des contestations et de faire vivre les valeurs démocratiques.

▶ **4.** Outre cet exemple des budgets participatifs, les citoyens français peuvent s'engager dans la vie démocratique, à l'échelle locale ou à d'autres échelles. L'engagement dans un parti politique, par exemple, est un moyen de faire vivre ses idées. L'engagement dans un syndicat participe à la démocratie sociale.

▶ **5.** Mes chers concitoyens,

Notre commune, c'est notre premier cadre de vie, celui de notre quotidien. En s'engageant dans la vie de la commune, chacun d'entre nous peut, par sa connaissance du terrain, par ses compétences propres, participer à en faire un lieu de vie plus agréable pour tous ses habitants.

S'engager dans la vie de la commune, c'est aussi faire fonctionner une démocratie locale. Naturellement, vos élus locaux – maire et conseillers municipaux – sont à votre service : c'est la démocratie représentative. Mais la démocratie locale s'exerce à une échelle qui permet aux citoyens de s'engager dans la recherche de l'intérêt général. Si chacun fait entendre sa voix, alors les projets de la ville seront les projets de chacun !

L'engagement se fait au service de tous. Il fait vivre nos valeurs de fraternité et de solidarité. Alors engagez-vous ! Venez participer aux débats citoyens ! Venez proposer des projets pour notre vie de demain !

GAGNE DES POINTS
Respecte la forme demandée : un appel à l'engagement des habitants de ton quartier.

S'ENTRAÎNER

56 Afrique • Juin 2019

S'engager contre le racisme et l'antisémitisme

ENSEIGNEMENT MORAL ET CIVIQUE

25 min
10 points

INTÉRÊT DU SUJET • Dans une France toujours plus métissée, la question du racisme continue de se poser. Interdit par la loi, le racisme est combattu par les institutions de la République.

DOCUMENT 1 Copie d'écran du site « egalitecontreleracisme » (2017)

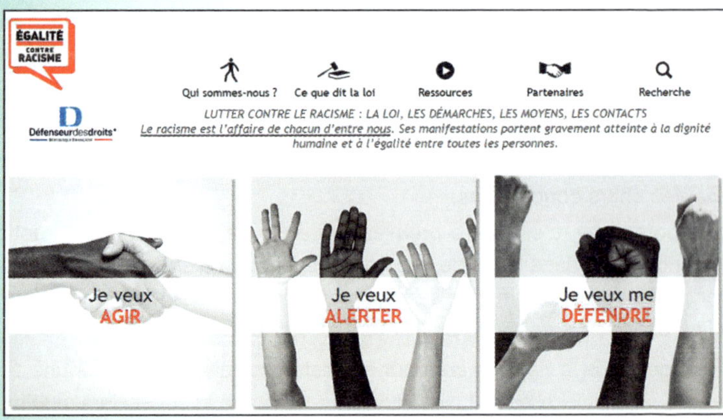

Egalitecontreleracisme.fr, 2017.

* Le Défenseur des droits est une institution de l'État créée en 2011 ayant pour mission de défendre les personnes dont les droits ne sont pas respectés.

DOCUMENT 2 Extrait d'un article de presse

Quatre *supporters* anglais ont été jugés coupables de violence à caractère raciste en réunion dans l'espace public et ont été condamnés à de la prison avec sursis mardi en fin d'après-midi. Des peines allant de six à douze mois avec sursis, assorties de dommages et intérêts ont été prononcées. Seuls deux des quatre prévenus étaient présents. En marge du match PSG-Chelsea, ils avaient empêché un homme noir de monter dans la rame du métro dans laquelle ils se trouvaient en 2015, avant d'entonner un chant raciste. […] Les images avaient fait le tour des chaînes d'information et couler beaucoup d'encre.

D'après un article de R. Goument, Liberation.fr, 3 janvier 2017.

▶ **1.** Pourquoi quatre *supporters* anglais ont-ils été condamnés ? (document 2)

▶ **2.** Relevez les trois types d'actions proposées par le site « egalitecontreleracisme ». (document 1)

▶ **3.** Expliquez pourquoi ce site propose un lien Internet vers celui du Défenseur des droits. (document 1)

▶ **4.** Expliquez la phrase soulignée : « Le racisme est l'affaire de chacun d'entre nous. » (document 1)

▶ **5.** La semaine d'éducation et d'action contre le racisme et l'antisémitisme est organisée au mois de mars dans votre collège.
À cette occasion, vous êtes chargé de rédiger un texte pour convaincre vos camarades de s'engager dans un projet de lutte contre le racisme dans votre établissement. Quels sont vos arguments ?
Votre réponse ne comportera aucune information d'identité ou de signature.

LES CLÉS DU SUJET

Comprendre les documents

Copie d'écran du site « egalitecontreleracisme », 2017

- **Nature du document**
  La capture d'écran d'un site Internet contre le racisme et l'antisémitisme
- **Auteur**
  egalitecontreleracisme.fr, un site du Défenseur des droits
- **Thème**
  La lutte contre le racisme
- **Contexte**
  Le Défenseur des droits veille au respect des droits et libertés, selon la Constitution.

Extrait d'un article de presse

- **Nature du document** : Un extrait d'un article de presse paru le 3 janvier 2017
- **Auteur** : R. Goument, un journaliste du quotidien *Libération*
- **Thème** : Un fait divers raciste survenu en 2015, jugé en 2017
- **Contexte** : Le racisme en marge d'un match de football

Répondre aux questions

▶ **1.** Distingue le fait qui est reproché aux *supporters* et le délit juridique qui est constitué.

▶ **2** et **3.** Il faut faire le lien entre le site Internet contre le racisme et celui du Défenseur des droits.

▶ **4.** Cette question te sera utile pour la question de synthèse.

▶ **5.** Imagine la structure de ton texte (plan) et sa mise en forme (appel à l'engagement) au brouillon. Ne rédige rien avant d'avoir tout organisé.

56 CORRIGÉ GUIDÉ

▶ **1.** D'après le document 1, les *supporters* anglais ont été condamnés pour avoir « empêché un homme noir de monter dans la rame du métro où ils se trouvaient » et avoir « [entonné] un chant raciste ». Cela constitue une violence à caractère raciste en réunion dans l'espace public.

▶ **2.** Les trois types d'actions proposées par le site Internet tiennent en trois verbes : « agir », « alerter » et « défendre ».

▶ **3.** Le site propose un lien Internet vers le site du Défenseur des droits, parce que celui-ci est une autorité administrative indépendante qui a « pour mission de défendre les personnes dont les droits ne sont pas respectés ». Ainsi, le site Egalitecontreleracisme.fr permet-il aux personnes qui se sentent victimes de racisme de contacter directement l'institution chargée de les défendre. En effet, ne pas être victime de discrimination raciale est un des droits fondamentaux de la République.

▶ **4.** La phrase soulignée, « Le racisme est l'affaire de chacun d'entre nous », signifie que, le racisme portant atteinte à la dignité humaine, tout être humain est concerné. C'est un principe général de la République française, rappelé par exemple dans la Déclaration des droits de l'homme et du citoyen de 1789 : « Tous les hommes naissent et demeurent libres et égaux en droits. » Par ailleurs, chacun peut être victime du racisme de l'autre.

> **GAGNE DES POINTS**
> N'hésite pas à citer un des textes fondateurs de la République française.

▶ **5.** Projet de lutte contre le racisme : engagez-vous !

Le racisme est une idéologie qui postule non seulement l'existence de races humaines, mais également leur hiérarchie : certaines races sont définies comme supérieures à d'autres, jugées inférieures. Le racisme envers les Juifs, par exemple, est si profondément ancré dans l'Histoire qu'il a rendu nécessaire le mot d'« antisémitisme » pour le désigner.

Pourquoi s'engager ?

- D'abord, parce que le racisme est une atteinte à la dignité humaine, à ce qui fait de nous des êtres humains. La science a montré que l'on peut parler de différents « groupes humains », mais aussi que la diversité génétique d'un groupe à l'autre est plus faible que celle qui distingue les individus entre eux ! Le concept de « race humaine » n'est donc pas pertinent scientifiquement : il n'existe pas de race chez les êtres humains.
- Ensuite, parce que nous sommes tous des victimes potentielles. La victime de racisme, d'antisémitisme ou de discrimination raciale, aujourd'hui c'est quelqu'un, demain ce sera quelqu'un d'autre. Pourquoi pas vous ?
- Enfin, parce que le racisme est un délit réprimé par la loi et parce qu'il est incompatible avec les principes d'égalité et de fraternité de notre République. L'Histoire a par ailleurs montré à quelles abominations conduisaient le racisme et l'antisémitisme. Souvenons-nous du nazisme et du bilan terrifiant dont il est responsable !

> **GAGNE DES POINTS**
> Mobilise aussi tes connaissances en histoire pour argumenter.

Alors, rejoignez-nous ! Engagez-vous !

Préparer l'épreuve du brevet : le sprint final

L'essentiel du programme en 21 fiches MÉMO

Histoire

Géographie

1 Civils et militaires dans la Première Guerre mondiale

A Le schéma

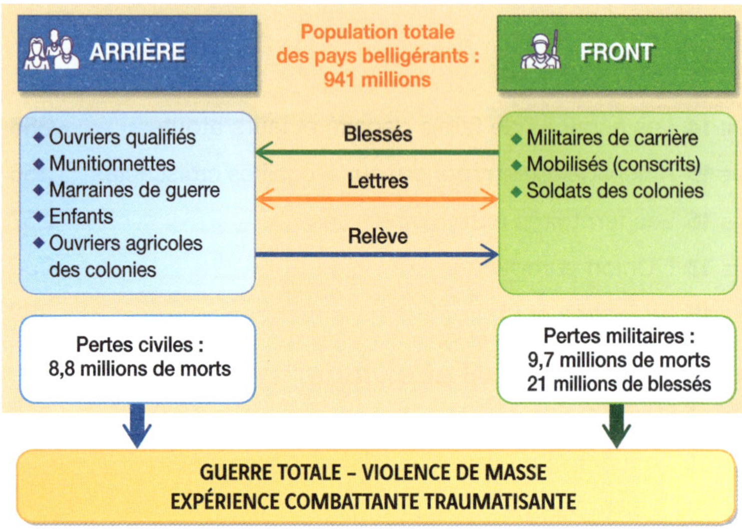

B Le résumé

La Grande Guerre est une guerre totale marquée par la violence de masse.

● Elle mobilise toutes les populations : les **hommes** comme soldats ou comme ouvriers spécialisés ; les **femmes** comme ouvrières, marraines de guerre, infirmières ; les **enfants** utilisés dans les images de propagande ; les **ressortissants des colonies** comme soldats ou travailleurs agricoles.

● Les **militaires** sont sous le feu d'armes nouvelles et meurtrières (obus, gaz, chars...), mais les **civils** sont également pris pour cibles (prises d'otages, bombardements, répression, etc.).

C La frise

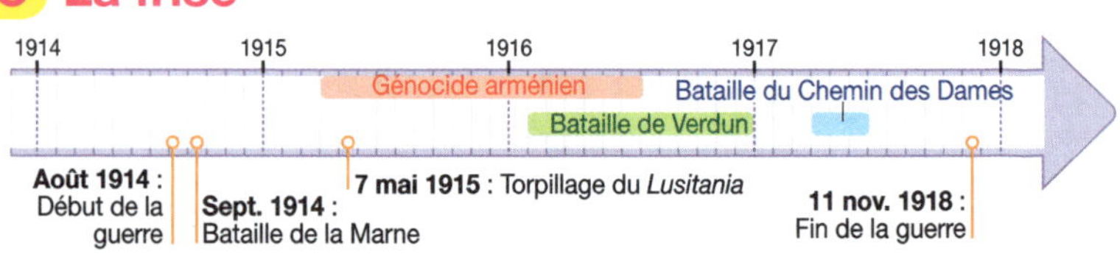

2 Démocraties fragilisées et expériences totalitaires

A Le schéma

	DÉMOCRATIES FRAGILISÉES	EXPÉRIENCES TOTALITAIRES
Principes	◆ Séparation des pouvoirs ◆ Libertés fondamentales ◆ Multipartisme ◆ Droits de l'Homme et du citoyen ◆ État de droit et justice indépendante	◆ Culte de la personnalité ◆ Embrigadement de la jeunesse ◆ Parti unique ◆ Police politique ◆ Terreur et camps
Crises	◆ **Crise économique** Manifestations, grèves ◆ **Crise politique** Tentative de coup d'État, dissolution d'organisations politiques (ligues, PCF)	◆ **Crise économique** Repli autarcique, interdiction des grèves ◆ **Crise politique** Dékoulakisation État d'exception Procès et assassinats politiques (Kirov/ Röhm)

B Le résumé

Après 1918, les traités bouleversent la carte de l'Europe. La démocratie progresse ; mais dans les années 1930, crises et révolutions fragilisent les États.

● Les plus anciennes démocraties font face à des manifestations, mais elles parviennent à surmonter les difficultés. Contre la menace des ligues en France, le **Front populaire** unit la gauche et remporte les élections de 1936.

● Dans les pays plus fragiles, des **régimes totalitaires** s'installent (Allemagne, Italie, URSS). La **violence d'État** élimine les opposants et soumet les peuples à un ordre qui rejette toutes les libertés.

C La frise

1920 – 1925 – 1930 – 1935 – 1940

Dékoulakisation en URSS

Grands procès de Moscou

- **1920** : Congrès de Tours
- **1922** : Création de l'URSS
- **1933** : Hitler chancelier
- **1934** : Manifestation à Paris
- **1935** : Lois de Nuremberg
- **1936** : Front populaire
- **1938** : Nuit de Cristal

3 La Deuxième Guerre mondiale, une guerre d'anéantissement

A Le schéma

	LES ALLIÉS	L'URSS	L'AXE
Alliances	Royaume-Uni France libre États-Unis Chine	1939-1941 : pacte avec l'Allemagne 1941-1945 : alliée des démocraties	Allemagne Italie Japon États collaborateurs
Violences commises	Bombardements ◆ Hiroshima ◆ Nagasaki ◆ Dresde	◆ Massacre de Katyn ◆ Viols et assassinats en Allemagne de l'Est ◆ Déportation des Tatars de Crimée	◆ Génocide des Juifs et des Tziganes ◆ Massacre de Nankin ◆ Oradour-sur-Glane
Bilan humain	**60 millions de morts dont 25 millions de militaires et 35 millions de civils parmi lesquels plus de 5 millions de Juifs = 40 % des Juifs mondiaux**		

B Le résumé

- Les **combats** sont meurtriers (Stalingrad), les **bombardements** de villes (Coventry, Dresde) n'épargnent pas les civils.
- Les nazis font régner la terreur dans les régions conquises. Ils commettent des **génocides** (extermination d'une population en raison de sa religion, de son ethnie) et assassinent en masse handicapés, Juifs ou Tziganes. Des vengeances (Oradour-sur-Glane) ou des calculs politiques (Katyn) justifient des **massacres de prisonniers** ou de personnes sans défense.
- L'usage de la **bombe atomique** anéantit deux villes japonaises.

C La frise

1939 – 1940 – 1941 – 1942 – 1943 – 1944 – 1945

- Avril-mai 1943 : Destruction du ghetto de Varsovie
- Août 1945 : Bombardements d'Hiroshima et de Nagasaki
- **1er sept. 1939** : Déclaration de la guerre
- **1941** : Attaque allemande contre l'URSS
- **20 janv. 1942** : Conférence de Wannsee
- **1943** : Bataille de Stalingrad
- **1944** : Débarquement en Normandie
- **2 sept. 1945** : Fin de la guerre

4 La France défaite et occupée. Collaboration et Résistance

A Le schéma

	RÉGIME DE VICHY	FRANCE « LIBRE »
	Pétain, chef de l'État Laval, chef du gouvernement	De Gaulle (Londres) J. Moulin (CNR)
Objectifs	◆ Révolution nationale ◆ France forte dans l'« Europe nouvelle »	◆ Libérer le territoire ◆ Rétablir la démocratie
Politique	**Collaboration** ◆ Économique : aide industrielle, STO ◆ Militaire et policière : bases navales, LVF, milice ◆ Idéologique : déportation de Juifs	**Résistance** ◆ Extérieure : France libre ◆ Intérieure : FFI, FTP ◆ Renseignement, sabotages, aide militaire

B Le résumé

- Engagée dans la guerre, la France subit une humiliante défaite. Le **maréchal Pétain** établit une **dictature** et **collabore** avec l'Allemagne.
- Des Français décident de **résister** depuis Londres (de Gaulle et la France libre) ou dans le pays, en organisant des maquis et des réseaux. Jean Moulin unifie ces mouvements dans le **Conseil national de la Résistance (CNR)**.
- En 1944, la Résistance participe à la **Libération** et un gouvernement provisoire (GPRF) s'emploie à **rétablir la République** en s'appuyant sur le **programme politique du CNR**.

C La frise

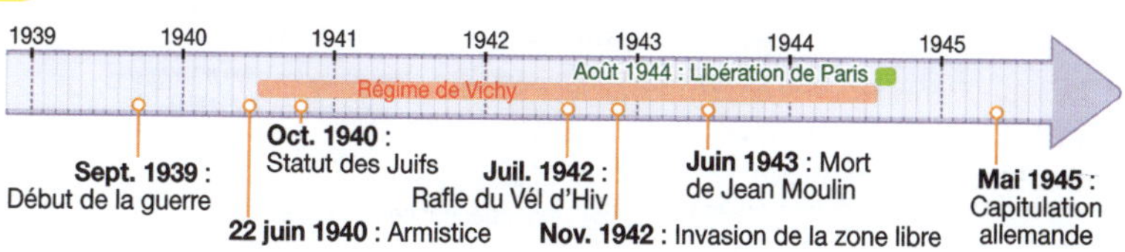

5 Indépendances et construction de nouveaux États

A Le schéma

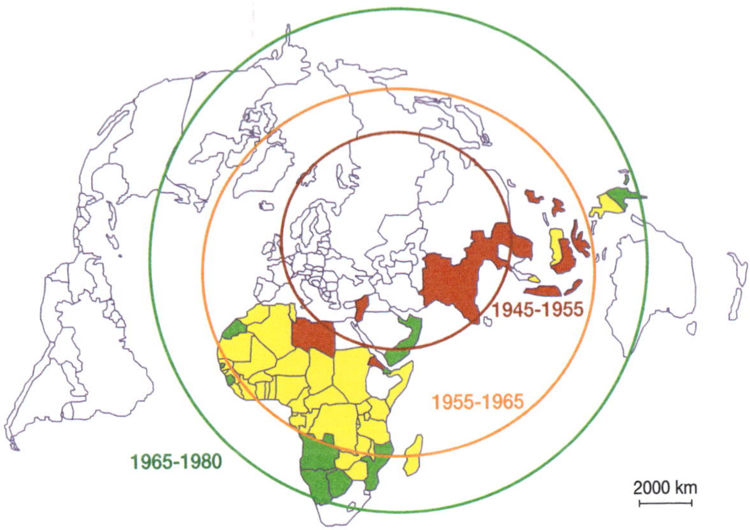

B Le résumé

- Énoncé en 1917, le principe du **droit des peuples à disposer d'eux-mêmes** mobilise les peuples aux côtés des Américains et des Russes lors de la Seconde Guerre mondiale. Dès 1945 se développe un mouvement d'émancipation qui part d'Asie puis atteint l'Afrique. Par la **négociation** (Inde) ou la **guerre** (Indochine, Algérie), les colonies conquièrent leur indépendance.
- Les nouveaux États manquent toutefois de tout et se déclarent solidaires lors de la **conférence de Bandung** (1955). Entre l'Est et l'Ouest, un **tiers-monde** voit le jour, qui peine à trouver sa place sur la scène internationale.

C La frise

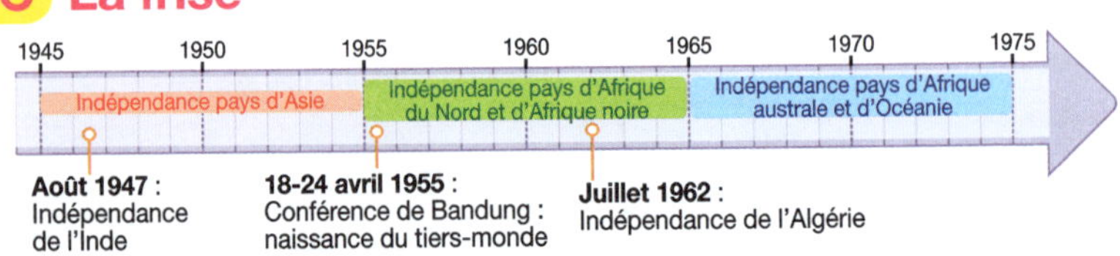

6 Un monde bipolaire au temps de la guerre froide

A Le schéma

	BLOC DE L'OUEST	TERRAINS D'AFFRONTEMENT	BLOC DE L'EST
Puissances	États-Unis	**Pays du tiers-monde** ◆ Corée (1950-1953) ◆ Cuba (1962) ◆ Vietnam (1963-1973) ◆ Afghanistan (1979-1989)	URSS
Alliances	OTAN, OTASE, ANZUS...		Pacte de Varsovie (Europe de l'Est)
Politiques	Démocratie libérale (multipartisme)	**Europe** ◆ Berlin (1948, 1961, 1989) ◆ Euromissiles (1977-1983)	Démocratie populaire (parti unique)
Idéologies	Capitalisme	**Monde**	Communisme
Doctrines	Truman (plan Marshall)	◆ Recherche scientifique ◆ Propagande ◆ Économie	Jdanov (Comecon)

B Le résumé

- Vainqueurs de la Seconde Guerre mondiale, États-Unis et URSS se retrouvent face à face, défenseurs de **modèles de société opposés**. Dès 1947, ils s'affrontent pour imposer leurs idées au monde.
- Ils se combattent sur le territoire d'autres pays (**guerres périphériques**), sur le plan économique, idéologique, culturel ou scientifique. Ils se menacent (**équilibre de la terreur**) sans jamais s'affronter directement.
- En échec, le modèle soviétique cède et l'URSS s'effondre en 1991.

C La frise

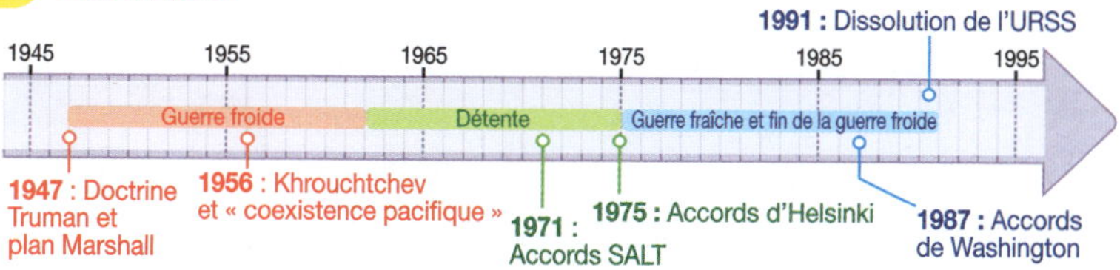

SPRINT FINAL

7 Affirmation et mise en œuvre du projet européen

A Le schéma

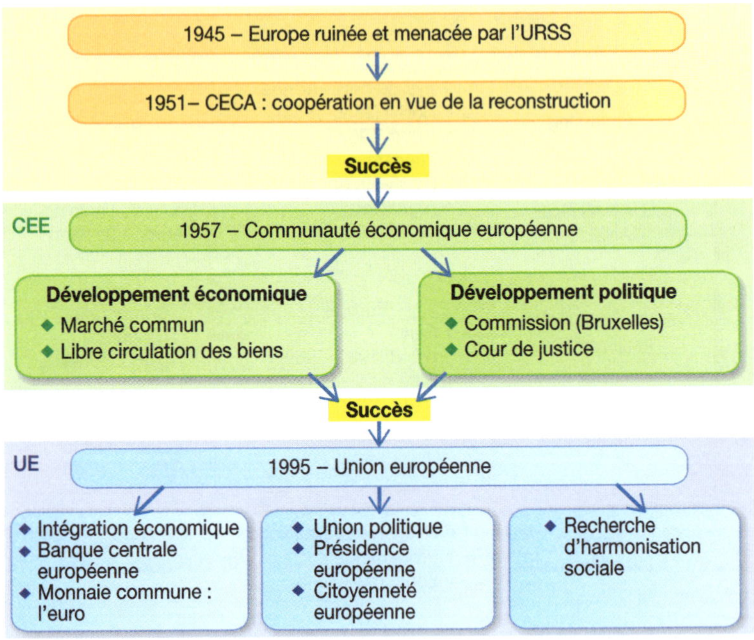

B Le résumé

● Pour se reconstruire après la guerre, **six États** (France, RFA, Italie, Belgique, Pays-Bas et Luxembourg) créent une **communauté économique** (CECA) en mettant en commun leur production de charbon et d'acier. Puis, ils établissent entre eux un espace de **libre-échange** (CEE).

● La communauté s'étend et devient la 1re puissance économique mondiale. Les États membres fondent l'**Union européenne**, qui renforce leurs **liens** et compte jusqu'à 28 pays. En 2020, le Royaume-Uni en sort définitivement.

C La frise

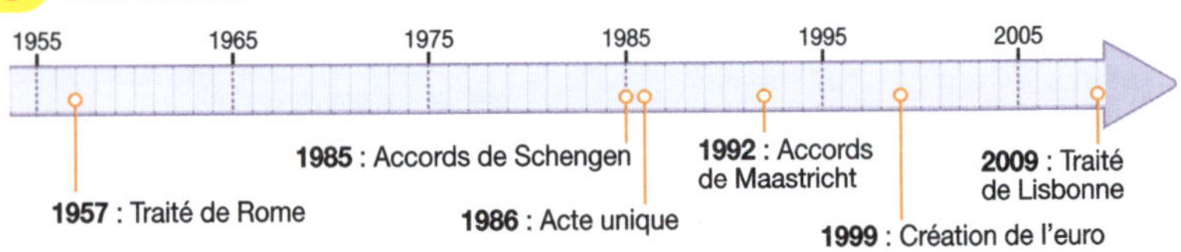

8 Enjeux et conflits dans le monde après 1989

A Le schéma

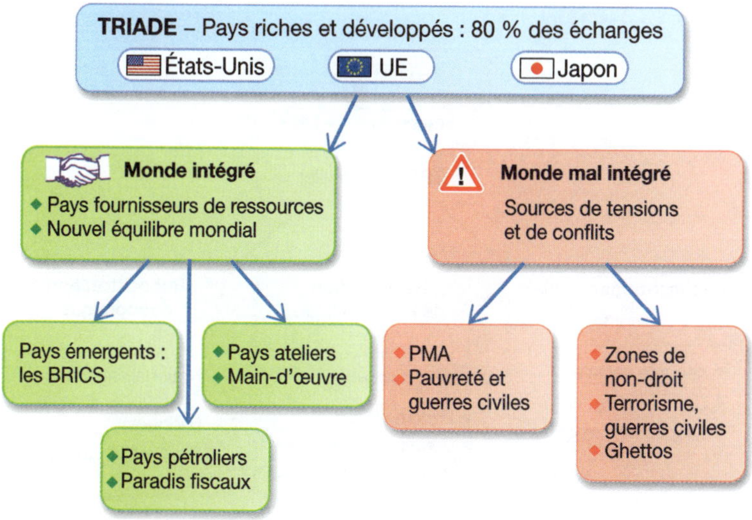

B Le résumé

● Un **nouvel ordre mondial** s'instaure, qui diffuse la prospérité sur toute la planète, mais qui crée aussi des **inégalités sources de tensions**. Les guerres civiles et l'implosion des pays se multiplient.

● Les conflits opposent de plus en plus souvent des États à des organisations non étatiques qui terrorisent les populations dans le cadre de **guerres asymétriques** ou d'**attentats**. Le Proche-Orient est la région la plus déstabilisée. Les conflits qui s'y déroulent ont des répercussions dans le monde entier.

C La frise

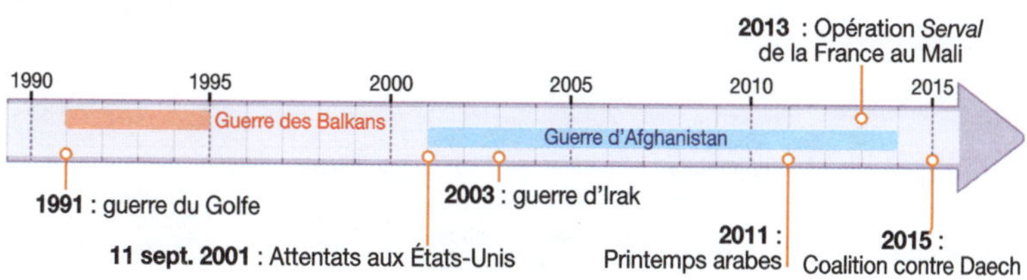

9 1944-1947 : refonder la République, redéfinir la démocratie

A Le schéma

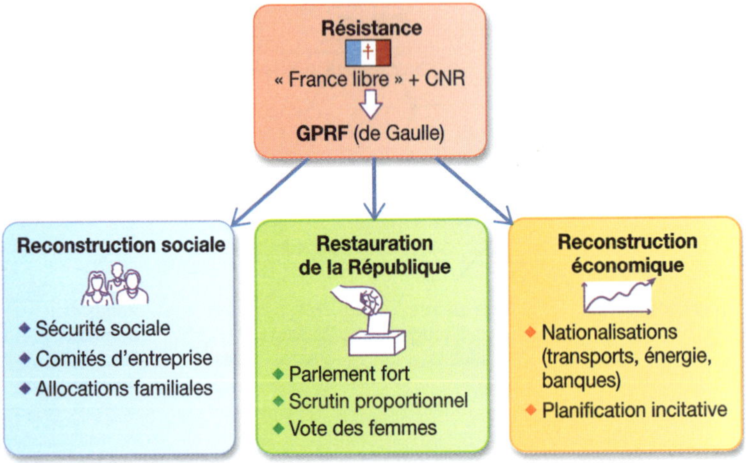

B Le résumé

- La Résistance avait pour but de libérer le territoire de l'occupation allemande ; de restaurer aussi la République. Dès 1944, le Gouvernement provisoire de la République française (GPRF) est institué pour mettre en place le programme du **Comité national de la Résistance** (CNR).
- Inspiré par les idéaux de la gauche, ce gouvernement crée des **aides sociales**, accorde le droit de **vote aux femmes** et **nationalise les entreprises** des secteurs clés pour favoriser la reconstruction des logements et des infrastructures. Après de longs débats, une **constitution parlementariste** est adoptée. L'Assemblée nationale y occupe une place dominante.

C La frise

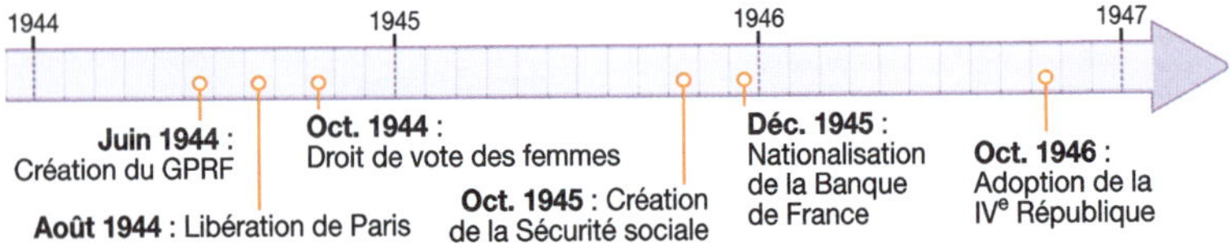

10 La Ve République (1958-1995)

A Le schéma

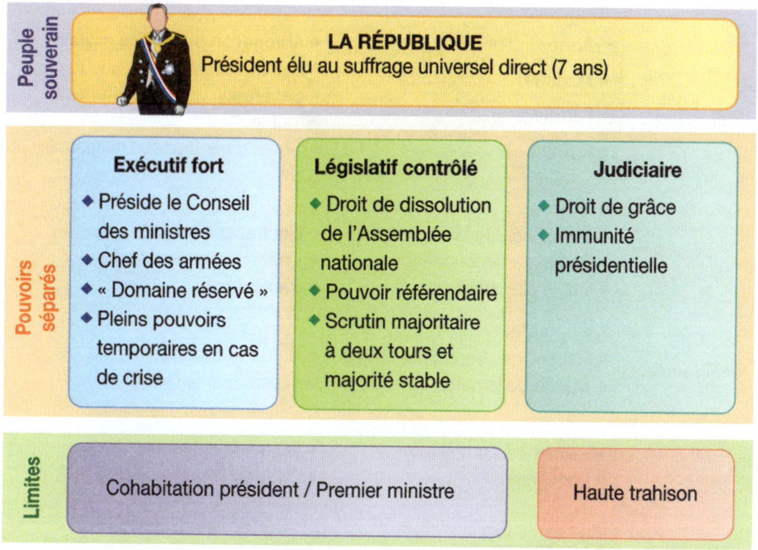

B Le résumé

En 1958, de Gaulle dote la France d'une constitution qui offre d'importants pouvoirs au président placé « au-dessus des partis ».

● Soutenu par une **majorité stable**, de Gaulle utilise les **pleins pouvoirs** quand des généraux mécontents tentent un putsch contre lui (1961). Face à la crise de mai 1968, il dissout l'Assemblée nationale et retourne la situation à son avantage. Ses successeurs ont les moyens de moderniser la France.

● En 1981, l'opposition de gauche remporte pourtant les élections. L'**alternance** ne met pas la République en cause. Elle résiste à la situation de **cohabitation** de 1986 quand la droite devient majoritaire à l'Assemblée.

C La frise

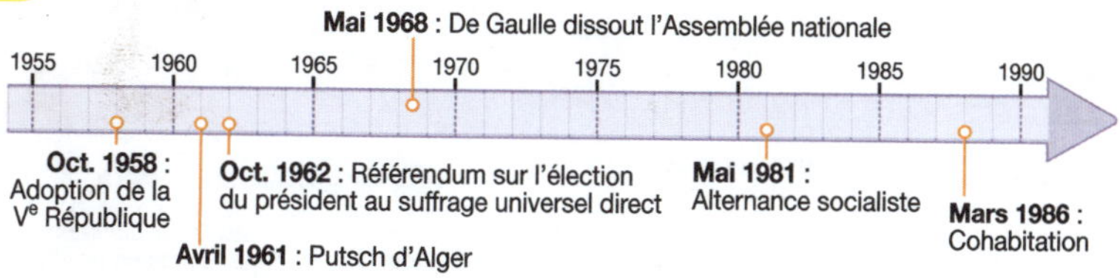

11 Femmes et hommes dans la société des années 1950 à 1980

A Le schéma

Institutions remises en cause	◆ Armée ◆ Mariage ◆ Famille ◆ Église	◆ Abrogation du service militaire ◆ Reconnaissance du concubinage ◆ Séparation par consentement mutuel ◆ Chute de la pratique religieuse
Émancipation féminine	◆ Sur le plan de la sexualité ◆ Sur le plan économique ◆ Sur le plan politique	◆ Contraception, IVG ◆ Droit au compte bancaire ◆ Parité
Vieillissement	◆ Hausse de l'espérance de vie ◆ Baisse de la natalité	◆ Réforme des retraites (60 ans) ◆ Allocations familiales
Mixité culturelle	◆ « Américanisation » ◆ Immigration	◆ Droit à la différence ◆ Droit de vote des immigrés ?
Affirmation de la jeunesse	◆ Émergence d'une « classe jeune »	◆ Droit de vote abaissé à 18 ans ◆ Objectif de 80 % de reçus au bac

B Le résumé

Durant les Trente Glorieuses, la France se modernise et les modes de vie changent.

● D'importantes transformations apparaissent : les **femmes** s'émancipent, la **jeunesse** devient une classe d'âge avec des aspirations nouvelles, l'**immigration** pose le problème de l'intégration de populations de cultures différentes et le **vieillissement** soulève la question du financement des retraites.

● Les gouvernements multiplient les **réformes**, mais les solutions ne sont pas toujours à la hauteur.

C La frise

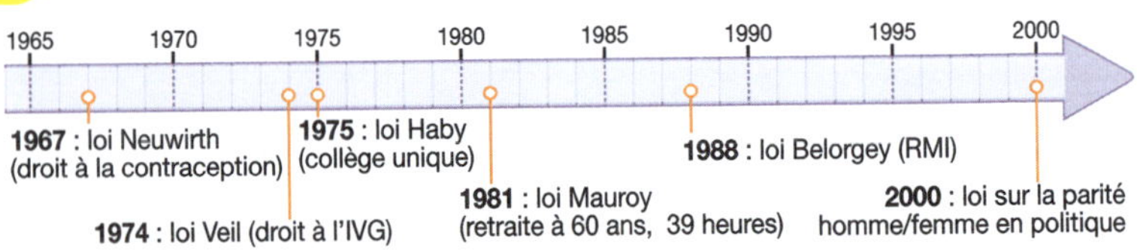

12 Les aires urbaines

A Le schéma

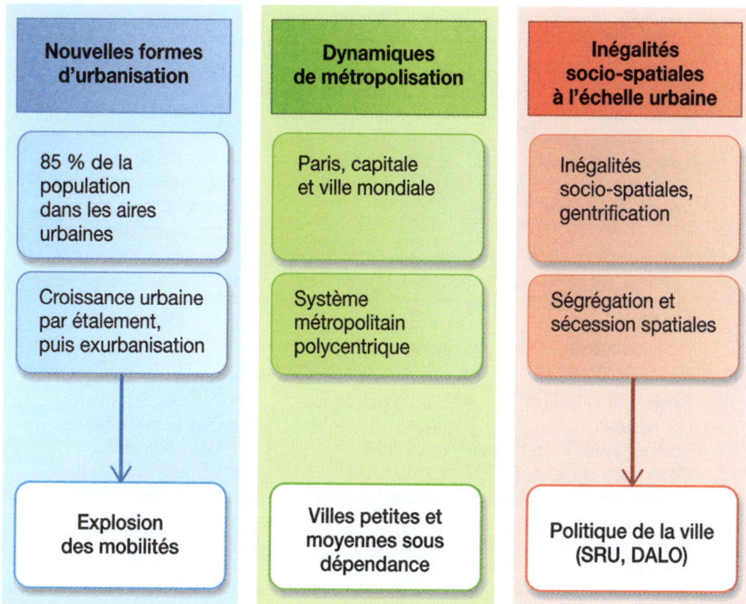

B Les points clés

- **85 %** de la population française résident aujourd'hui dans une aire urbaine.
- La région parisienne compte **12,5 millions** d'habitants, produit **31 %** du PIB français et effectue 40 % des dépenses en recherche et développement (R&D).
- **2000 :** loi SRU (loi relative à la solidarité et au renouvellement urbain).
- **2007 :** loi DALO (droit au logement opposable).
- **2014-2015 :** réforme territoriale (création des métropoles, redécoupage de 13 régions en France métropolitaine).

13 Les espaces productifs et leurs évolutions

A Le schéma

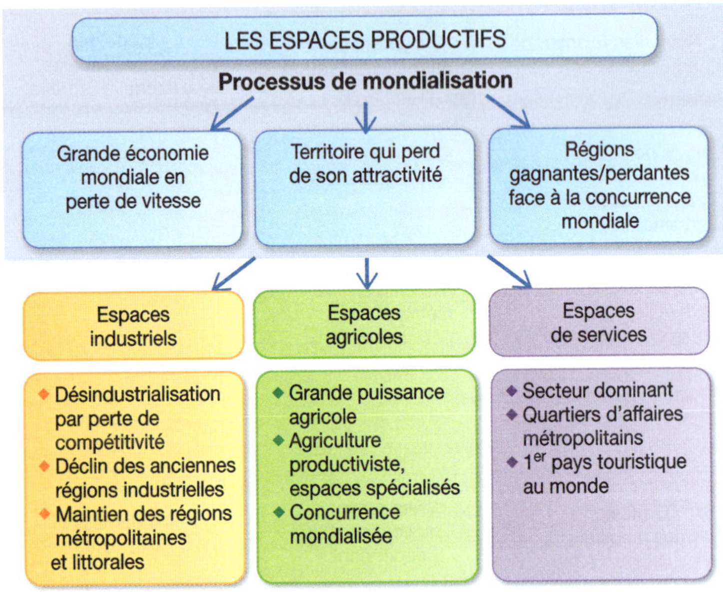

B Les points clés

- Avec un PIB de **2 426 milliards d'euros** en 2019, la France occupe le **7e rang** économique mondial et le **2e rang** dans l'UE. Elle est au **6e rang** des exportateurs mondiaux de marchandises.
- L'**industrie** ne crée plus que **13,5 %** de la valeur ajoutée en 2019 (contre 18 % en 2000).
- 1er producteur agricole européen, la France est aussi le 6e exportateur mondial. L'**agriculture** représente 2,3 % du PIB (6,5 % avec les industries agroalimentaires). Elle emploie 2,5 % de la population active et concerne 28 millions d'hectares (51 % du territoire). En 1957 est mise en place la **PAC** (politique agricole commune).
- Le **secteur tertiaire** emploie **76 %** des actifs ; la fonction publique en emploie **20 %**. La France est le **1er pays touristique mondial** avec près de 90 millions de touristes étrangers qui génèrent plus de 64 milliards d'euros de recettes en 2019 (6,5 % du PIB, mais avant la pandémie de COVID-19 !).

14 Les espaces de faible densité et leurs atouts

A Le schéma

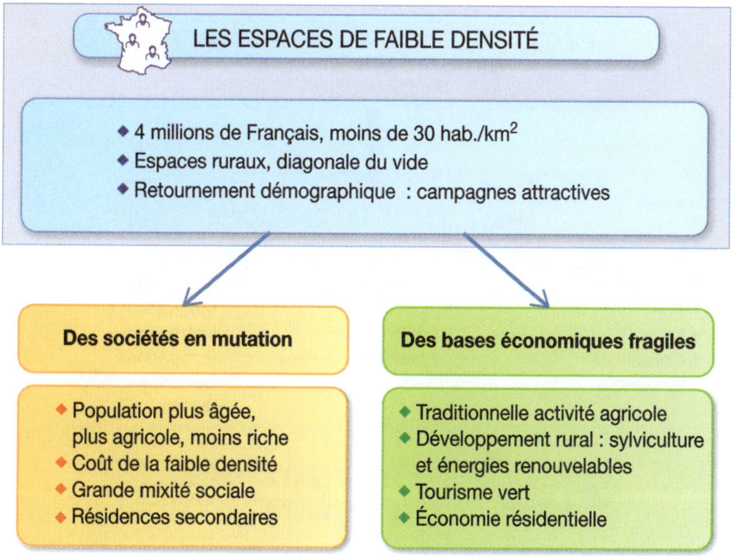

B Les points clés

- La France a une densité moyenne de **119 hab./km^2**.
- **42 % des communes** appartiennent aux espaces de faible densité (moins de 30 hab./km^2) ; **10 % des communes** appartiennent aux espaces désertifiés (moins de 10 hab./km^2).
- Les espaces de faible densité comptent près de **4 millions d'habitants**, dont **0,5 million** dans les espaces désertifiés.
- L'**exode rural** s'est achevé en France dans les années 1970. Entre 2007 et 2017, la population des communes peu denses a augmenté de 0,65 % par an, nettement plus que les autres types de communes.
- La **surface forestière** augmente en France depuis la seconde moitié du XIXe siècle et atteint aujourd'hui 17 millions d'hectares, soit **31 % du territoire**.

15 Aménager pour répondre aux inégalités croissantes

A Le schéma

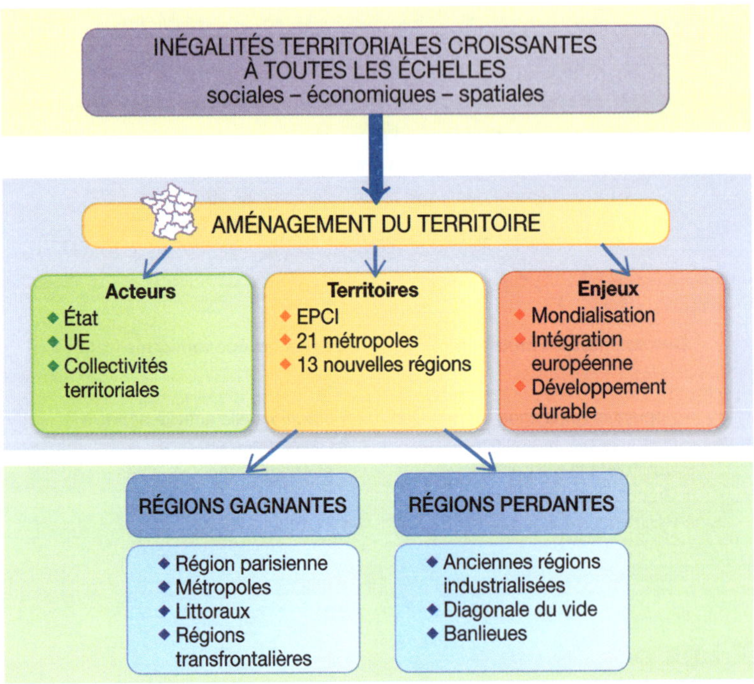

B Les points clés

- L'aire urbaine de Paris concentre **20 %** des personnes vivant en dessous du seuil de pauvreté en France.
- Le taux de pauvreté est plus élevé dans les pôles urbains (**16 %**) que dans les couronnes périurbaines (**10 %**).
- **1963** : création de la DATAR (Délégation interministérielle à l'aménagement du territoire et à l'attractivité régionale).
- **1982, 2003, 2014-2015** : lois de décentralisation.
- **1er janvier 2016** : mise en place de la réforme territoriale créant 13 régions agrandies.

16 Les territoires ultramarins français

A Le schéma

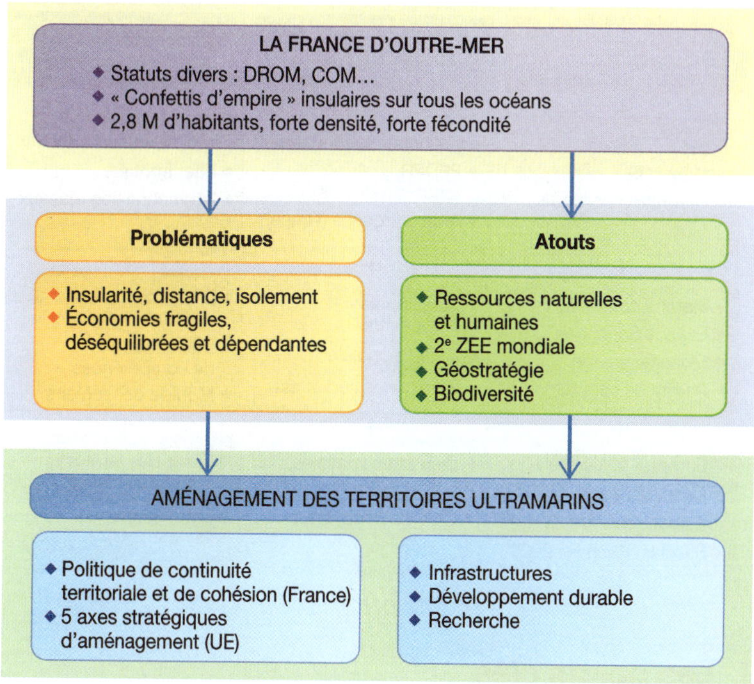

B Les points clés

- **1997** : traité d'Amsterdam – les DROM reçoivent le statut de régions ultrapériphériques (RUP).
- Les outre-mer comptent **2,8 millions** d'habitants, soit **4 %** de la population française totale (population des seuls DROM : **2,2 millions**, dont **866 000** pour la seule île de la Réunion). Le taux de fécondité est de **2,38** pour la Réunion et même de **3,6** en Guyane (1,87 en métropole en 2019).
- La France bénéficie de la **2e ZEE** (zone économique exclusive) mondiale grâce à son outre-mer.
- En **2003**, la France définit une politique de continuité territoriale. Les RUP françaises reçoivent **4,9 milliards** d'euros de subventions européennes pour 2014-2020.

17 L'Union européenne

A Le schéma

L'Union européenne : un nouveau territoire de référence et d'appartenance

La construction d'un territoire européen	L'aménagement du territoire de l'Union européenne	La France et l'intégration européenne
◆ 1957 : CEE ◆ 1992 : UE ◆ Intégration politique	◆ Politiques territoriales ◆ FEDER, fonds structurels ◆ Aide d'urgence (Grèce)	◆ Intégration européenne ◆ Effet frontière ◆ Interconnexion réseaux
+	+	+
◆ Marché commun ◆ Espace Schengen ◆ Monnaie unique ◆ Politiques communes	◆ Mégalopole européenne ◆ 1 ville mondiale ◆ Périphéries sud et est	◆ Effacement relatif de l'État ◆ Délégation de compétences ◆ Montée des régions
+	+	+
◆ Europe « à la carte » ◆ Crise de l'euro ◆ Euroscepticisme ◆ Brexit le 31 janvier 2020	◆ Disparités spatiales N/S et E/O ◆ Centres/périphéries	◆ Essor des territoires transfrontaliers ◆ Eurorégions

B Les points clés

- **25 mars 1957** : signature du traité de Rome créant la Communauté économique européenne (CEE). Après sept élargissements, l'UE a compté jusqu'à **28 membres**. Cependant, en 2016, le Royaume-Uni décide de s'en retirer (Brexit officiel le 31 janvier 2020).
- L'Union européenne est créée par le traité de Maastricht de **1992**.
- **1995** : mise en œuvre des accords de Schengen (26 membres).
- **2002** : lancement de la monnaie unique. La zone euro compte aujourd'hui 19 États membres rassemblant 340 millions d'habitants.
- **75 %** du stock d'IDE investi en France le sont par des pays de l'UE.
- **2021** : mise en œuvre d'un plan de relance de 750 Mds € financé par des emprunts européens communs.

18 La France et l'Europe dans le monde

A Le schéma

	LA FRANCE dans le monde		L'EUROPE dans le monde
+	***Hard power*** • Présence stratégique planétaire • Membre permanent du Conseil de sécurité de l'ONU • Force de frappe nucléaire	+	**Construction et intégration européenne** • Paix • Prospérité
+	***Soft power*** • Héritage historique • Francophonie • Exception culturelle	+	**Espace de production mondial** • Ensemble ouvert • Firmes transnationales
−	**Croissance économique faible** • Divergence atlantique • Décrochage français • Recul démographique relatif	−	**Croissance économique faible** • Divergence atlantique • Concurrence des pays émergents • « Vieux continent »

B Les points clés

- Avec **67 millions** d'habitants, la France compte moins de **0,9 %** de la population mondiale. Le français est toutefois la langue officielle de **29 pays** et de **223 millions** de personnes.
- La population de l'Union européenne est de **448 millions** d'habitants. La part de l'UE dans le PIB mondial est tombée à **15 %** en 2019.
- L'Europe réalise **38 %** du commerce mondial (31 % pour l'UE, dont les deux tiers intracommunautaires). L'UE émet et reçoit **21 %** des flux d'IDE mondiaux.

19 Respecter autrui

A Le schéma : les formes du respect d'autrui

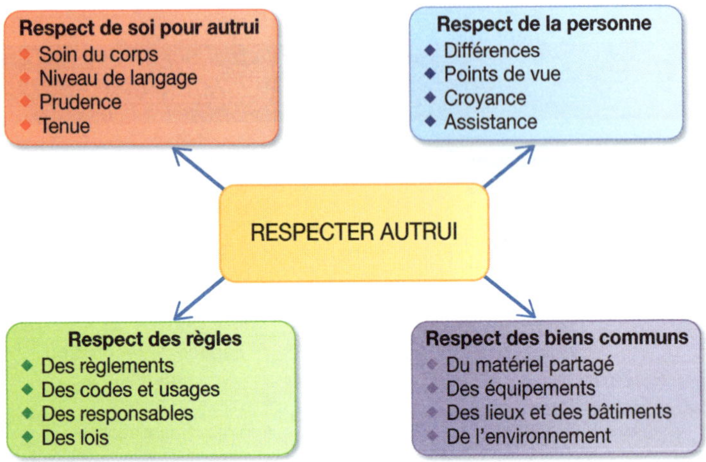

B Les points clés : qu'est-ce que le respect ?

- **Respecter**, c'est traiter autrui comme on souhaite l'être soi-même.
- Le respect passe par l'acceptation des différences (physiques, de genre, d'âge, d'orientation sexuelle, de croyances, d'opinions…) ; l'adoption de comportements responsables ; l'écoute d'autrui et le partage des émotions avec celui qui est différent.
- **Respecter autrui** oblige à se tenir et à s'exprimer en suivant les **règles de l'échange** (tenue, langage, attitude).
- Le **respect de l'autre** suppose que l'on s'estime soi-même et que l'on sache écouter autrui.
- Notions relatives au respect : la **promesse** qui est un engagement moral ; le **point de vue** qui définit autrui ; le **bien commun** qui renvoie à ce qui est à l'usage de tous ; l'**assistance** qui oblige à porter secours aux victimes ; la **politesse** qui est l'adoption de règles communes ; l'**empathie** qui est la capacité de s'identifier à autrui.

20 Acquérir et partager les valeurs de la République

A Le schéma : les valeurs et symboles de la République

LES VALEURS DE LA RÉPUBLIQUE
Liberté - Égalité - Fraternité
+ Laïcité

Les symboles de la France
- Drapeau bleu-blanc-rouge
- *La Marseillaise*
- 14 juillet
- Langue française

Les symboles de l'Union européenne
- Drapeau bleu étoilé
- *Ode à la joie*
- 9 mai
- Français, anglais, allemand

Les droits et les devoirs
- Citoyenneté et droit de vote
- Convention des droits de l'homme
- Convention des droits de l'enfant

B Les points clés : l'exercice des pouvoirs

● La Ve République s'appuie sur une **constitution** qui définit la répartition des pouvoirs (exécutif, législatif, judiciaire). L'État dispose d'**institutions** (ministères, conseils, forces armées...) qui exercent les **fonctions régaliennes** (diplomatie, justice, défense, police, fiscalité).

● La démocratie exige le respect du **pluralisme** (existence de plusieurs partis) et des **libertés fondamentales** (opinion et expression, conscience et croyance, circulation, association et réunion) ; elle impose des **devoirs** (respect des lois, fiscal, assistance, solidarité).

● Le gouvernement est confié à la **majorité**, définie par des scrutins à **vote secret**. L'**alternance** est le passage d'une majorité à une autre sans conflit.

● L'**exercice** de la liberté ne doit pas nuire à celle des autres. De droit, l'égalité refuse toute forme de discrimination.

21 Construire une culture civique

A Le schéma : les formes de l'engagement civique

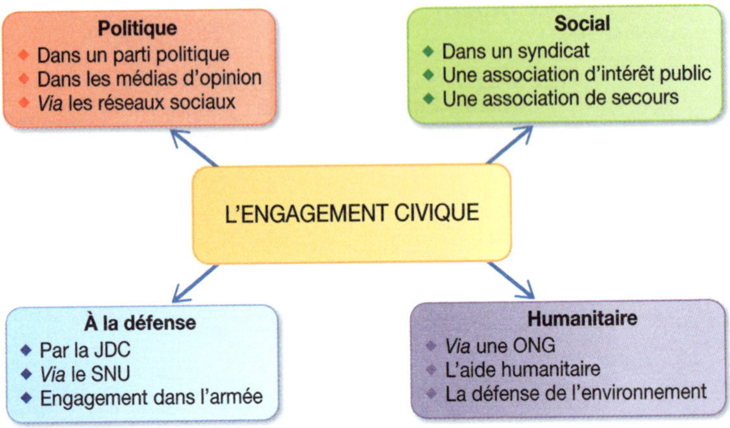

B Les points clés : maîtriser une culture civique

- Être civique, c'est combiner son **autonomie** comme citoyen et son **appartenance** à la communauté nationale.

- Maîtriser la culture civique suppose :
  - de connaître les **droits** et les **devoirs** du citoyen, la **loi** et les moyens de l'élaborer par l'usage du **droit de vote** ;
  - d'avoir du **discernement**, jugement qui s'exerce à partir d'une bonne compréhension des enjeux politiques et des conflits de valeurs ;
  - de savoir faire preuve d'**esprit critique**, capacité à remettre en question, sur la base d'arguments rationnels, une information reçue ;
  - d'avoir la culture de l'engagement et le sens des responsabilités.

- L'engagement civique invite à travailler pour l'**intérêt général**. Il faut apprendre à distinguer ce qui relève du **bien commun**. Le **développement durable** est un bon exemple d'intérêt commun à tous.

Révisions express

en 9 vidéos

Des vidéos en histoire

Les tranchées
http://bit.ly/premiere_guerre_mondiale

Les régimes totalitaires
http://bit.ly/experiences_totalitaires

Le génocide des Juifs
http://bit.ly/deuxieme_guerre_mondiale

La guerre froide
http://bit.ly/guerre_froide

Méthode : l'analyse de documents
http://bit.ly/analyse_docs

Des vidéos en géographie

Les aires urbaines
http://bit.ly/aires_urbaines

Les espaces productifs
http://bit.ly/espaces_productifs

Les espaces de faible densité et leurs atouts
http://bit.ly/espaces_faible_densite

La France dans le monde
http://bit.ly/france_dans_monde

57 France métropolitaine • Juin 2021

Le renouveau des espaces ruraux et montagnards

ANALYSER DES DOCUMENTS

45 min
20 points

INTÉRÊT DU SUJET • Les confinements liés à la crise sanitaire ont montré les contraintes et les inconforts de la vie urbaine. Un atout de plus pour les espaces de faible densité !

DOCUMENT 1 **Le renouveau des territoires ruraux en France**

Les territoires ruraux sont désormais considérés comme « espaces de nature et d'authentique », c'est-à-dire où la nature aurait été préservée de l'artificialisation[1] de la civilisation urbaine. Ce renversement des représentations[2] entraîne en particulier le développement du « tourisme vert » et se traduit par la multiplication des résidences secondaires et des hébergements en gîtes ruraux ou à la ferme, par la création d'infrastructures légères (sentiers de randonnée, écomusées, etc.). La mise en tourisme permet aussi le maintien ou le développement d'autres activités : artisanat, productions agricoles, etc.

Si les territoires situés à proximité des grandes villes ou des villes moyennes bénéficient d'un accès convenable aux services élémentaires, en particulier aux services publics, les territoires les plus isolés souffrent d'un déficit de services de plus en plus préoccupant, notamment lorsque les populations sont âgées et/ou en situation de précarité économique et sociale. L'accès aux soins, qui s'exprime à travers l'expression de « désert médical », à l'éducation, à la culture, à l'administration et même aux services du quotidien (alimentation, bureau de poste, etc.) est de plus en plus difficile dans certains territoires peu ou très peu denses situés à l'écart des aires urbaines et des liaisons rapides.

Autre enjeu majeur, la « fracture numérique », qui désigne les disparités d'accès aux technologies numériques (Internet, téléphonie mobile, etc.) et aux services qui leur sont associés, renforce l'isolement et donc la fragilité de certains territoires.

Source : Magali Reghezza-Zitt, géographe, *La France dans ses territoires*, 2017.

---

1. Artificialisation : le fait de transformer l'espace en le rendant moins naturel et plus artificiel.
2. Renversement des représentations : changement d'opinion sur les espaces ruraux.

DOCUMENT 2 **Extrait du guide touristique « pass'malin du Haut-Jura »**

HAUT-JURA

entre 700 et 1 495 m d'altitude

VOUS ALLEZ AIMER :

- Les villages de montagne authentiques, les stations familiales et conviviales, les activités nordiques et de pleine nature
- Des panoramas à couper le souffle : Belvédère des 4 Lacs, Pic de l'Aigle, la Dôle avec vue sur les Alpes et le Mont Blanc
- Les balades dans le Parc naturel régional du Haut-Jura
- Les savoir-faire d'excellence Made in Jura artisanaux et industriels (Lunette, jouet, bois,...)
- La Station des Rousses labellisée flocon vert, frontalière avec la Suisse
- Les sites incontournables : Saint-Claude (capitale de la pipe et du diamant), les Hautes-Combes et ses grands espaces, La Haute Vallée de la Saine (site naturel protégé), la cité médiévale de Nozeroy...
- Les caves d'affinage du Fort des Rousses et les nombreuses fruitières à Comté, Morbier et Bleu de Gex (les 3 AOP fromages du Jura).

Extrait de la carte touristique du Jura 2021. Comité Départemental du Tourisme du Jura (Jura Tourisme)

Source : Offices de Tourisme du Haut-Jura.

SPRINT FINAL

DOCUMENT 1

▶ **1.** Relevez deux difficultés que rencontrent les espaces de faible densité en France.

▶ **2.** Relevez dans le texte un passage qui montre que l'accessibilité est un enjeu majeur pour les espaces de faible densité.

▶ **3.** En vous appuyant sur le document, expliquez comment l'activité touristique dynamise ces territoires ruraux.

DOCUMENT 2

▶ **4.** Quel est l'objectif des auteurs du document ? Justifiez votre réponse.

DOCUMENTS 1 ET 2

▶ **5.** En vous appuyant sur les documents, montrez que les espaces de faible densité disposent de nombreux atouts qui les rendent aujourd'hui attractifs.

LES CLÉS DU SUJET

Comprendre les documents

Le renouveau des territoires ruraux en France

- **Nature** : texte tiré d'un manuel universitaire
- **Auteur** : Magali Reghezza-Zitt, géographe connue
- **Thème** : le renouveau des territoires ruraux
- **Contexte** : les représentations des espaces ruraux évoluent positivement, malgré des handicaps persistants.

Extrait du guide touristique « pass'malin du Haut-Jura »

- **Nature** : extrait d'un guide touristique
- **Source** : offices de Tourisme du Haut-Jura
- **Thème** : favoriser la découverte touristique de la région
- **Contexte** : chaque région tente de valoriser ses atouts pour développer l'activité touristique locale.

Répondre aux questions

▶ **1.** Les difficultés sont regroupées dans le deuxième paragraphe.

▶ **2.** Tu peux chercher dans le texte le terme clé « accessibilité » ou l'une de ses formes, par exemple « accès ».

▶ **3.** Les atouts des espaces ruraux sont analysés dans le premier paragraphe. Recherche le terme clé « tourisme ».

▶ **4.** Quelle est la mission d'un office de tourisme ?

▶ **5.** Veille à bien rester centré sur les atouts, sans aborder les handicaps, puisque ce n'est pas le sujet.

57 CORRIGÉ GUIDÉ

▶ **1.** D'après le texte, les espaces de faible densité en France rencontrent deux difficultés :

• une accessibilité dégradée, surtout pour les territoires les plus isolés, qui entraîne un « déficit de services », en particulier « lorsque les populations sont âgées et/ou en situation de précarité économique et sociale ». Or, les populations vivant dans les espaces de faible densité sont précisément plus âgées et plus pauvres que la population générale ;

• une « fracture numérique », liée à un équipement moindre, qui freine l'accès aux technologies numériques et « aux services qui leur sont associés ».

▶ **2.** L'accessibilité est un enjeu majeur. En effet, en fonction de cette accessibilité, « les territoires situés à proximité des grandes villes ou des villes moyennes bénéficient d'un accès convenable aux services élémentaires » alors que « les territoires les plus isolés souffrent d'un déficit de services de plus en plus préoccupant ». Les conditions de vie de la population sont donc différentes.

GAGNE DES POINTS
Après avoir cité le passage demandé, rédige une phrase de conclusion montrant qu'il s'agit d'un enjeu majeur pour les populations.

▶ **3.** Les espaces ruraux peuvent bénéficier du « tourisme vert » qui dynamise ces espaces par :

• « la multiplication des résidences secondaires et des hébergements en gîtes ruraux », qui accroît la population résidente et l'économie présentielle ;

GAGNE DES POINTS
Explique ce que chaque élément apporte aux territoires ruraux, en utilisant des notions tirées de ton cours (économie présentielle).

SPRINT FINAL

- « la création d'infrastructures légères (sentiers de randonnée, écomusées, etc.) », donc de faible coût, pour améliorer l'usage du territoire ;
- « le maintien ou le développement d'autres activités : artisanat, productions agricoles, etc. » à destination de ces nouvelles populations.

▶ **4.** L'objectif des auteurs du document est de promouvoir le développement du tourisme dans le Haut-Jura. En effet, ce sont les offices de tourisme du Haut-Jura qui ont produit cette brochure qui communique sur les atouts de la région, notamment :

- un espace naturel, avec la présence du Parc naturel régional du Haut-Jura ;
- le patrimoine industriel (Saint-Claude), historique (cité médiévale de Nozeroy) et gastronomique (fromages Comté, Morbier) ;
- le caractère authentique et familial des villages et des stations de montagne jurassiens, par opposition aux « usines à neige » des Alpes du Nord.

▶ **5.** Les documents font en effet état des nombreux atouts qui rendent attractifs les espaces de faible densité, ici montagnards ou ruraux.

- Le texte de Magali Reghezza-Zitt montre bien le renversement des représentations des espaces de faible densité que sont les territoires ruraux. Dans une société très urbanisée qui commence à percevoir les contraintes liées à ce mode de vie, la ruralité apparaît comme un « espace de nature et d'authentique » dont les citadins ont de plus en plus besoin.
- Ce renversement se traduit par la « mise en tourisme » vert. Ce tourisme vert valorise précisément des activités plus diffuses, moins denses, plus authentiques et familiales, à l'opposé des plages surpeuplées de la Côte d'Azur ou des stations de sports d'hiver des Alpes du Nord.
- Ce tourisme vert permet la préservation, parfois le renouveau, des activités traditionnelles des espaces de faible densité : l'agriculture, surtout de qualité, labellisée, en vente directe ou circuits courts ; la mise en valeur du patrimoine naturel (parcs nationaux ou naturels régionaux), historique ou gastronomique local, notamment grâce à la mise en place d'infrastructures légères, donc abordables pour des collectivités qui ont peu de moyens financiers (chemins de randonnée, écomusées).

Toutefois, ces activités concernent surtout les espaces de faible densité relativement proches des aires urbaines, ou du moins connectés à elles. Pour les espaces très isolés, à l'accessibilité plus difficile, le renouveau est plus difficile à percevoir.

GAGNE DES POINTS
Quelques lignes de conclusion pourront nuancer le propos en évoquant les contraintes liées à la faible densité.

58 France métropolitaine • Juin 2021

La guerre froide : l'affrontement des blocs

MAÎTRISER LES DIFFÉRENTS LANGAGES

45 min
20 points

INTÉRÊT DU SUJET • La rivalité entre les États-Unis et l'URSS caractérise les années 1947-1991. Mais les « Deux Grands » s'affrontent indirectement, évitant toute guerre frontale.

▶ **1.** Rédigez un développement construit d'une vingtaine de lignes pour montrer comment les deux blocs s'affrontent durant la guerre froide. Vous pouvez prendre appui sur des exemples étudiés en classe. *(14 points)*

▶ **2. a)** Sur la frise chronologique ci-dessous, indiquez dans chaque cadre l'année où se déroule l'événement. Puis, reliez chaque cadre à l'année correspondante sur la frise.

b) Placez sur la frise la guerre froide en indiquant bien la date de début et la date de fin de cette période.

c) Indiquez dans le cadre prévu à cet effet, un événement important de la seconde moitié du XXe siècle étudié en classe. Puis, reliez cet événement à l'année correspondante sur la frise. *(6 points)*

Les traités de Rome (.........)	La chute du mur de Berlin (.........)	L'indépendance de l'Algérie (.........)

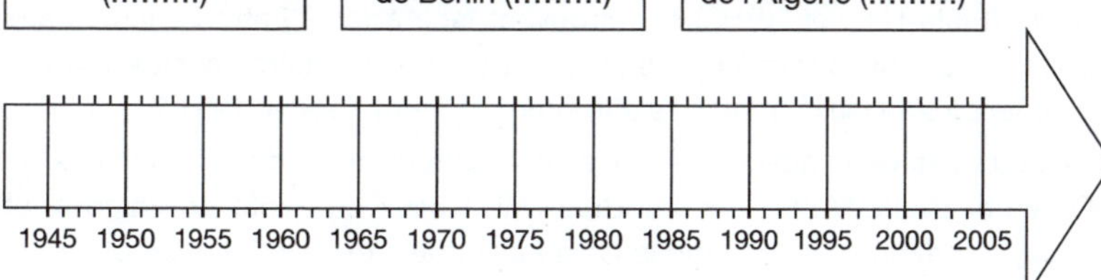

....
....
....

LES CLÉS DU SUJET

Analyser le sujet de développement construit (▶ 1)

• Le sujet porte sur la « guerre froide » et l'opposition des « deux blocs ». Il est surtout axé sur le « **comment** », qui doit t'amener à illustrer les **formes** de l'affrontement.

• Ne prends pas l'invitation à donner des exemples comme une éventualité. Pour produire une bonne copie, il **faut multiplier les références** les plus variées possible.

Organiser ses idées

Montrer les formes de l'affrontement des deux blocs pendant la guerre froide

INTRODUCTION Rappelle d'abord ce qui oppose les « Deux Grands » dans le contexte de 1945.

❶ Présente les moyens « froids » de l'affrontement : alliances, guerres périphériques, course aux armements, menaces…

❷ À travers les exemples des principales crises, montre qu'il s'agit d'un conflit total.

CONCLUSION Évoque l'issue finale de la guerre froide.

58 CORRIGÉ GUIDÉ

▶ **1.** Au lendemain de la Seconde Guerre mondiale, les deux grands vainqueurs (États-Unis et URSS) se retrouvent face à face. Entre la démocratie capitaliste de l'un et le communisme à parti unique de l'autre, tout les oppose. Comment les « Deux Grands » s'affrontent-ils entre 1947 et 1991 ?

• Chacun des deux adversaires rassemble autour de lui des alliés : ceux de l'OTAN et de l'OTASE pour les États-Unis ; ceux du pacte de Varsovie et les pays communistes comme la Chine aux côtés de l'URSS. L'un et l'autre soutiennent les pays nés de la décolonisation, s'engageant parfois dans des guerres périphériques (guerres de Corée, du Vietnam, d'Afghanistan). Ils se défient aussi dans le cadre de la course aux armements (armes nucléaires, conquête de l'espace) et à grand renfort de propagande (accusations internationales, menaces). L'aide financière à la reconstruction (plan Marshall) ou au développement des pays pauvres est aussi utilisée.

• Des crises conduisent les deux puissances à la limite de l'affrontement direct. En 1948-1949 puis en 1961, Berlin est le théâtre d'un conflit direct resté toutefois sous contrôle. La tentative d'installation de missiles russes à Cuba provoque un bras de fer : les Américains établissent un blocus autour de l'île et le président John F. Kennedy menace d'utiliser l'arme nucléaire (1962). Dans les années 1980, l'Europe revient au centre des préoccupations : la crise des euromissiles d'abord (1977-1985) puis celles qui secouent les pays de l'Est (1985-1989) font monter la tension entre les « Deux Grands ». La « guerre des étoiles » est un ultime défi lancé à l'URSS par le président Reagan.

Mais, finalement, c'est l'usure du modèle soviétique qui fissure le bloc de l'Est (1989) et provoque l'effondrement de l'URSS (1991). La guerre dite « froide », qui n'était « chaude » que par peuples interposés, prend alors fin.

INFO +
« La guerre des étoiles » désigne le programme américain « Initiative de défense stratégique » (IDS), projet de défense qui devait détecter et détruire les missiles soviétiques lancés contre les États-Unis.

▶ 2. a), b) et c)

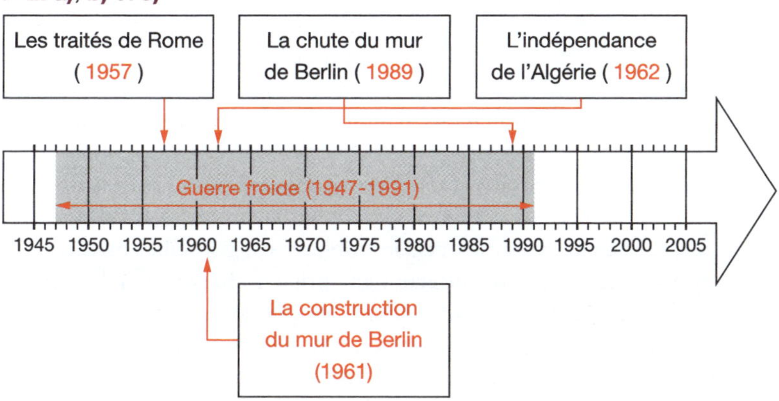

INFO +
Tu aurais pu indiquer d'autres dates importantes de la seconde moitié du XXe siècle. Voici quelques exemples : le blocus de Berlin (1948-1949), la conférence de Bandung (1955), la guerre du Vietnam (1955-1975), la guerre d'Algérie (1954-1962), la crise de Cuba (1961-1962) ou encore la guerre du Golfe (1991).

Faire vivre les valeurs de la République

ENSEIGNEMENT MORAL ET CIVIQUE

25 min
10 points

INTÉRÊT DU SUJET • La mise en œuvre des valeurs et des principes de la République peut se faire dès le plus jeune âge, notamment à travers des institutions spécialement créées à cet effet, comme le Conseil municipal des enfants.

DOCUMENT 1 Des politiques publiques au quotidien

– Le Conseil municipal des enfants a été créé en 1993 par le Conseil municipal de la ville pour l'aider en proposant des idées et des projets qui pourront être réalisés avec l'aide des services compétents de la mairie. Des écoles réparties dans des quartiers de la commune sont choisies afin de participer au Conseil municipal des enfants. Ce sont les enfants des CM2 qui participent à ces conseils. Ils élisent tous les ans les conseillers municipaux enfants qui les représentent auprès de la commune.

– Le Centre communal d'action sociale propose un ensemble de prestations pour remédier aux situations de précarité ou de grande difficulté sociale. Selon les cas, le public y est conseillé, orienté vers les services concernés ou directement pris en charge pour bénéficier immédiatement de ses droits. Pour les personnes âgées, il permet d'accéder aux soins en résidences ou à domicile mais également à un programme de loisirs grâce aux animations qu'il organise. Pour les personnes en situation précaire, il instruit les demandes de RSA[1], se charge de leur accompagnement social.

Source : d'après le site de la ville concernée.

1. Le revenu de solidarité active (RSA) assure aux personnes sans ressources un niveau minimum de revenu qui varie selon la composition du foyer.

DOCUMENT 2 **La Constitution de la Vᵉ République (extrait)**

Article premier. La France est une République indivisible, laïque, démocratique et sociale. Elle assure l'égalité devant la loi de tous les citoyens sans distinction d'origine, de race ou de religion. Elle respecte toutes les croyances.

DOCUMENT 1

▶ **1.** Quel est l'objectif de la création du Conseil municipal des enfants ?

▶ **2.** Citez une action mise en place par le Centre communal d'action sociale de la ville.

DOCUMENTS 1 ET 2

▶ **3.** Expliquez quelle(s) valeur(s) et quel principe de la République les missions du Centre communal d'action sociale de la ville permettent de mettre en application. Justifiez votre réponse.

▶ **4.** Vous êtes membre du Conseil municipal des jeunes de votre commune, choisissez une valeur ou un principe de la République et présentez des actions qui pourraient permettre de les faire vivre dans votre vie quotidienne.

LES CLÉS DU SUJET

Comprendre les documents

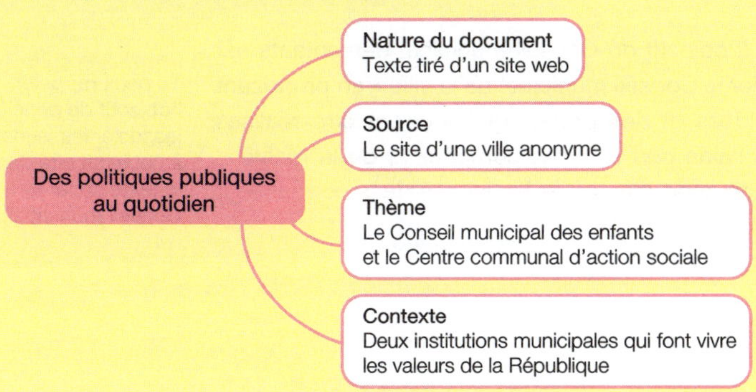

Extrait de la Constitution de la Ve République

- **Nature du document**
  Constitution de la Ve République, article premier
- **Auteur**
  Michel Debré et le général de Gaulle, en 1958
- **Thème**
  Les valeurs et principes de la République
- **Contexte**
  Les valeurs et principes républicains guident toute action publique.

Répondre aux questions

▶ **1.** Cherche dans la première phrase une tournure qui indique l'objectif ou le but.

▶ **2.** Recherche dans le deuxième paragraphe une phrase qui indique une action précise et non un principe général.

▶ **3.** Les valeurs sont des normes de comportement, les principes guident l'action. Dans l'extrait de la Constitution, choisis une valeur et un principe dont tu peux reconnaître l'application dans le deuxième paragraphe du document 1.

▶ **4.** Tu peux t'appuyer sur les actions du Conseil municipal des enfants (ou des jeunes) de ta commune.

59 CORRIGÉ GUIDÉ

▶ **1.** L'objectif du Conseil municipal des enfants est d'aider le Conseil municipal de la ville « en proposant des idées et des projets qui pourront être réalisés avec l'aide des services compétents de la mairie ». Il s'agit donc d'associer les jeunes de la commune à l'action municipale.

GAGNE DES POINTS
Tu peux rappeler l'objectif de principe (associer les jeunes) à l'objectif cité dans le texte (aider le Conseil municipal).

▶ **2.** Le Centre communal d'action sociale de la ville, par exemple, « instruit les demandes de RSA » et « se charge de [l']accompagnement social » des « personnes en situation précaire ».

▶ **3.** La Constitution de la Ve République établit clairement que « la France est une République [...] sociale ». Les personnes en situation précaire sont donc accompagnées par la commune pour la mise en place du revenu de solidarité active (RSA). Le RSA permet aux personnes sans ressources de bénéficier d'un niveau minimum de revenu, financé par la solidarité nationale.

> **À NOTER**
> Pour citer une phrase d'un texte dont tu as modifié la construction sans changer le sens, mets la partie modifiée entre deux crochets ou trois points de suspension entre deux crochets si tu as coupé une partie de la phrase.

Le texte montre bien que cet accompagnement se fait « sans distinction d'origine, de race ou de religion ». Ce caractère social de la Ve République fait vivre les valeurs de solidarité, qui rejoint la « fraternité » présente dans la devise républicaine : « Liberté, Égalité, Fraternité ».

▶ **4.** Le Conseil municipal des jeunes (CMJ) a été élu, parmi les écoliers et collégiens de notre commune, pour présenter des projets susceptibles d'être accompagnés ou mis en œuvre par les services municipaux. Le CMJ agit donc comme réservoir à idées et force de propositions. Mais son action doit s'inscrire dans le cadre républicain, donc faire vivre les valeurs de la République.

À cet égard, la valeur de solidarité entre les générations nous tient particulièrement à cœur. Notre commune abrite en effet de nombreuses personnes âgées, parfois isolées chez elles, parfois regroupées dans une maison de retraite, mais souvent isolées des autres âges de la vie. C'est à nous, les plus jeunes, de faire l'effort de combler le fossé des générations, de faire vivre cette fraternité républicaine.

> **GAGNE DES POINTS**
> Essaie de mettre en situation l'action ou les actions que tu choisis de développer.

Le CMJ propose donc de mettre en place, une à deux fois par mois, par exemple, des visites des enfants des écoles auprès de leurs aînés. Ces visites pourraient s'inscrire dans la rédaction d'un livre de la mémoire de notre commune, qui rassemblerait les souvenirs des anciens sur l'évolution de notre territoire, enregistrés par les plus jeunes, et publiés par les services de la mairie pour tous les citoyens de notre commune.

Ainsi, outre l'aspect mémoriel du projet, le CMJ s'attache à faire vivre le principe républicain d'une France fraternelle et solidaire.

SPRINT FINAL

Transports et intégration européenne

ANALYSER DES DOCUMENTS

45 min
20 points

INTÉRÊT DU SUJET • Le développement de réseaux de transport transeuropéens permet d'intégrer les territoires très variés de l'UE, voire de créer un territoire européen unifié.

DOCUMENT 1 Le réseau ferroviaire à grande vitesse dans l'Union européenne en 2014

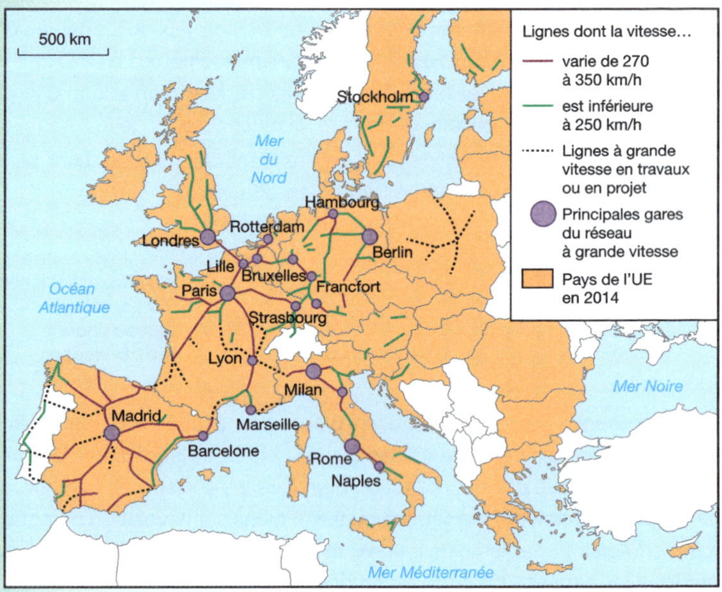

Source : R. Woessner, *L'Europe de la grande vitesse ferroviaire, diversités nationales et logiques métropolitaines*, www.geoconfluences.fr, 2014.

DOCUMENT 2 **Le rôle des transports dans l'unité du territoire européen**

La constitution d'un territoire européen est liée au dépassement du cadre national[1] et à l'interconnexion des réseaux des différents pays, afin de faciliter la mobilité des personnes, mais également la circulation des flux de marchandises.

Or, cette libre circulation va de pair avec l'instauration de l'espace Schengen et des accords européens sur l'abolition des barrières douanières. En outre, la question des transports est fondamentale parce que les infrastructures [...] forment une juxtaposition[2] de réseaux aux normes différentes, pouvant difficilement communiquer entre eux, ce qui est particulièrement vrai dans le domaine ferroviaire.

Pour les citoyens, la possibilité de se déplacer facilement d'un pays à l'autre et de bénéficier d'infrastructures performantes est un point positif rapidement identifiable de la vie quotidienne. Cela permet également d'accroître les mobilités entre les différents pays et de faire ainsi advenir la conscience[3] d'un espace européen partagé.

Source : Éloïse Libourel, géographe, *Le corridor ferroviaire méditerranéen : planification, politisation et territorialisation d'un projet d'aménagement*, Université Paris-Est, 2015.

1. Dépassement du cadre national : dépassement des frontières d'un pays.
2. Juxtaposition : fait de placer des choses les unes à côté des autres, ici les réseaux de transports nationaux aux normes différentes.
3. Faire advenir la conscience : développer le sentiment.

SPRINT FINAL

DOCUMENT 1

▶ **1.** Citez deux pays frontaliers entre lesquels les échanges à grande vitesse sont faciles et deux pays frontaliers pour lesquels cela est plus difficile.

▶ **2.** Expliquez pourquoi on peut dire que le réseau à grande vitesse est déséquilibré à l'échelle de l'Union européenne.

DOCUMENT 2

▶ **3.** Identifiez dans le document ce que l'Union européenne met en œuvre pour favoriser la circulation et les mobilités.

DOCUMENTS 1 ET 2

▶ **4.** Montrez quelles améliorations le développement du réseau de transport apporte à la vie des Européens (deux éléments de réponse attendus).

▶ **5.** Expliquez pourquoi le développement des lignes à grande vitesse permettrait de renforcer la « conscience d'un espace européen partagé ».

LES CLÉS DU SUJET

Comprendre les documents

Le réseau ferroviaire à grande vitesse dans l'Union européenne en 2014

- **Nature du document**
  Carte de synthèse
- **Auteur**
  R. Woessner, géographe auteur d'un article sur Géoconfluences
- **Thème**
  Le réseau ferroviaire à grande vitesse en Europe
- **Contexte**
  L'intégration de nouveaux membres dans l'UE est favorisée par un réseau de transport transeuropéen.

Le rôle des transports dans l'unité du territoire européen

- **Nature du document**
  Texte scientifique
- **Auteur**
  Éloïse Libourel, géographe
- **Thème**
  Le rôle des réseaux de transport dans l'unification territoriale européenne
- **Contexte**
  Les accords de Schengen mis en œuvre en 1995 permettent une libre circulation entre les pays signataires.

Répondre aux questions

▶ **1.** Deux pays frontaliers, cela signifie deux pays qui partagent une frontière commune, pas nécessairement avec la France.
▶ **2.** Observe la carte : tu devrais voir une grande différence entre l'est et l'ouest de l'UE.
▶ **3.** Souviens-toi de ton cours : tu retrouveras dans le texte les mêmes éléments en faveur de la libre circulation.
▶ **4.** et ▶ **5.** Les deux questions demandent quelques connaissances du cours, mais que tu peux aussi tirer de ton expérience personnelle.

60 CORRIGÉ GUIDÉ

▶ **1.** Les échanges à grande vitesse entre la France et la Belgique sont faciles : ces deux pays sont en effet connectés par une ligne à grande vitesse (LGV) : le TGV Thalys de Paris à Bruxelles. Ce réseau Thalys dessert aussi les Pays-Bas jusqu'à Amsterdam et l'Allemagne rhénane jusqu'à Dortmund.

En revanche, les liaisons à grande vitesse sont plus difficiles entre la Pologne et la République tchèque : des LGV sont en projet côté polonais, mais aucune interconnexion n'est prévue avec des LGV tchèques aujourd'hui inexistantes.

À NOTER
Pour utiliser une abréviation, écris d'abord l'expression en entier, puis précise entre parenthèses l'abréviation (ici, LGV), que tu pourras ensuite utiliser.

▶ **2.** Le réseau à grande vitesse apparaît en effet très déséquilibré à l'échelle européenne : la carte montre bien un réseau dense de LGV (jusqu'à 350 km/h) en Europe occidentale, pour lequel la France et l'Espagne apparaissent particulièrement bien dotées. En revanche, l'Europe orientale est nettement moins équipée : les pays intégrés depuis 2004 (pays Baltes, Roumanie, par exemple) n'ont aucune LGV opérationnelle jusqu'à 350 km/h ; seule la Pologne a des LGV en projet, selon un réseau en étoile autour de Varsovie.

GAGNE DES POINTS
Énonce l'idée générale (réseau déséquilibré), puis développe-la par des idées secondaires (Europe occidentale/orientale) illustrées par des exemples (Espagne, Pologne).

▶ **3.** Le document établit deux mesures prises par l'UE pour favoriser la circulation et les mobilités : « l'instauration de l'espace Schengen » et « des accords européens sur l'abolition des barrières douanières ». L'espace Schengen concerne les personnes (mobilités), les accords douaniers portent sur les marchandises (circulation). Ces accords douaniers font référence au marché unique mis en place progressivement depuis 1992 (traité de Maastricht) et 2009 (traité de Lisbonne).

▶ **4.** Le développement du réseau de transport apporte d'importantes améliorations à la vie des Européens : le tourisme intra-européen est facilité par la possibilité de se rendre rapidement d'une ville européenne à une autre (Paris, Bruxelles, Milan, Madrid…) ; le marché unique permet une grande variété de produits disponibles partout dans l'Union au meilleur prix.

▶ **5.** Le développement des LGV renforce la « conscience d'un espace européen partagé » car il permet une meilleure accessibilité des espaces européens concernés, rapprochant les villes européennes les unes des autres. Ce nouvel « espace-temps » autorise non seulement des séjours touristiques plus fréquents, mais aussi des emplois transfrontaliers ou des partenariats entre entreprises à plus grande distance. Les LGV incitent à penser sa vie personnelle et professionnelle dans un espace européen commun aisément accessible.

La violence de la guerre

MAÎTRISER LES DIFFÉRENTS LANGAGES

45 min
20 points

INTÉRÊT DU SUJET • La Grande Guerre est marquée par un degré de violences sans précédent. La puissance des armes et la nature des combats sont destructrices. Les civils ne sont pas épargnés.

▶ **1.** Rédigez un développement construit d'une vingtaine de lignes montrant que les civils et les militaires subissent des violences extrêmes pendant la Première Guerre mondiale. (*15 points*)

▶ **2. a)** Dans chaque cadre, indiquez les dates des repères historiques sur les pointillés.

b) Reliez chaque repère à l'axe chronologique en représentant différemment les périodes et les événements.

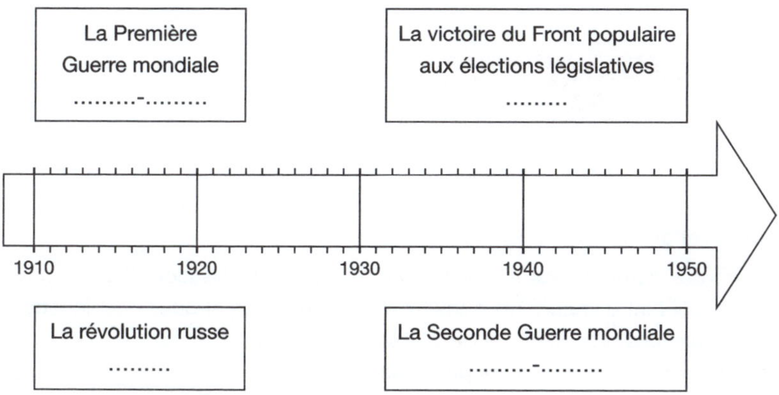

LES CLÉS DU SUJET

Analyser le sujet de développement construit (▶ 1)

- Les **violences** renvoient à tout ce qui détruit, blesse, tue.
- Pour les **combattants,** évoque la nature des armes et des combats. Pour les **civils,** montre comment ils sont atteints par la guerre.

Organiser ses idées

Montrer les violences extrêmes subies par les civils et les militaires pendant la Première Guerre mondiale

INTRODUCTION Rappelle les dates de la guerre et son caractère principal.

❶ Dans le 1er paragraphe de ton développement, mentionne les blessures et les dégâts liés aux combats.

❷ Dans le 2e paragraphe, donne des exemples de destructions et d'intimidations des civils. Évoque la notion de brutalisation.

CONCLUSION Tu peux mentionner l'espoir pacifiste des survivants (« Der des der »).

61 CORRIGÉ GUIDÉ

▶ **1.** De 1914 à 1918, une guerre mondiale ravage l'Europe. C'est une guerre totale. Elle touche non seulement les militaires, mais aussi les civils. Tous subissent de terribles violences.

- Lors des combats, les militaires sont exposés à l'utilisation d'armes puissantes qui font d'importants dégâts : mines, grenades et obus déchiquettent les corps. Les « gueules cassées » et les invalides témoignent de ces violences physiques. Les préparations d'artillerie avant les assauts assourdissent les hommes et leur déchirent les tympans. Les gaz asphyxient les combattants, leur brûlent les yeux et les tuent en leur infligeant de terribles souffrances.

> INFO +
> Les « gueules cassées » sont des soldats défigurés par les projectiles qui les ont atteints.

- Dans les tranchées, la violence est aussi psychologique. La peur est permanente. L'exposition aux intempéries (pluie, gel, chaleur) et la dureté de la vie démoralisent les soldats.

• Les civils sont parfois pris pour cible dans le cadre des bombardements. Des villes sont transformées en champs de ruines. Les populations vivent dans la peur d'être ensevelies dans leurs abris. Eux-mêmes effrayés par les violences qu'ils subissent, des soldats ennemis agressent les populations désarmées. Dans le cadre d'opérations de représailles, ils brutalisent des otages. Ils s'en prennent parfois aux femmes. Des viols ont lieu. Les réquisitions sont aussi l'occasion de mauvais traitements infligés aux personnes qui résistent.

INFO +
Des villages comme Regniéville ont été si détruits qu'ils n'ont pas été reconstruits après la guerre.

Contre toutes ces violences, les hommes se sont parfois insurgés (mutineries de 1917, grèves à l'arrière). L'épreuve fut telle que les survivants jurèrent que la guerre qu'ils venaient de vivre serait la dernière, que « plus jamais » les populations ne devraient être soumises à pareil calvaire. Totale, la Grande Guerre fut aussi une guerre brutale.

▶ **2. a)** et **b)**

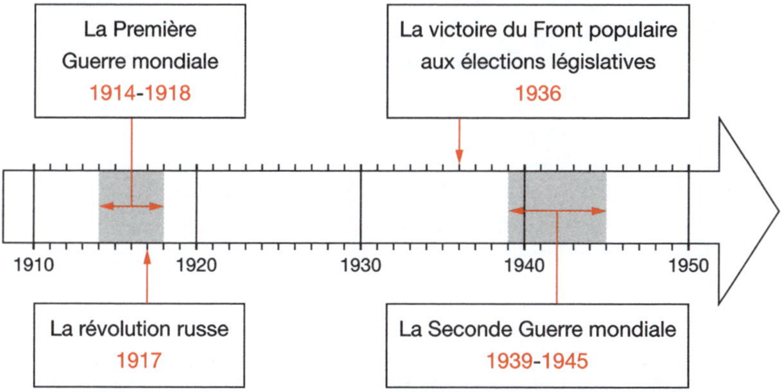

SPRINT FINAL

Devenir citoyen français

ENSEIGNEMENT MORAL ET CIVIQUE

25 min
10 points

INTÉRÊT DU SUJET • Même si l'attractivité migratoire de la France est en recul, de très nombreuses personnes souhaitent toujours acquérir la nationalité française et les avantages qui y sont attachés.

DOCUMENT **Cérémonie d'accueil dans la citoyenneté française à la préfecture du Gard**

Mardi 27 novembre 2018, le préfet du Gard a présidé une cérémonie d'accueil dans la nationalité française organisée dans les salons de la préfecture.

44 Gardoises et Gardois, originaires de 19 pays différents, ont participé avec fierté et émotion à cet événement, en présence de leur famille et de nombreux élus.

Avant l'allocution du préfet, la projection du film « Devenir français » a rappelé les valeurs de la République française et les droits et devoirs de tous les citoyens français.

Chaque récipiendaire[1] a reçu des mains du préfet ou d'un élu de sa commune de résidence, les documents officiels de nationalité. Certains d'entre eux ont fait part à l'assemblée de leur parcours, de leur situation actuelle et de leur joie de devenir français.

À cette occasion, 24 élèves ont assisté à la cérémonie suite à une visite de la préfecture.

L'assemblée et les élèves ont ensuite chanté les premiers couplets de « La Marseillaise », écouté l'hymne européen, pour ensuite poser pour les photos souvenirs. La cérémonie s'est achevée par un moment de convivialité.

Cette cérémonie permet d'accueillir de manière solennelle et chaleureuse dans la communauté nationale les personnes ayant acquis récemment la nationalité française, que ce soit par décret, en raison du mariage ou par déclaration auprès du tribunal d'instance pour les plus jeunes d'entre eux.

Source : www.gard.gouv.fr, le 29/11/2018.

1. Récipiendaire : personne qui reçoit une distinction, un diplôme par exemple.

▶ **1.** Montrez que cette cérémonie d'accueil est solennelle et marque l'entrée dans la citoyenneté française et européenne.

▶ **2.** Relevez dans le texte les façons d'accéder à la nationalité française pour des étrangers.

▶ **3.** Dans son allocution, le préfet « a rappelé les valeurs de la République française » : indiquez deux de ces valeurs.

▶ **4.** À partir de vos connaissances, citez un droit et un devoir que ces nouveaux citoyens partagent avec tous les autres citoyens français.

▶ **5.** Vous faites partie de la délégation des 24 élèves invités à cette cérémonie. Vous prononcez un discours de bienvenue aux nouveaux citoyens français. Écrivez un paragraphe d'une dizaine de lignes en expliquant ce que signifie devenir français.

LES CLÉS DU SUJET

Comprendre le document

Répondre aux questions

▶ **1.** La solennité tient à des symboles républicains. Lesquels ?

▶ **3.** Les valeurs de la République sont exprimées dans sa devise.

▶ **5.** N'hésite pas à construire ta réponse en la mettant en scène avec des éléments appropriés (adresse au public, formules rhétoriques).

62 CORRIGÉ GUIDÉ

▶ **1.** La cérémonie est en effet solennelle : elle se déroule en présence du préfet, qui est le plus haut représentant de l'État dans le département, et les participants ont chanté l'hymne de la République, la *Marseillaise*, et écouté l'hymne européen, l'*Ode à la joie* de Schiller mis en musique par Beethoven dans sa 9e *Symphonie*. L'entrée dans la citoyenneté française est en effet aussi l'entrée dans la citoyenneté européenne.

GAGNE DES POINTS
Développe autant que possible les éléments cités en t'appuyant sur tes connaissances.

▶ **2.** Dans le texte, diverses façons d'accéder à la nationalité française sont évoquées :

- « par décret » : c'est la naturalisation, qui exige de remplir un certain nombre de conditions, par exemple parler français et vivre en France depuis 5 ans ;
- « en raison du mariage » : sous réserve notamment que le mariage ait au moins 4 ans d'existence ;
- « par déclaration auprès du tribunal d'instance pour les plus jeunes » : si l'enfant est né en France de parents étrangers et réside en France.

GAGNE DES POINTS
Même si on ne te demande que de « relever » des informations, n'hésite pas, en fonction du temps disponible, à expliciter chaque élément.

▶ **3.** Parmi les valeurs de la République française, on peut citer l'égalité entre les citoyens, une valeur déjà présente dans la Déclaration des droits de l'homme et du citoyen de 1789 et rappelée dans la devise « Liberté, Égalité, Fraternité ». La laïcité est une autre valeur républicaine : elle postule la neutralité de l'État envers les religions, chacun ayant le droit de pratiquer librement, en dehors de toute emprise, la religion de son choix.

▶ **4.** Les nouveaux citoyens partagent à présent avec les autres citoyens des droits et des devoirs. Parmi les droits figure le droit politique essentiel en démocratie qui est le droit de vote. Parmi les devoirs figure le devoir de contribuer au bon fonctionnement de la République par l'impôt.

▶ **5.** Françaises, Français, mes chers compatriotes,

Car c'est désormais de ce titre qu'il faut vous saluer, vous qui êtes en ce jour devenus à notre égal des citoyens français.

Comme l'écrivait le général de Gaulle, « toute ma vie, je me suis fait une certaine idée de la France ». Vous partagez désormais cette idée de la France : une France républicaine et démocratique, dont les citoyens ont le droit d'élire et d'être élus, une France dont les valeurs sont exprimées dans sa devise : « Liberté, Égalité, Fraternité », inscrite au fronton de nos mairies. Une France dont vous apprendrez à aimer et respecter les symboles, notamment le drapeau tricolore et cette *Marseillaise* que nous avons chantée ensemble. Une France qui est aussi une République sociale, qui veille sur chacun de ses enfants.

Mais aussi une France exigeante, qui attend de vous l'engagement de respecter les devoirs propres au citoyen : devoir de contribution, devoir civique, devoir de défense de notre patrie, de nos modes de vie, de notre liberté, comme l'ont fait les Français de toutes époques, des soldats de l'An II à ceux de Verdun. Ainsi, vous saurez ce que signifie devenir citoyen français.